JONAS T. BENGTSSON

AUF BEWÄHRUNG

ROMAN

Aus dem Dänischen von Max Stadler

WILHELM HEYNE VERLAG
MÜNCHEN

Die Originalausgabe erschien unter dem Titel *Fra Blokken*
bei Politikens Forlag, Kopenhagen

MIX
Papier aus verantwortungsvollen Quellen
FSC® C014496
FSC
www.fsc.org

Penguin Random House Verlagsgruppe FSC® N001967

Published by agreement with Salomonsson Agency
Lektorat: Kirsten Naegele
Redaktion: Kristof Kurz
Umschlaggestaltung: Johannes Wiebel, punchdesign, München
Umschlagmotiv: © Getty Images/Simon McGill; Simon Lilholt
Coverdesign: Simon Lilholt/imperiet.dk
Satz: Leingärtner, Nabburg
Druck und Bindung: GGP Media GmbH, Pößneck
Printed in Germany

ISBN 978-3-453-27363-4

Für Line-Maria

DANNY

BEVOR DANNY IN den Knast kam, hatte er sich nie überwinden können, seine Waden zu trainieren. Er war nicht sehr oft ins Fitnessstudio gegangen, und wenn er sich mal dorthin geschleppt hatte, ging es nur um Bizeps, Schultern und Brust. Die Muskeln, die ihn gut aussehen lassen, wenn er ein T-Shirt trägt. Definitiv nicht die Beine, nie die Beine.

Aber im Knast gibt es nichts anderes zu tun, also trainiert Danny jetzt seine Waden. Seine verfluchten, beknackten Waden.

Zu dieser Tageszeit ist der Kraftraum fast leer. Nur er und Ahmed grunzen unter den Gewichten. So hat es Danny am liebsten.

Deshalb nervt es ihn, als die Tür aufgeht.

Sie sind zu dritt. Alles niederrangige Mitglieder einer Biker-Gang aus Vestegnen, wenn Danny sich nicht irrt.

Die Biker werfen rasche Blicke in alle Richtungen und halten beim Gehen die Arme etwas vom Körper weg, als zwängen ihre Muskeln sie dazu, sich so breitzumachen. Sie bleiben stehen und schauen auf Ahmed hinab, der unter der Hantel auf der Bankpresse wie auf dem Präsentierteller liegt. Er ist so konzentriert auf die hundert Kilo, die er stemmt, dass er die Tür nicht gehört hat. Die Jungs hätten es einfach hinter sich bringen können, doch sie sind so verdammt cool und haben das Bedürfnis, sich das gegenseitig zu zeigen. Sie brauchen ein Vorspiel vor der Gewalt.

Der Typ in der Mitte sagt: »Zahltag, Ahmed.«

Genau das sagt er. Hätten die Typen den Mund gehalten, dann hätte Danny vielleicht einfach weiter seine Waden trainiert. Denn das Ganze hat nichts mit Danny zu tun, es geht ihn überhaupt nichts an. Aber er ist schon von der Beinpresse gestiegen, ohne noch einmal darüber nachzudenken.

Danny geht hinüber zur Ablage mit den Kurzhanteln, wählt eine Fünf-Kilo-Hantel aus, wiegt sie in der Hand und tauscht sie dann gegen eine Drei-Kilo-Hantel aus. Würden die Typen in Dannys Richtung schauen, würden sie sehen, dass er lächelt.

Einer von ihnen sagt etwas wie »eine Lektion, die Ahmed lernen muss«, als Danny ihm die Hantel gegen den Hinterkopf knallt. Es klingt, wie wenn man eine Wassermelone abklopft, um zu sehen, ob sie reif ist. Der Typ daneben reagiert, aber ein bisschen zu langsam. Danny holt erneut mit der Hantel aus und trifft ihn voll ins Gesicht, auf die Zähne und wahrscheinlich auch auf die Nase.

Jetzt steht nur noch ein Biker. Der Kerl, der noch nicht die Zeit hatte, einen harten Spruch zu liefern. Danny lässt die Hantel fallen, um dem Typen eine faire Chance zu geben. Jetzt ist es ein Kampf auf Augenhöhe. Danny kennt die Gang und weiß, dass sie strenge Initiationsrituale hat. Der Kerl sollte auf eine Situation wie diese gut vorbereitet sein. Dennoch zittert seine Unterlippe. Danny tritt ihm in den Bauch, sodass er rücklings über eine Hantelstange fällt und gegen die Wand kracht. Der Typ versucht aufzustehen, doch Danny verpasst ihm einen zweiten Tritt, diesmal gegen den Kopf.

Es ist vorbei. Danny steht einfach nur da. Es ging alles zu schnell. Er bereut, die Hantel genommen zu haben.

»Danke«, sagt Ahmed.

Danny zuckt mit den Achseln.

»Gib mir dein T-Shirt.«

Danny zögert. In seinen Augen hat er genug für ihn getan.

»Da ist Blut drauf.«

Danny blickt an sich herab. Ahmed hat recht. Nicht viel, aber die roten Spritzer werden sich bald dunkelbraun färben.

»Dafür sollst du nicht den Kopf hinhalten«, sagt Ahmed. »Ich kann sagen, dass es Notwehr war.«

»Ich hab einem auf den Hinterkopf geschlagen.«

»Er lebt noch.«

Sie schauen auf den Biker zu ihren Füßen herab. Seine Augen sind geschlossen, aber ein Fuß zuckt.

Danny nickt Ahmed zu. Die weißen Kerle werden den Mund halten oder behaupten, dass sie von mindestens acht dunkelhäutigen Typen angegriffen worden seien. Und das Gefängnis wird wohl kaum das CSI Miami einschalten, um der Sache auf den Grund zu gehen.

Danny und Ahmed tauschen ihre T-Shirts. Sie haben fast die gleiche Größe. Danny ist jetzt der stolze Besitzer eines *Bullrot*-Shirts mit einem starken Aftershave-Geruch.

Er wäscht sich die Hände. Sie haben nur wenig Blut abbekommen.

»Ich schulde dir was«, sagt Ahmed.

»Kauf mir ’nen Apfel.«

Danny geht. Nicht zu schnell, nicht zu langsam. Nur ein Gefangener von vielen in einem dänischen Staatsgefängnis, der im Kraftraum trainiert hat. Ein kurz geschorener Kerl mit hässlichen Amateur-Tätowierungen. Ein Typ, der nichts verbrochen hat – zumindest nicht heute. Danny würde pfeifen, wenn es nicht verdächtig wirken würde.

DANNY ISST RAVIOLI aus der Dose. Nun, nicht direkt aus der Dose, das Zeug war zwischendurch in der Mikrowelle. Ein wenig Stil hat man doch. Wie in den meisten dänischen Gefängnissen müssen die Insassen ihr Essen hier selbst zubereiten. Sie kaufen es in dem Laden im H-Flügel, wo die Preise höher sind als auf der anderen Seite der Mauer. Wer sagt, dass sich Verbrechen nicht lohnt?

Danny sitzt in der Kantine zusammen mit dem unglücklichen isländischen Mörder Haukur und Gert, der Erdkundelehrer war, bevor er seine Frau erwürgte. Dieser Ort ist ein echtes Gefängnis, nicht eines für Männer, die ein bisschen Geld veruntreut oder nur einmal im Leben Mist gebaut haben: *Ich hatte nicht viel getrunken, und diese neuen Autos fahren doch fast von alleine.* Nein, dies ist ein richtiges Gefängnis mit Gittern vor den Fenstern und hohen Mauern mit Stacheldraht. Und das hier ist der Hardcore-Trakt. Hier hocken die gefährlichen Typen. Die Männer, die von den Häftlingen ferngehalten werden sollen, für die es vielleicht noch Hoffnung gibt. Gert und Haukur hätten unter Umständen auch anderswo landen können, doch es besteht kein Zweifel, dass Danny hierhergehört.

»Jetzt geht es los«, sagt Haukur, und Gert stimmt mit seinem typischen kleinen, zurückhaltenden Nicken zu.

»Was geht los?«, fragt Danny.

»Der Bandenkrieg. Er tobt jetzt auch hier.«

»Welcher Bandenkrieg?«

»Verdammt, du lebst echt hinterm Mond.«

Haukur hat recht. Danny hat keine Ahnung, wie der Premierminister heißt, und er ist sogar unsicher, welches Jahr gerade ist. Es gibt zwei Möglichkeiten, seine Zeit abzusitzen. Entweder man hält mit der Welt da draußen Schritt, kriegt Besuch von denen, die sich die Mühe machen zu kommen, und bereitet sich auf den Tag vor, an dem man durch die Tore nach draußen spazieren darf. Oder man steckt den Kopf so tief wie möglich in den Sand. Danny gehört zur zweiten Gruppe.

Haukur erzählt ihm, dass der Bandenkrieg vor etwas mehr als einem Monat mit einer Schießerei zwischen den Jungs aus Nørrebro und den Bikern aus Vestegnen angefangen hat. Was mit Drogen und Revierkämpfen eben so alles einhergeht.

»Und jetzt hat der Bandenkrieg hier Einzug gehalten«, sagt Haukur.

»Wie kommst du darauf?«

»Sie haben drei schwere Jungs in die Krankenstation geschleppt. Und Ahmed sitzt in Einzelhaft.«

»Vielleicht haben sie sich ja beim Twister gestritten?«

Haukur lacht los. Er lacht zu laut. Er mag den Klang seines eigenen Lachens. Er versucht, bei Laune zu bleiben. Er ist Christ, und irgendwo in der Bibel steht etwas darüber, nicht zu verzweifeln. Haukur kam der Liebe wegen nach Dänemark, er hatte sich in ein Mädchen mit großen Brüsten und einem dürren Arsch verguckt, und als das nicht klappte, verliebte er sich in die viel niedrigeren Preise für Schnaps in Dänemark. Haukur kann sich nicht an den Mann erinnern, den er getötet hat, nicht einmal daran, dass er ihn zu einem Brei aus Fleisch und Knochen geschlagen hat. Trotzdem kann er nachts nicht schlafen. Das ist der Unterschied zwischen ihm und Danny. Danny weiß nicht, wie Gert sich fühlt, weil er seine Frau getötet hat. Gert sagt nicht viel. Normalerweise eigentlich gar nichts. Nur wenn er direkt etwas gefragt wird, und es kommt nur selten vor, dass Danny wissen will, wo Andorra liegt.

»Warum ist Ahmed in Einzelhaft?«, fragt Danny und übt schon mal für eine Befragung durch die Wärter. Entweder man hält die Klappe oder überhäuft sie mit dummen Fragen, bis sie die Nase voll haben und aufgeben.

»Er ist der Anführer der Nørrebro-Gang«, sagt Haukur. »Das weißt du doch.«

»Was meinst du mit ›Anführer der Nørrebro-Gang‹?«

Haukur sieht ihn an und lacht. »Du bist echt nicht ganz dicht, Danny.«

Danny stochert in seinen Ravioli. Er hat nicht auf die Uhr geguckt, als er sie aufgewärmt hat. Viele der Teigtaschen sind geplatzt.

»Isst du das noch?«, fragt Haukur.

»Willst du sie?«

»Zur Hölle, nein, aber es ist verdammt eklig, sich das ansehen zu müssen.«

Haukur hat keine Angst vor Danny. Vielleicht mag ihn Danny deshalb so gern. Anscheinend ist es Haukur nicht möglich, Angst vor anderen Männern zu haben. Er wurde ohne diese Fähigkeit geboren. Er hat Angst vor Gott und dem Meer, aber nicht vor anderen Menschen. Haukur ist ein kleiner Riese, bepackt mit jener Art von natürlich großen Muskeln, die sich in generationenlangem Treibholzschleppen ohne Zuhilfenahme der Beine entwickelt haben.

»Gefällt dir mein Essen nicht?«, fragt Danny.

»Dein Essen sieht aus wie Junkiedreck.«

»Du kommst aus einem Land, in dem die Leute Schafsköpfe fressen, und du hast ein Problem mit meinem Essen?«

Dieses Gespräch haben sie schon öfter geführt, eine Art Ritual, das sie wiederholen, nur um sich die Zeit zu vertreiben. Sie hätten wahrscheinlich zehn Minuten lang so weitergemacht, wenn Gert sie nicht unterbrochen hätte.

»Gebt mir jeder zwanzig Kronen«, sagt er.

Es ist das erste Mal in dieser Woche, dass Danny ihn reden hört.

»Dann mach ich euch morgen Hackbraten«, sagt Gert.

ES IST NEUN UHR, das Geräusch von Metall auf Metall, mit dem die Türen abgeschlossen werden. Allein in der Zelle, eingesperrt bis morgen früh. Damit ist Danny schon immer gut klargekommen.

Auf seinen sieben Quadratmetern hat er nur wenige Besitztümer. Ein alter Fernseher, den er fast nie einschaltet. Ein paar Kleidungsstücke. Zahnpasta und eine Zahnbürste. Danny hat eine Schneekugel mit der kleinen Meerjungfrau darin. Sie war schon da, als er in die Zelle gezogen ist. Sie ist *made in China*, billig und hässlich, von einem überarbeiteten Kind zusammengebaut. Die Meerjungfrau schielt mit ihren schlampig gemalten Augen. Sie sieht aus, als hätte sie das Downsyndrom.

Sie leistet ihm nachts Gesellschaft.

»Das war wahrscheinlich nicht so schlau«, sagt Danny zu der kleinen Dame. Sie ist unzufrieden mit ihm. Eine der Regeln im Gefängnis lautet, dass man sich nicht in Dinge einmischt, die einen nichts angehen. Und schon gar nicht in einen Bandenkrieg.

Danny schüttelt die Schneekugel, sodass die kleinen Plastikflocken über der Meerjungfrau schweben. Das hat sie gern.

DANNY ARBEITET IN der Gefängnistischlerei. Sie stellen hölzerne Hochstühle für Kinder her. Verdammt teure Hochstühle, aber wenn die Leute *Handmade in Denmark* lesen, zahlen sie gern ein bisschen mehr. Sie wissen nicht, dass die Häftlinge nur zehn Kronen pro Stunde verdienen, oder was Flemming, der so geschickt darin ist, die Holzstäbe richtig anzubringen, mit ihren Kindern machen würde, wenn sich ihm nur eine winzige Gelegenheit böte.

Heute sitzt Danny ganz am Ende des Fertigungsprozesses: Er lackiert die Stühle. Danny ist kein geborener Handwerker, der sofort Arbeit finden wird, wenn er rauskommt. Weil er einfach *so* gut im Umgang mit Holz ist, gut mit Kindern, gut mit Hunden, *the love of a good woman*. Danny ist in gar nichts gut. Er macht das nur schon seit einer Ewigkeit. Er hat zahllose Stühle ruiniert und musste wieder von vorne anfangen.

Er streicht dünne Lackschichten auf das Holz. Die kleinen Luftbläschen platzen, und er trägt nass in nass eine neue Schicht auf. Dann bemerkt er aus dem Augenwinkel zwei Gefängniswärter, die in seine Richtung kommen. Danny lässt sich nichts anmerken, er arbeitet einfach weiter.

»Danny«, sagt einer der Wärter.

Danny wartet einen Moment, bevor er aufschaut.

»Jørgensen möchte mit dir sprechen«, sagt der Wärter.

Danny fährt ein letztes Mal mit dem Pinsel über das Holz, so langsam wie möglich. Dann setzt er den Deckel vorsichtig wieder auf die Dose und wäscht den Pinsel penibel ab, in der Hoffnung, sie zu ärgern.

Er folgt den Wärtern durch das Gefängnis. Sie gehen ein wenig langsamer, als es üblich ist. Dieses Tempo gibt den Wächtern ein Gefühl der Sicherheit und die Illusion, alles unter Kontrolle zu haben. Sie sind Löwenbändiger, nur mit Knüppeln und Pfefferspray statt mit Hocker und Peitsche bewaffnet.

Danny hat heute keine Lust, sich mit ihnen anzulegen, sie zu provozieren, denn er hat andere Dinge im Kopf. Jørgensen hat nach ihm geschickt, und das ist nicht gut. Es ist alles andere als gut.

Jørgensen ist ein Gefängnisdirektor der alten Schule. Ein Mann, der seinen Kaffee schwarz und seinen Käse kräftig mag. Er hat eine unscheinbare Frau, die sich nie blicken lässt. Er isst sonntags Apple Crumble und nimmt seine Arbeit nicht mit nach Hause. Er hat die Aufgabe, die Häftlinge am Leben zu erhalten und dafür zu sorgen, dass sie nicht ausbrechen, und das tut er – ohne die Hoffnung, dass sie dadurch zu besseren Menschen werden. Danny weiß das, deshalb weiß er auch, dass Jørgensen ihn nicht nach neuen Ideen zur Beschäftigung der Häftlinge fragen oder ihn bitten wird, mit dem Gefängnischor *The Sound of Music* einzustudieren. Nein, es kann nur schlecht sein, dass er in Jørgensens Büro vorgeladen wurde. Womöglich ist einer der Biker aus dem Kraftraum gestorben. Das ist eine Möglichkeit. Vielleicht hat

Danny mit der Hantel doch zu heftig zugeschlagen, oder Ahmed hat einen orientalischen Riverdance auf ihren Köpfen vollführt, nachdem Danny weg war.

Die Wärter eskortieren ihn in Jørgensens Büro. Der Raum mit der niedrigen Decke wurde wie der Rest des Gefängnisses irgendwann in den Achtzigerjahren entworfen. Danny setzt sich, während die Wärter hinter ihm Aufstellung nehmen, aber Jørgensen winkt sie hinaus. Er wirkt gereizt. Jetzt sind sie allein. Jørgensen hat eine Akte vor sich. Danny kann nicht erkennen, was darauf geschrieben steht, aber sie ist dick, und er vermutet, dass es sich um sein Strafregister handelt.

»Ich verstehe das nicht«, sagt Jørgensen kopfschüttelnd. »Ich verstehe das einfach nicht.«

Danny weiß, wohin das führt. Er hat die »Ich verstehe das nicht«-Rede oft gehört, als er jünger war. So wie in *Ich verstehe nicht, warum du unser Angebot nicht einfach annehmen kannst, warum du nicht endlich aufhörst, Scheiße zu bauen. Reiß dich zusammen.* Aber es überrascht ihn, dass er den Spruch jetzt zu hören kriegt. Danny wird in ein paar Monaten dreißig. Er ist ein Krimineller, seit er krabbeln kann, er hat bereits mit Spielzeugbausteinen gedealt und im Sandkasten Schutzgeld verlangt.

Jørgensen seufzt erneut. Als Nächstes folgt normalerweise das kleine Spiel, bei dem Danny schuldbewusst dreinsehen soll. In dieser Rolle war er noch nie besonders gut.

»Nein, ich verstehe es wirklich nicht«, wiederholt Jørgensen, neigt den Kopf zur Seite und mustert ihn. So vergehen einige Augenblicke. Danny sitzt ausdruckslos da. Das ist er gewohnt.

»Du hast eine vorzeitige Entlassung beantragt?«, fragt Jørgensen dann.

»Vor sechs Monaten. Der Antrag wurde abgelehnt.«

»Und wann wirst du regulär entlassen?«

»Sie haben da doch meine Akte vor sich, oder nicht?«

»Nur noch ein bisschen mehr als zwei Jahre. Dann wirst du deine vollen acht Jahre abgesessen haben. Du hast die Höchststrafe bekommen.«

»Liegt er immer noch im Koma?«, fragt Danny.

»Darum geht es hier nicht.«

Jørgensen öffnet die Akte und wirft einen Blick auf die Papiere darin.

»So etwas habe ich wirklich noch nie gesehen. Es ist sehr, sehr außergewöhnlich«, sagt er und schüttelt wieder den Kopf.

Danny weiß nicht, was er sagen soll, also hält er den Mund.

»Du wirst vorzeitig entlassen«, sagt Jørgensen.

»Ja, na klar. Ich hab einen reichen Onkel in Amerika, und meine Kacke schmeckt nach Erdbeereis.«

Jørgensen sieht Danny an, als wolle er ihn am liebsten auf unbestimmte Zeit ins Loch werfen. Dann fährt er fort. »Der Bewährungsausschuss wurde aufgefordert, deinen Antrag erneut zu prüfen. Mit der dringenden Empfehlung, ihm mit sofortiger Wirkung stattzugeben.«

»Ich kann das nur schwer glauben.«

»Nun, ich habe so etwas noch nie zuvor gesehen. Ich wusste nicht einmal, dass das möglich ist. Das bedeutet, dass jemand von ganz oben seine Beziehungen hat spielen lassen.«

»Um mich rauszuholen? Im Ernst?«

Jørgensen nickt.

Danny sieht ihn an und kann sich das Lachen nicht verkneifen. »Scheiße, fast hätten Sie mich drangekriegt. Wenn ich ein Gefängnis hätte, würde ich mir auch einen Spaß draus machen, die Gefangenen zu verarschen.«

Jørgensen lächelt nicht. Er schiebt die Mappe einfach über den Tisch.

»Weißt du, wer Jens Ivertssen ist?«, fragt er.

Danny antwortet nicht.

DANNY UND HAUKUR essen Gerts Hackbraten mit Speck und Kartoffeln aus dem Glas, wofür Gert sich mehrmals entschuldigt, aber die frischen waren leider nicht so frisch, sondern grün und haben schon gekeimt. Dicke braune Soße. Es schmeckt wie richtiges Essen. Danny hat Gert und Haukur noch nichts von seiner vorzeitigen Entlassung erzählt. Vielleicht, weil er es selbst kaum glauben kann. Vielleicht, weil Ivertssens Name gefallen ist, was ihn fast dazu gebracht hat, das Angebot abzulehnen. Aber ein mit Rasierklingen gefüllter Geburtstagskuchen ist immer noch ein Kuchen.

»Ich werde entlassen«, sagt Danny. »Verdammt, ich werde bald entlassen.«

Beide sehen ihn an. Zwei Gefangene, die lebenslänglich sitzen.

»Willst du noch ein Stück?«, fragt Gert.

Danny nickt. Gert schneidet noch ein Stück ab. Das Messer ist stumpf, sodass er den Speck förmlich durchsägen muss. Gert gießt Soße über das graue Fleisch und schiebt den Teller über den Tisch. Das Geheimnis ist einen Tag altes Brot statt Semmelbrösel, sagt er. Brühe, ganz viel Brühe. Es ist das Rezept seiner Frau.

»SCHAU MICH nicht so an«, sagt Danny zu der kleinen Dame in der Schneekugel. »Du hast doch keine Ahnung.«

Sie blickt ihn immer noch skeptisch an. Aber sie war ja auch noch nie im Viertel. Ist Ivertssen nie begegnet.

Danny greift sich unwillkürlich an die Oberlippe. Die kleine Narbe dort ist inzwischen fast unsichtbar.

Er kann sich noch gut an den Tag erinnern, an dem Ivertssen ihm mit seinem Ehering die Lippe gespalten hat.

Danny und ein paar andere Jungen hatten sich auf dem Parkplatz herumgetrieben. Sie waren zu diesem Zeitpunkt neun oder zehn Jahre alt gewesen. Sie rauchten Zigaretten und naschten Himbeerrouladen, die sie im örtlichen Tante-Emma-Laden gestohlen hatten. Dann schrie jemand: *Das Schwein kommt! Das Schwein kommt!*

Ivertssen schlenderte langsam über den Parkplatz. Als er die Bank erreichte, saß Danny allein dort.

»Warum rennst du nicht weg?«, fragte Ivertssen ihn. »Alle anderen hauen ab, wenn sie mich sehen.«

Danny weiß nicht mehr, was er darauf geantwortet hat, zumindest nicht mehr den genauen Wortlaut. Aber es war etwas Freches. Etwas Provozierendes. Alles, was Danny zu Erwachsenen sagte, war provozierend. Ivertssen stutzte nicht einmal, aber seine Hand kam angesaust und traf Danny hart im Gesicht.

Ivertssen fuhr ihn selbst zur Notaufnahme und wartete in dem langen Krankenhausflur auf ihn.

»Du gefällst mir«, sagte Ivertssen. »Verflucht, du gefällst mir, du kleiner Scheißer.«

Danny hatte mit vier Stichen genäht werden müssen.

Er hört Klopfgeräusche aus der angrenzenden Zelle. Es ist Mogens, der krankhaft fettleibige Bankräuber. Wenn Mogens sich einen runterholt, wie heute Nacht, wackelt das ganze Bett und knallt gegen die Wand. Zum Glück ist Mogens immer schnell fertig. Sieben Minuten. So lange, wie es dauert, ein Ei zu kochen.

»Du irrst dich«, sagt Danny zu der kleinen Dame in der Schneekugel. »Ich kann es kaum erwarten, hier rauszukommen. Hörst du, verdammt? Ich kann's nicht erwarten.«

CHRISTIAN

CHRISTIAN UND THOMAS folgen dem Mistkerl seit zwanzig Minuten.

Sie haben gesehen, wie er eine gelbe Ampel überfuhr, erkannten sofort das Auto, einen tiefergelegten BMW aus den Neunzigerjahren, dessen Boden fast den Asphalt streifte und der so sehr aufgemotzt war, dass man kaum wusste, was er eigentlich darstellen sollte, vielleicht eine Art M3.

Sie haben das Nummernschild überprüft und außer einem unbezahlten Strafzettel nichts gefunden. Aber das spielt keine Rolle: Sie kennen den Kerl. Niels. Der verdammte Little Niels. Und die Art, wie er fährt – ein bisschen zu schnell und ein bisschen zu aggressiv –, sagt ihnen, dass Niels etwas Dringendes zu erledigen hat. Also folgen sie ihm und warten. Was Little Niels an Geduld fehlt, müssen sie wettmachen.

Christian und Thomas arbeiten schon seit einigen Jahren zusammen. Aus den Reihen der Streifenpolizisten wurden sie beide für das Drogendezernat herausgepickt, weil sie Typen wie Little Niels kennen. Sie wissen, wie er tickt.

Die großen Labore sind alle in Deutschland und Holland. Ein paar auch in Polen. Dänemark ist normalerweise nur auf der Empfängerseite. Wenn man in der Zeitung liest, dass größere Drogenmengen beschlagnahmt wurden, ist das selten das Ergebnis von Ermittlungsarbeit auf der Straße. Das sind Geschenke der deutschen Polizei oder von Interpol. Die tägliche Arbeit sieht anders aus. Verhaftungen, die die Statistik gut aussehen lassen, Beschlagnahmungen von straßenüblichen Mengen, das sind die Dinge, mit denen Christian und Thomas zu tun haben. Sie sind nicht die Einzigen, aber die Besten, behaupten sie zumindest.

Sie folgen Niels durch den Kreisverkehr. Sie sind irgendwo in Rødovre oder Hvidovre. Ein paar Kilometer außerhalb von Kopenhagen.

»Was sagt das GPS?«, fragt Christian, der heute am Steuer sitzt.

»Ihr könnt mich mal«, antwortet Thomas.

»Hast du versucht, es neu zu starten?«

»Was glaubst du, was ich hier seit zehn Minuten mache?«

Christian wedelt mit der Hand vor dem Gesicht. »Du hast unser Auto vollgestunken, sonst nichts. Seit wir das Revier verlassen haben.«

»Kohl«, sagt Thomas und lacht.

»Kohl?«

»Lisas Mutter wohnt bei uns. Sie will sichergehen, dass wir nichts falsch machen.«

»Dass du ihn ins richtige Loch steckst?«

Sie lachen. Christian weiß, dass Thomas und seine Freundin seit einem Jahr versuchen, ein Kind zu kriegen.

»Nein, du Idiot!«, sagt Thomas. »Sie will sichergehen, dass Lisa ordentlich isst. Und dass wir nicht rauchen und trinken oder neben einem Kraftwerk wohnen.«

»Das klingt verdammt nervig.«

»Oh, das kannst du aber glauben, ja! Gestern hab ich sie dabei erwischt, wie sie unsere Wäsche durchwühlt hat. Sie hat einfach nur dagestanden und meine Boxershorts angestarrt. Später hat Lisa gemeint, ich solle mir neue Unterwäsche kaufen. Sie hat angeblich gelesen, dass enge Unterwäsche schlecht für die Spermienqualität sein kann …« Thomas beugt sich vor. »Ich glaube, er hält an.«

Little Niels hat abgebremst und parkt schief vor einem Komplex aus Sozialwohnungen. Christian will keine Vollbremsung hinlegen, also fährt er an dem lächerlichen BMW vorbei. Thomas lockert seinen Gurt, damit er sich auf seinem Sitz umdrehen und die Zielperson im Auge behalten kann.

»Ist er reingegangen?«, fragt Christian.

»Ja«, sagt Thomas.

»Dann kauft er Stoff, oder was meinst du?«

»Auf jeden Fall, einen dicken Joint, damit der gute Little Niels sich ein bisschen entspannen kann.«

Christian rollt fünfzehn, zwanzig Meter weiter, findet einen freien Platz und parkt. Thomas stellt den Außenspiegel so ein, dass er die Straße im Auge behalten kann. Christian speichert die Adresse in seinem Handy. Später werden sie alle Bewohner des Gebäudes überprüfen, um zu sehen, ob jemand dabei ist, den sie kennen. Es bleibt ihnen nichts anderes übrig, als zu warten, bis Little Niels wieder herauskommt.

»Scheiße, du hast wieder gefurzt, oder?«, sagt Christian. »Fahren wir diesem Idioten nur hinterher, damit du mich zwingen kannst, deine Fürze zu riechen?«

»Kohl«, wiederholt Thomas. »Rotkohl. Und letzten Samstag Weißkohl. Kohl, Kohl und noch mehr Kohl. Gute

Hausmannskost aus Jütland, die uns hilft, schwanger zu werden. Nicht dieser Kopenhagener Mist wie Pizza und Schawarma.«

»Mach das Fenster runter.«

»Weiter geht es nicht auf. Da kommt er. Das ging ja verdammt schnell.«

Niels verlässt mit seinem tiefergelegten BMW die Parklücke. Sie geben ihm einen kleinen Vorsprung, bevor sie ihm folgen, warten ein paar Kilometer, knallen dann das Blaulicht auf das Dach und halten ihn an.

Niels bleibt mit den Händen am Lenkrad im Auto sitzen. Er kennt das Prozedere. Christian geht zum Seitenfenster und klopft auf das Dach.

»Was läuft, Arschloch? Komm raus und spiel mit uns.«

Niels überlegt, ob er Protest einlegen soll, ob er vielleicht sogar irgendetwas wiederholen könnte, was er im Internet über seine Rechte gelesen hat, aber er hält den Mund. Er kennt Christian und Thomas und steigt aus.

»Dann lass uns mal gucken.« Thomas klopft auf die Motorhaube.

»Ich habe nichts dabei«, sagt Niels in der Hoffnung, dass er heute Glück hat. Oder vielleicht kommt er sich auch einfach zu erbärmlich dabei vor, wenn er seine Taschen sofort ausleert.

»Jetzt«, sagt Christian. »Jetzt sofort.«

Niels weiß, dass er keine Wahl hat, also greift er in seine Innentasche. Er legt eine kleine Plastiktüte mit etwa fünf Gramm auf die Motorhaube seines Autos, dazu das Rizla-Papier. Es ist wirklich ein ziemlich erbärmlicher Anblick.

»Und wenn wir dich abtasten?«, fragt Thomas.

»Ich habe nichts.«

Sie glauben ihm. Niels weiß aus Erfahrung, was sie für eine Laune haben, wenn sie sich die Mühe machen müssen, ihn zu filzen. Dann gibt es schnell Hiebe, und es könnte passieren, dass sie ihm ein paar Schläge in die Nieren verpassen.

Thomas steckt das Haschisch und die Papers in die Tasche seines Hoodies, bevor der Wind das Zeug wegweht.

»Rizla ist doch nicht illegal«, sagt Niels.

Christian und Thomas fangen an zu lachen, und Little Niels versucht mitzulachen. Vielleicht hat er heute noch mal Glück und kommt ungeschoren davon. Fünf Gramm sind schließlich nichts.

»Was hast du im Kofferraum?«, fragt Christian.

»Nichts.«

»Also, wenn wir in den Kofferraum schauen, dann ist er leer? Keine leeren Coladosen, alte Fußmatten oder ein Paar Fußballschuhe?«, fragt Thomas.

»Ich spiele kein Fußball.«

»Willst du uns verarschen?«, fragt Christian.

»Er ist leer«, sagt Niels.

»Normalerweise fährt niemand mit einem völlig leeren Kofferraum herum, oder was meinst du, Thomas? Es wäre sehr ungewöhnlich, wenn gar nichts drin liegt.«

»Vielleicht habe ich ein paar Sportsachen dabei«, sagt Niels.

»Sportsachen, aber keine Fußballschuhe?!«

»Nein.«

»Na, wie wär's, wenn du ihn einfach mal aufmachst und wir uns deine Sportausrüstung ansehen?«

»Das muss ich nicht. Sie können mich nicht zwingen.«

»Nein, du hast recht. Wenn wir dich nicht gerade mit zehn Gramm Haschisch erwischt hätten«, sagt Christian.

»Das sind keine zehn Gramm.«

»Sieht aber nach zehn Gramm aus, nicht wahr, Thomas?«

Thomas zieht die Tüte aus seiner Tasche und hält sie gegen das Licht. »Oder fünfzehn, ich glaube, es sind eher fünfzehn.«

»Hätten wir dich nicht gerade mit fünfzehn Gramm Haschisch erwischt, die du bestimmt verticken wolltest, könnten wir dich nicht dazu auffordern, den Kofferraum zu öffnen. Aber jetzt können wir es. Und wir tun es auch.«

Little Niels sieht aus, als wolle er protestieren, aber er weiß, dass das nichts bringt. Also folgt er Thomas zum Heck des Fahrzeugs, steckt den Schlüssel ins Schloss und öffnet den Kofferraum.

»Das musst du dir ansehen«, sagt Thomas lachend. »Er hat nicht gelogen, verdammt. Da sind Sportsachen drin.«

Christian geht um das Auto herum, und nun blicken alle drei auf den Baseballschläger im Kofferraum.

»Du bist so bescheuert«, sagt Christian. »Wenn du auch ein paar Bälle dabeihättest, könnte das glatt als Sportsachen durchgehen. Aber du hattest zu wenig Kohle dabei, als du im Sportgeschäft warst, und schwuppdiwupp haben wir dich mit einer tödlichen Waffe erwischt.«

Christian sieht Niels so lange an, bis diesem klar wird, dass es keine Hoffnung mehr gibt. Schlechter Tag, schlechtes Jahr. Er möchte, dass Niels sich das Innere einer Gefängniszelle ausmalt.

»Was hast du für uns?«, fragt Christian.

»Was meinen Sie?«

»Du weißt, was ich meine. Wenn du uns etwas Brauchbares lieferst, sind wir vielleicht einfach nur nett. Fangen wir damit an, wo du das Hasch gekauft hast.«

»Von einem Typen auf der Straße.«

Thomas holt die Handschellen unter seinem Hoodie hervor und sieht Christian an. »Einigen wir uns drauf, dass es zwanzig Gramm sind.«

»Mindestens zwanzig, vielleicht fünfundzwanzig. Und eine Waffe, was ist dafür die Höchststrafe?«

»Okay, okay«, sagt Niels. »Er heißt Jimmy.«

»Jimmy und weiter?«

»Ich weiß es verdammt nochmal nicht.«

»Wo wohnt er?«

Niels kennt die Adresse nicht. Das ist ihnen egal, sie wissen ja, wo er gerade herkommt.

»Das sieht nicht gut aus, Niels«, sagt Christian. »Das Einzige, was du uns bieten kannst, ist ein Typ namens Jimmy, dessen Nachnamen du nicht kennst und an dessen Adresse du dich nicht mehr erinnerst.«

Thomas übernimmt. »Mensch, Niels, wir mögen dich. Aber das ist nicht genug. Wir müssen ja irgendwie begründen, dass wir dich laufen lassen, oder? Das kannst du doch besser.«

Niels sieht aus, als würde er nachdenken.

»Sucht ihr immer noch nach Morten Hvidbeck?«

»Was ist mit ihm?«, fragt Christian.

»Ich hab ihn vor ein paar Tagen im Einkaufszentrum gesehen.«

»Im Einkaufszentrum?«

»Im Café im Einkaufszentrum in Tåstrup.«

»Und wo ist er jetzt?«

»Keine Ahnung, aber seine Tochter hat nächste Woche Geburtstag. Er hat ständig gefragt, ob jemand das große Barbie-Haus aus dem Spielzeugladen für ihn mitgehen lassen kann. Er will sie damit überraschen, aber er traut sich nicht, das Ding selbst zu klauen, weil er weiß, dass ihr ihn sucht.«

Christian und Thomas tauschen einen kurzen Blick aus. Das ist eine nützliche Information, und wegen so wenig Stoff hätten sie Niels ohnehin nicht verhaftet.

»Besorg ihm das verdammte Haus, auch wenn du es selbst kaufen musst«, sagt Christian.

»Das ist sauteuer …«

»Wir tun dir hier einen Gefallen. Einen verdammt großen«, sagt Thomas.

Sie nehmen Niels' Baseballschläger und behalten sein Hasch und sein Rizla-Papier.

»Besorg ihm das Barbie-Haus!«, wiederholt Christian, bevor sie wieder ins Auto steigen.

Es war ein relativ guter Tag. Nicht großartig, aber sie haben eine Spur, die sie weiterverfolgen können. Sie müssen Jimmy im Polizeicomputer suchen und werden ihm in den nächsten Tagen vielleicht mal einen Besuch abstatten. Und sie müssen herausfinden, wann Morten Hvidbecks Tochter Geburtstag hat. Also, ja, ein ganz guter Tag. Sie tun, was sie immer tun, kreisen herum wie Haie, leben in ihrem Auto. Bringen die Leute zum Reden. Darin sind sie gut, und vielleicht ist das ihr Fluch. Manchmal reden sie darüber, dass niemand sie befördern will, nicht, solange sie als Zivilfahnder so gute Arbeit machen. Nicht, bevor sie fünfzig sind, nicht, bevor sie ausgebrannt sind, nicht, solange sie noch unbemerkt herumhängen können und von Weitem wie zwei stinknormale Typen in Kapuzenjacken aussehen.

»Ist das Zeug gut?«, fragt Christian.

Thomas hat sich an Niels' Haschisch bedient und zerbröselt es auf einem Rizla.

»Es ist okay, aber als gut würde ich es nicht bezeichnen.«

Thomas nimmt die Zigarettenschachtel aus dem Handschuhfach, die sie den Verdächtigen anbieten, wenn sie sie im Auto befragen.

»Nur einen kleinen?«, fragt Thomas.

»Müssen wir wohl oder übel«, sagt Christian. Sie scherzen gern darüber, dass sie das Hasch, das es auf dem Markt gibt, testen müssen.

Thomas rollt einen Joint, einen feinen, langen, dünnen Joint. Nicht zu stark, damit die Augen nicht rot werden und sie keine Lachanfälle kriegen. Nur ein kleiner Joint, um den Arbeitstag ausklingen zu lassen.

»Gestern hab ich die Papiere unterschrieben«, sagt Christian, als sie an einer roten Ampel halten.

»Fuck. Herzlichen Glückwunsch und fuck.«

»Meine Hände zittern immer noch.«

»Das in Herlev, das du dir angesehen hast?«

»Nein, Katrines Vater hat eins bei einer Zwangsversteigerung gefunden. Eine riesige Hütte, die wir uns sonst niemals hätten leisten können. Das war eine einmalige Gelegenheit.«

»Sollen wir die Sirene anmachen und eine kleine Runde drehen?«, fragt Thomas.

»Nein, wir sind jetzt erwachsen. Du wirst Vater, und ich habe ein Haus gekauft.«

»Nur eine kurze Runde?«

»Okay.«

Thomas befestigt das Blaulicht auf dem Dach, und Christian gibt Gas. Sie rasen durch das Industriegebiet, vorbei an Betonblöcken, während sie sich abwechselnd den Joint reichen. An einem Mittwoch wie diesem ist es gar nicht so mies, ein unterbezahlter Drogenfahnder zu sein.

DANNY

DER ZUG FÄHRT durch das Land. Danny hat all seine Habseligkeiten in zwei Plastiktüten. In erster Linie Klamotten. Und ein altes Mobiltelefon. Als er das letzte Mal verhaftet wurde, besaß er eine Wohnung voller teurer Dinge. Einen Flachbildfernseher im Wohnzimmer, einen im Schlafzimmer und zwei im Kleiderschrank. Er hatte eine PlayStation und eine Xbox. Er hatte eine riesige Sammlung von Nike-Turnschuhen, allesamt die neuesten Modelle, die noch in ihren Schachteln steckten. Und keine Quittungen für irgendwas davon. Wir nehmen das, haben die Polizisten gesagt, und das und das. Danny vermutet, dass jetzt ein paar Polizisten mit seinen Yeezys herumlaufen, wenn sie ihren Hund Gassi führen.

Danny sitzt einer Frau mittleren Alters gegenüber. Ihre Nase läuft unablässig. Sie hat fast eine ganze Rolle Toilettenpapier aufgebraucht. Der kleine Müllbeutel, der unter dem Tisch für die Passagiere bereitliegt, ist bereits voll, und jetzt stopft sie die rotzigen Fetzen in ihren Fjällräven-Rucksack. Sie schaut zu ihm hinüber.

»Eine Allergie«, sagt sie. »Es ist nicht ansteckend.«

Felder rauschen am Fenster vorbei. Viele der Kleinstädte

sehen gleich aus, oder vielleicht ist er inzwischen blind für die Unterschiede.

Er blättert in einer Zeitung, die jemand auf einem Sitz liegen gelassen hat. Die Titelgeschichte handelt vom Bandenkrieg. Weiter hinten befindet sich eine Karte mit vier verschiedenen Farben: Eine Farbe zeigt, wo Schießereien stattgefunden haben, eine zweite die Stelle, an der jemand bei einem Unfall mit Fahrerflucht gestorben ist, eine dritte, wo ein Mann tot aufgefunden wurde, und eine vierte den Platz, an dem zwei Menschen schwer verwundet wurden. Er blättert weiter, liest von einer Frau, die sich Brüste in Körbchengröße K gewünscht hat. Sie musste sich im Ausland operieren lassen, weil kein dänischer Chirurg bereit war, den Eingriff durchzuführen. Stolz zeigt sie ihre Brüste. Danny legt die Zeitung weg und schaut wieder aus dem Fenster. Er ist draußen, aber es fällt ihm schwer, es zu glauben. Scheiße, er ist draußen. Nicht ganz frei – die Bewährung ist das Geschenk eines falschen Freundes. Aber er ist draußen.

Es ist später Nachmittag, als der Zug am Kopenhagener Hauptbahnhof eintrifft. Danny nimmt die Rolltreppe hoch zur Haupthalle. Er scannt die Sitzbänke. Er interessiert sich nicht für die Rucksacktouristen oder die auf den Anschluss wartenden, in ihre Mobiltelefone vertieften Geschäftsleute. Danny sucht nach den Leuten, die die Bahnhofshalle als Unterschlupf nutzen, die mit den hohlen Wangen. Er stellt ihnen allen dieselbe Frage und wird schließlich an einen Mann in der Ecke verwiesen, einen Mann in einem abgetragenen Fuchspelzmantel. Der Mann hat ein heißes Handy im Angebot: 400 für das Telefon, 200 für eine Prepaid-Karte mit dem doppelten Wert.

Danny holt das Geld heraus, reicht dem Junkie die Scheine.

»Und da ist Guthaben drauf?«

»Ja, natürlich.«

»Wenn auf dieser Karte keine 400 drauf sind, komm ich wieder und schlag dir die Zähne ein.«

Ohne mit der Wimper zu zucken, zieht der Mann eine andere Telefonkarte aus seiner Tasche.

»Dann nimm lieber die hier«, sagt er. Und sie tauschen.

Danny tritt auf die Straße hinaus. Die Sonne scheint nicht, und doch blendet ihn das Licht. Er setzt sich auf eine Bank. Er riecht den Hotdog-Wagen, riecht Pisse, Rauch und Benzindämpfe: Er liebt das alles. Er ist zurück in der Stadt. Es ist ihm im Moment scheißegal, dass es Ivertssen war, der ihn rausgeholt hat. Und dass Ivertssen dafür wahrscheinlich beide Nieren von ihm haben will. Danny freut sich, zurück zu sein. Hast du mich vermisst, Stadt? Ich werde dich ordentlich rannehmen. Ich werde dich zu einem gefährlicheren Ort machen. Die Statistiken für Gewaltverbrechen werden durch die Decke gehen. Ich sorge dafür, dass alle Leute aus Jütland wieder zurück nach Hause ziehen.

Danny holt sein altes Telefon aus einer der Plastiktüten. Er macht sich keine großen Hoffnungen, als er den Knopf drückt, doch wie durch ein modernes technologisches Wunder geht es an. Der Akku ist noch zu zwölf Prozent geladen. Aber natürlich ist auf der Telefonkarte kein Guthaben mehr. Und selbst wenn: Danny wird sein altes Handy nicht benutzen, es könnte ja abgehört werden. Er leidet unter der Paranoia, die alle Kriminellen im Laufe der Zeit entwickeln. Danny scrollt durch die Kontakte. Eine Reihe von Dealern und Hehlern, die ihre Telefone längst entsorgt haben. Ein paar Mädchen, mit denen er sich damals getroffen hat, die ihn jedoch gewiss nicht vermissen werden. Er war nicht sehr nett zu ihnen. Er sieht die Telefonnummer seiner Mutter. Er weiß nicht, warum er sie damals nicht gelöscht hat. Vielleicht erschien ihm das zu endgültig.

Danny gibt die Nummern von Malik und Christian in sein neues Handy ein. Die einzigen Nummern von Interesse. Zuerst versucht er es bei Malik, aber es geht direkt die Mailbox ran. Danny überlegt, ob er eine Nachricht hinterlassen soll, doch er will die Überraschung nicht verderben. Dann ruft er Christian an, kommt aber nicht durch. Wahrscheinlich hat Christian längst eine neue Nummer. Alles andere wäre seltsam, immerhin ist er Polizist geworden.

Danny holt den Zettel mit seiner neuen Adresse heraus und macht sich auf den Weg.

DANNY IST IRGENDWO in Sydhavnen. Er steht vor einem einstöckigen, grauen Gebäude aus Granulatbeton. Neben der Tür befindet sich ein einzelner Knopf mit einem Schild, das die Aufschrift »Birkely« trägt. Er drückt auf den Knopf. Falls irgendwo im Inneren eine Klingel läutet, kann er sie nicht hören. Er drückt noch einmal auf den Knopf.

Der Mann, der die Tür öffnet, stellt sich als Verwalter vor. Aus der verbrauchten, trockenen Haut und diesem besonderen Blick in den Augen schließt Danny, dass der Mann früher selbst drogenabhängig war. Der Verwalter bittet ihn, ihm in sein Büro zu folgen. Er erzählt Danny kurz, was es mit der Unterkunft auf sich hat. Es ist ein Resozialisierungszentrum für Junkies. Es ist keine Entzugsklinik, sondern ein Ort für Menschen, die bereits eine lange Reha hinter sich haben und nun clean sind, weder Methadon noch irgendwelche Psychopharmaka nehmen. Der erste Schritt zu einer normalen Existenz: eine betreute Arbeit in einem Lagerhaus und eine kleine Wohnung am Rande der Stadt. Sie haben sogar ein mit bunten Farben gestrichenes und mit Spielzeug vollgestopftes Familienzimmer. Ideal, wenn man seine Kinder lange nicht gesehen hat.

»Wenn Sie sehen, wie ich versuche, ein paar Kinder dort reinzuschleppen, rufen Sie sofort die Polizei«, sagt Danny.

Der Verwalter lächelt nicht. Er sagt, dass sie normalerweise jemanden wie Danny nicht aufnehmen würden, aber dies sei eine Ausnahme: ein persönlicher Gefallen für jemanden.

»Für wen?«, fragt Danny.

»Einen Polizisten.«

»Ivertssen?«

Der Verwalter antwortet nicht.

»Dann ist es kein Gefallen«, sagt Danny. »Er hat etwas gegen Sie in der Hand. Was Schlimmes.«

Der Verwalter starrt Danny in die Augen. Als dieser Typ noch ein Junkie und Dealer war, hätte man sich bestimmt nicht mit ihm anlegen wollen. Definitiv nicht. Aber im Laufe der Jahre haben so viele Leute schon versucht, Danny mit ihrem Blick einzuschüchtern. Und selbst wenn dieser Typ in Hochform wäre, hätte er wissen müssen, dass das keine schlaue Idee ist. Sie starren sich ein paar Sekunden an. Dann erinnert sich der Verwalter daran, wer er jetzt ist. Er bittet Danny, einen Zettel zu unterschreiben, und zeigt ihm das Haus. Hier ist das Fernsehzimmer, hier ist der Speisesaal, hier ist die Küche. Und Danny wird überall, wo sie hingehen, von den gleichen Blicken empfangen. Kein Hass. Keine offene Aggressivität. Nur stille Verachtung.

Der Verwalter zeigt ihm seine neue Bleibe. Ein Einzelzimmer, nur unwesentlich größer als die Zelle, aus der er gerade kommt. Ein Fenster mit Blick auf einen Holzzaun. Das Familienzimmer zeigt ihm der Verwalter nicht.

Sie landen wieder im Büro, wo Danny eine kurze und routinierte Ansprache zu den Dingen, die er nicht tun darf, zu hören kriegt. Es geht hauptsächlich um Drogen und ein bisschen auch darum, anderen nichts wegzunehmen und nicht einfach den Kanal zu wechseln, wenn jemand sich gerade etwas im Fernsehen anschaut.

»Haben Sie irgendwelche Fragen?«, fragt der Verwalter.

Danny hat keine.

»Wir essen um sechs.«

»Muss ich um sechs hier sein?«

»Sie müssen vor neun hier sein, aber am ersten Tag sollten Sie vielleicht …«

»Und wenn ich nicht vor neun Uhr zurück bin?«

»Dann wird die Tür nicht geöffnet, und Sie verlieren automatisch Ihren Platz. Aber es könnte nicht schaden, am ersten Tag mit uns zu Abend zu essen. Dann lernen Sie die …«

»Ich bin vor neun Uhr zurück«, sagt Danny.

DER BUS HÄLT am Rathaus von Frederiksberg, und Danny steigt aus. Er erinnert sich nicht mehr an die genaue Adresse und geht zunächst die falsche Straße entlang. Er macht kehrt und versucht es ein paar Straßen weiter, bis er das Restaurant findet. Obwohl auf dem Schild steht, dass es geöffnet hat, leuchtet im Inneren kaum Licht. Er geht zur Tür und ist überrascht, als sie sich öffnen lässt.

Er betritt einen großen Raum. Die Tischtücher sind abgenutzt, aber immer noch weiß. Eine junge blonde Frau empfängt ihn mit einem Lächeln.

»Ist Abebe da?«, fragt Danny und blickt zur Küchentür.

»Er ist in einer Besprechung«, sagt die Kellnerin. »Er müsste gleich zurückkommen.«

Danny setzt sich unter das Geweih von irgendeiner Urwaldziege. Aus einem Lautsprecher über ihm ertönt gedämpfte Musik. Das Restaurant ist leer, abgesehen von einem älteren Ehepaar, das schweigend in einer Ecke isst. Die Kellnerin bringt ihm eine Speisekarte, falls er etwas bestellen möchte. Als sie sich wieder entfernt, starrt Danny auf ihren Hintern. Es ist lange her, dass er mit einer auch nur entfernt attraktiven Frau gesprochen hat.

Er klappt die Speisekarte auf und sieht sich die äthiopischen Gerichte an. Es sind dieselben Gerichte, die er als Kind oft bei Maliks Familie zu essen bekam. Fleisch, das vor sich hin köchelt, bis es vom Knochen fällt. Das flache Injera-Brot, mit dem man es in sich hineinschaufelt.

Abebe hatte das Restaurant gerade eröffnet, als Danny in den Knast wanderte. Die Wände rochen noch nach Farbe, »lachsfarben«, hatte Abebe stolz gesagt und ihn herumgeführt. Und dann hatte Abebe fast alles auf der Speisekarte für ihn gekocht. Sein letztes Abendmahl. Es hatte gut geschmeckt, aber nicht so gut wie das Essen, das Maliks Mutter so oft bei ihnen im Viertel für sie zubereitet hatte.

Die Küchentür öffnet sich, und zwei Männer in Anzügen kommen heraus. Teure Anzüge, teure Lederaktentaschen. Anwälte, vermutet Danny. Er hat im Laufe der Jahre viele Anwälte getroffen. Sie bewegen sich selbstbewusst, jeder Schritt kostet viel Geld. Sie verlassen das Restaurant.

Danny steht auf und geht in die Küche. Abebes Afro ist angegraut, ansonsten ist er ganz der Alte: ein gebildeter afrikanischer Mann in schwarzem Hemd, brauner Hose und mit einer Nickelbrille auf der Nase.

Abebe schaut zu Danny auf. »Die Toiletten sind …«, setzt er an, doch dann erkennt er Danny und umarmt ihn.

»Ich bin gerade erst rausgekommen.«

Abebe küsst ihn auf die Stirn. »Natürlich.«

»Was sind das für welche?«, fragt Danny und deutet mit einem Kopfnicken zur Tür.

»Sie wollen die Miete erhöhen. Sie wollen mich rausekeln.«

Abebe bietet Danny eine Zigarette an, eine Dunhill, und schaltet den Dunstabzug über dem Herd ein. Danny erkennt

Malik in ihm. Die gleichen sanften Bewegungen der Hände. Im Viertel hätten sie gesagt, dass er sich ein bisschen wie eine Tunte aufführt.

»Ist Malik nicht hier?«

Abebe blickt auf den gekachelten Boden.

»Er ist momentan schwer zu erreichen.«

»Was meinst du damit?«

»Irgendwie können wir ihn nicht finden.«

»Wird er vermisst?«

»Na ja, nicht wirklich vermisst. Als ich in seinem Alter war, war ich oft wochenlang weg. Hinter den Weibern her.«

Danny sieht Abebe an und fragt sich, ob er seinen eigenen Sohn wirklich so schlecht kennt.

»Du machst dir also keine Sorgen?«, fragt er.

»Zahnmedizin zu studieren ist ziemlich anstrengend. Wahrscheinlich muss er nur mal ein bisschen die Sau rauslassen. In ein paar Tagen ist er wieder da.«

Danny nickt.

»Bleib und iss etwas«, sagt Abebe. »Bestell, was immer du möchtest.«

»Ich komme mal mit Malik vorbei, und dann fressen wir dir die Haare vom Kopf.«

Abebe umarmt ihn noch einmal.

»Es ist so schön, dich zu sehen«, sagt er und gibt Danny zwei seiner teuren Zigaretten, was ein wenig komisch wirkt, aber eine nette Geste ist.

Als Danny das Restaurant durchquert, sieht er, dass ein weiterer Gast eingetroffen ist. Eine junge schwarze Frau mit langen dünnen Zöpfen. Sie sitzt vor einem Laptop, trinkt Cola und knabbert Oliven.

Dannys Hand liegt auf dem Türgriff, während er im Kopf nachrechnet. Sechs Jahre hinzuaddiert. Es ist Maliks kleine Schwester. Die süße Aisha, für die sie immer Spielsachen gestohlen haben. Sie hatte die größte Sammlung in Nordvest. Und sie mussten ihr immer hoch und heilig schwören, dass sie Flaschen gesammelt und das Pfand eingelöst oder Zeitungen ausgetragen und das Geld gespart hatten, sonst hätte sie nicht damit gespielt. Als Danny sie das letzte Mal gesehen hat, war sie eine schlaksige Dreizehnjährige mit Zahnspange, groß, flachbrüstig und schüchtern. Sie hat sich sehr verändert.

Danny geht zu ihr.

»Aisha?«, sagt er und ist einen Moment lang unsicher.

Sie schaut auf, wirkt erst verwirrt, aber dann lächelt sie so süß und herzlich, dass er in ihr sofort Maliks kleine Schwester erkennt. Sie steht auf und umarmt ihn zaghaft.

»Hast du eine Zigarette?«, fragt sie ihn leise.

Aisha lässt ihren Laptop und ihre Bücher auf dem Tisch liegen. Sie treten hinaus und gehen ein paar Schritte von den Restaurantfenstern weg. Danny vermutet, ihre Familie weiß nicht, dass sie raucht.

»Blümchen«, sagt Danny, während sie sich die Zigaretten anzünden. »Hat Malik dich nicht immer so genannt?«

»Fang nicht damit an«, sagt Aisha.

»Oder war es kleiner Troll?«

»Nein, es war verflucht nochmal nicht kleiner Troll. Sehe ich wie ein Troll aus?«

»Nicht mehr. Überhaupt nicht.«

»Gut.«

»Es war Karamelle, stimmt's?«

»Karamelle? Ernsthaft?«

»Ich weiß noch, dass du einmal eine ganze Tüte Karamellbonbons gegessen hast.«

»Ihr Jungs habt sie mir gegeben. Ich hatte mega Bauchschmerzen davon.«

»Entschuldige, du Karamellmonster.«

»Halt einfach die Klappe, Danny«, sagt Aisha mit einem Lächeln. Sie geht los, und er folgt ihr. Sie laufen eine Weile nebeneinander her. Das Viertel ist ganz anders als das, in dem sie aufgewachsen sind, doch sie scheint sich perfekt einzufügen. Als hätte sie sich komplett gewandelt und das Ghetto abgeschüttelt. Es steht ihr gut.

»Wird Malik vermisst?«, fragt Danny.

»Ich dachte, deshalb bist du hier.«

»Ich bin gerade erst freigelassen worden. Ich hatte gehofft, ihn zu sehen.«

»Natürlich. Und Glückwunsch oder was auch immer man da sagt. Ich bin nur ein bisschen verwirrt. Malik ist vor über zwei Wochen verschwunden. Wir waren auf dem Revier 1, um eine Vermisstenanzeige aufzugeben.«

»Als ich mit deinem Vater gesprochen habe …«

»Ja?«

»Er schien überhaupt nicht nervös zu sein. Weiß er etwas?«

»Nein, ich glaube nicht.«

»Er war nur so entspannt bei der ganzen Sache. Irgendwas nach dem Motto: ›Jungs sind eben so‹ …«

»Du kennst doch Baba. Entweder belügt er sich selbst, so wie jetzt, und redet sich ein, dass alles in Ordnung ist. Malik kommt morgen zurück. Alles kein Problem. Oder er gräbt sich ein großes schwarzes Loch und kommt nie wieder raus.«

»Wegen damals … im Gefängnis?«, sagt Danny, um das Wort »Folter« zu vermeiden. Die Folter, der ihr Vater ausgesetzt worden war.

Aisha antwortet mit einem schwachen Kopfnicken.

Sie gehen an einer Weinbar vorbei. Zwei Männer in kurzärmeligen Hemden stehen draußen, rauchen und schlürfen ihren Weißwein. Sie sehen beide glücklich und ein wenig zu betrunken aus. Es scheint, als hätten sie etwas zu feiern.

»Hast du eine Ahnung, wo dein Bruder ist?«, fragt Danny.

»Nein.« Aisha sieht aus, als würde sie nachdenken. »Es bedeutet wahrscheinlich nichts …«

»Aber?«

»Weißt du noch, wie ich ihn immer damit aufgezogen habe, dass er mir seine Wohnung geben soll, weil er sowieso ständig in unserer Küche rumhing? Aber in letzter Zeit wurden seine Besuche immer seltener. Und manchmal bekam er beim Abendessen einen Anruf und ging nach nebenan, um dort zu telefonieren. Danach wirkte er lebhafter und fröhlicher.«

Danny schaut sie verwirrt an.

»Klingt nach einer Frau, oder?«, fragt sie.

»Reden wir immer noch über Malik?«

»Ja, natürlich.«

»Malik, der Frauenheld aus Nordvest?«

Aisha lächelt. Malik wusste mit dem anderen Geschlecht nie viel anzufangen. Oder umgekehrt. Mit der Fähigkeit, Gleichungen im Kopf zu lösen und Tolstoi zu zitieren, kam man bei den Mädchen aus dem Viertel nicht besonders gut an.

»Ich sage nur, es ist eine Möglichkeit.« Aisha zieht an ihrer Zigarette und sieht aus, als würde sie sich wirklich wünschen, dass es so wäre.

»Ist es ein Problem, wenn er mit einem Mädchen nach Hause kommt, die nicht …«

»Was, die keine Schwarze ist? Schwarz wie Ebenholz? Eine Sozialistin? Eine Rechtshänderin?«

»Was auch immer ihr seid.«

»Nein. Damit hätte meine Familie kein Problem. Das kann ich mir wirklich nicht vorstellen. Aber wenn sie aus dem Viertel ist …«

»Du meinst, sie könnte eine pakistanische Schönheit mit säbelschwingenden Brüdern sein?«

»Ich meine gar nichts. Ich vermute nur. Oder besser gesagt: Ich hoffe es. Ich stelle mir einfach gerne vor, dass er mit ihr durchgebrannt ist. Wer auch immer sie ist. Dass er irgendwo sitzt, wo es schön warm ist, bis Gras über die Sache gewachsen ist.«

Sie gehen eine Weile nebeneinander her. Sie bleibt stehen, nimmt seine Hände in ihre und schaut ihm in die Augen.

»Bitte finde ihn«, sagt sie.

»Ja. Ich werde ihn finden.«

»Versprichst du das?«

»Ja«, sagt er. Und während er es sagt, meint er es auch so. Es ist vielleicht das erste Versprechen seines Lebens, das er auch einzuhalten gedenkt.

DANNYS ERSTE MAHLZEIT in Freiheit besteht aus zwei Hotdogs von einem Hotdog-Stand. Mit allem Drum und Dran. Ein Berg von Zwiebeln, die in der Nase stechen. Er isst schnell. Das Ketchup rinnt ihm übers Kinn.

Kurz vor neun klingelt er an der Tür und wird hereingelassen. Birkely ist nun voll von Leuten, die nachts nicht rausdürfen. Hauptsächlich Männer, einige wenige Frauen sind auch darunter.

Sie spielen Ludo und Dame, keine Spiele, die süchtig machen oder bei denen man Geld einsetzen kann. Keine Kartenspiele, kein Backgammon.

Im Fernsehzimmer läuft eine Krimiserie mit einem Dorfpolizisten, der auf dem sonnigen englischen Land Morde aufklärt. Ein Earl ist mit einem Kricketschläger zu Tode geknüppelt worden. Trotzdem, alles sehr gemütlich und höflich. Die Schnurrbärte sind sehr gepflegt.

Geraucht wird im Freien auf einem kleinen Innenhof. Durch das Fenster sieht Danny dichten Nebel, als hätte jemand eine Rauchgranate geworfen. Die legale Sucht ist der beste Freund des ehemaligen Junkies. Danny hat keine Zigaretten mehr. Er würde nicht im Traum daran denken, eine zu schnorren – er kriegt auch so schon genug unfreundliche Blicke ab. Er kann sie verstehen. Jeder hier hat genug mit seinen eigenen Ängsten zu tun. Sie schwitzen zusammen, sie kämpfen zusammen. Und dann kommt dieser großspurige tätowierte Trottel. Drogen, wo sind die Drogen? Wer verteilt sie?

Danny geht in das Zimmer, das der Verwalter ihm gezeigt hat. Das Bettzeug liegt gefaltet auf der Matratze, und er bezieht sein Bett. Er nimmt die kleine Meerjungfrau nicht aus der Tasche, damit sie von der neuen Umgebung nicht enttäuscht ist. Er weiß, dass sie gewisse Erwartungen hat, jetzt wo sie endlich raus sind.

Danny versucht es noch einmal unter Christians alter Telefonnummer, aber ohne Erfolg. Er legt sich auf das Bett. Sein erster Tag außerhalb der Mauern ist nicht ganz so verlaufen, wie er es sich erhofft hatte.

Malik ist weg. Wäre es irgendein anderer Idiot aus dem Viertel gewesen, hätte Danny es einfach mit einem Achselzucken abgetan und sich gesagt, dass der Typ wahrscheinlich Scheiße gebaut hat und bald in einer schwarzen Tasche gefunden oder an den Strand gespült wird. Aber nicht Malik. Jeder andere, aber nicht sein Kumpel Malik. Jeder, verdammt, nur er nicht.

Danny hat Malik in der fünften Klasse kennengelernt. Sie gingen auf eine Schule, deren Lehrer aussahen, als litten sie an einer Kriegsneurose. Malik war neu in der Klasse. Er trug eine Brille und war groß und hager. Schwarz wie die Nacht. Fuchtelte mit den Händen, wenn er sprach, hatte lange dünne Finger. Malik wurde der Klasse vorgestellt und gebeten, sich hinzusetzen, und selbst das tat er sorgfältig, als ob er sich vergewissern wollte, dass er sich nicht auf irgendetwas draufsetzte. Danny sah den neuen Jungen an und wusste, dass ihn in der nächsten Pause bestimmt jemand verprügeln würde. Er hatte damit kein Problem, in erster Linie war er nur neugierig, wer es sein würde. Ob sich eine ganze dritte Klasse wie die Piranhas auf ihn stürzen würde. Oder nur ein Typ aus der neunten Klasse, der mies gelaunt war. Letztlich waren es zwei Jungen aus der achten Klasse. Und es hätte so ablaufen müssen, wie es immer abläuft, angefangen mit ein bisschen Demütigung. Deine Mutter ist eine Hure, dein Vater lutscht Pferdeschwänze. Dann ein bisschen Herumschubsen und schließlich eine Tracht Prügel. Und je weniger Malik sich gewehrt hätte, desto schneller wäre es vorbei gewesen. Und natürlich würde es am nächsten Tag genau so weitergehen. Aber Malik weigerte sich, klein beizugeben und es einfach hinzunehmen. Er schrie und brüllte. Er biss einen von ihnen. Natürlich lief es auf dasselbe Ergebnis hinaus. Es stachelte die beiden Jungen nur noch mehr an. Doch Danny gefiel, dass der magere schwarze Junge Kampfgeist zeigte, obwohl er keine Chance hatte. Danny bohrte einem der Jungs einen Zirkel in die Wange. So tief, bis er auf einen Zahn traf. Das fanden die beiden Jungs aus der achten Klasse nicht mehr so lustig.

Danny und Malik wurden Freunde.

Malik konnte Schach spielen und versuchte, es Danny beizubringen, obwohl Danny nicht in der Lage war, sich länger als anderthalb Minuten am Stück zu konzentrieren, und am Ende immer das Brett auf den Boden schleuderte.

Anfangs war Christian eifersüchtig, denn bis dahin waren Danny und er ein unzertrennliches Duo gewesen, seit sie in den Kindergarten gekommen waren und am Klebstoff geschnüffelt hatten. Der kleine Psycho Danny und Christian, immer zusammen. Christian, der alles tat, um Dannys Freund zu sein. Und dann waren sie plötzlich zu dritt. Aber Christian regte sich schnell wieder ab. Danny stellte weiterhin Unsinn mit ihm an. Einbrüche und Vandalismus im Allgemeinen. Malik hielt sich da völlig raus.

Als Danny ein bisschen älter war, wurde er von Einrichtung zu Einrichtung gereicht, von Jütland bis zu den Inseln, überall dorthin, wo man dachte, man könnte mit ihm fertigwerden. Man empfing ihn mit offenen Armen, bis er etwas zerdepperte oder jemanden vermöbelte. Und wenn Danny wieder nach Hause ins Viertel zurückgeschickt wurde, waren sie immer noch da, seine beiden Freunde Christian und Malik.

Sie waren immer da. Sie besuchten ihn im ersten Jahr im Gefängnis. Aber im Laufe der Zeit immer seltener. Danny war stolz auf sie. Sie hatten ein eigenes Leben.

MALIK

EIN SCHWARZER BETRITT die zahnmedizinische Fakultät. Ein Schwarzer wischt Regentropfen von seiner Jacke. Scheiße, warum denkt Malik immer noch von sich als schwarz? Ja, er ist schwarz, aber ist er nicht in erster Linie ein Student, oder vielleicht in erster Linie er selbst? Trotzdem verspürt er den Drang, ein Lied anzustimmen, vor den Kommilitonen einen kleinen Stepptanz hinzulegen und »Oh Mamy« zu singen.

Malik steigt die Treppe hoch. Heute muss er in den Hörsaal 6b. Sein Blick ist auf den Boden geheftet, und er grüßt niemanden. Ein Schwarzer kümmert sich um seinen eigenen Kram. Malik ist nicht dumm. Er hat eine Theorie darüber, warum ihm in den letzten Jahren so bewusst geworden ist, dass er nicht aschblond ist wie seine Kommilitonen. Malik glaubt nicht mehr, dass es etwas mit der Hautfarbe zu tun hat. Zumindest nicht nur. Wenn man nicht hineinpasst, sucht man nach dem erstbesten Grund, um sich abzugrenzen. Eine kleine Behinderung, abweichende sexuelle Orientierung, irgendeine Erklärung eben. Zumindest ist das der Schluss, zu dem er vorerst gelangt ist.

Malik geht an zwei Mädchen vorbei. Er weiß, dass eine von ihnen Sofie heißt. Sie hat braunes Haar und ist auf eine mausgraue Art und Weise hübsch. In einem Disney-Film wäre sie nicht die Prinzessin, eher eine vertrauenswürdige Hofdame oder eine Dorfbewohnerin. Doch Malik hätte sowieso nicht den Mut, um die Prinzessin zu werben, er hat noch nicht einmal den Mut aufgebracht, Sofie anzusprechen. Nicht einmal ein Hallo. Und nicht, weil er noch keine Gelegenheit dazu gehabt hätte. Vor zwei Wochen hatten sie bei einer Studentenparty nebeneinander vor dem Buffet gestanden. Malik hatte drei kleine Fleischbällchen auf seinen Pappteller gelegt, und Sofie hatte sich zu ihm herübergebeugt und mit gedämpfter Stimme gesagt: »Ich glaube, da ist Schweinefleisch drin.« Als Warnung, weil er schwarz ist und deshalb ja wohl Muslim sein muss und noch nicht gecheckt hat, dass achtzig Prozent des dänischen Essens aus Schweinefleisch besteht. Sie meinte es gut, das konnte er an ihrem Tonfall erkennen. Und er hätte in diesem Moment seine rechte Hand für eine geistreiche Antwort gegeben. Vielleicht so etwas wie: *Na, solange kein Gemüse im Salat ist.* Oder: *Dann sollte ich wohl lieber den Schinkenbraten nehmen.* Egal was, es hätte auch total bescheuert sein können, Hauptsache, er hätte wenigstens irgendetwas gesagt. Wäre er nur nicht vor Schreck erstarrt und hätte dann in seiner Verlegenheit seinen Teller mit Kartoffelsalat vollgeladen.

Irgendwo hinter ihm lachen die Mädchen, und wäre Malik noch ein klein wenig paranoider, hätte er geschworen, dass sie gerade etwas über ihn gesagt haben. Aber die Wahrheit ist, dass sie ihn nicht bemerken. Pechschwarz und dennoch unsichtbar, selbst hier vor den pastellfarbenen Wänden.

Malik betritt den Hörsaal, in dem seine Klasse in kleinen Gruppen verteilt sitzt und sich aufgeregt über das unterhält, was gleich passieren wird. Heute ist ein wichtiger Tag, der für den Rest des Jahres, vielleicht sogar für ihre zukünftige Karriere von großer Bedeutung ist. Malik nickt seinem Freund Erik zu. Dessen rotes Haar ragt in alle Richtungen, als käme er frisch aus einem Windkanal. Seine Augen sind blutunterlaufen. Malik ist ein wenig stolz auf sich. Erik wäre definitiv nicht aufgetaucht, wenn Malik nicht angerufen hätte, um ihn heute Morgen zu wecken.

Die Tür öffnet sich, und ihr Dozent Frank Hansen tritt ein, wie immer ein paar Minuten zu spät. Frank Hansen war früher ein hervorragender Zahnchirurg, und er hat einige chirurgische Techniken entwickelt, die auch heute noch angewendet werden. Das war, bevor er einen Hang zum Lachgas entwickelte. So heißt es zumindest. Inzwischen ist er völlig clean, oder wie auch immer man es nennt, wenn man kein Lachgas mehr konsumiert. Oder vielleicht doch nicht völlig, das ist ein häufiges Gesprächsthema auf Partys. Aber eines ist sicher: Er ist ein wirklich talentierter Dozent, der sehr selten an Zähnen herumdoktert.

Frank Hansen muss nichts sagen. Die Studenten verstummen, sobald sie ihn sehen. Sie stehen auf und gehen hinunter zu dem weiß laminierten Tisch vor der Tafel, auf dem er fünf braune Pappmappen ausbreitet.

»Ihr wisst ja Bescheid«, sagt er. »Ihr müsst euch nicht heute entscheiden, aber ich erwarte, dass ihr bis zur nächsten Stunde eine Entscheidung fällt. Dann könnt ihr darüber abstimmen.«

»Dürfen wir sie jetzt sehen?«, fragt Alma, und der Dozent lächelt über ihre Ungeduld.

»Ja«, sagt er.

Sie stürzen sich auf die Mappen wie hungrige Kinder auf Wurstbrötchen.

»Denkt daran, das sind echte Menschen«, sagt Frank Hansen und versucht, sich über dem Lärm der Studenten Gehör zu verschaffen.

Sie haben fünf Fälle vor sich. Fünf potenzielle Patienten, zwischen denen sie wählen können. Alle fünf haben eine kostenlose Zahnbehandlung an der Hochschule beantragt, weil die Operationen zu teuer sind, als dass sie sie aus eigener Tasche bezahlen könnten. Während der letzten Vorlesung sprach Frank Hansen mit seinen Studenten über die Kriterien, nach denen sie eine Fallakte auswählen sollten. Sie sollten überlegen, wer am meisten von der Operation profitiert, wer die größten Erfolgsaussichten hat und welche Behandlung unter wirtschaftlichen Gesichtspunkten am sinnvollsten ist.

Die Studenten blättern in den Unterlagen und diskutieren. Malik und Erik stehen am Ende der Schlange vor dem Patientenbuffet. Auf der ersten Seite findet sich eine kurze Beschreibung des Antragstellers und seines Problems. Die nächsten Seiten zeigen Röntgenbilder und die Diagnose.

Der erste Fall, den sich Malik und Erik anschauen, ist ein Skateboarder, der sich seine ganze obere Zahnreihe zertrümmert hat. Die Versicherung übernimmt die Kosten nicht. Er hatte das Kleingedruckte über die obligatorische Sicherheitsausrüstung für Extremsportarten nicht gelesen. Er hätte einen Helm tragen sollen.

»Volltrottel«, flüstert Erik Malik zu. »Ein 26-jähriger Skateboarder verdient keine Zähne. Soll er doch einen Strohhalm benutzen.«

Malik kann sich das Lachen nicht verkneifen. Sie lesen die anderen Dokumente. Ältere Menschen. Haben sich in Polen die Zähne richten lassen und so weiter.

Die Letzte auf dem Stapel ist eine 27-jährige Frau. Ihre Zähne sind so schlecht, wie man es normalerweise nur bei obdachlosen Männern sieht, die seit zehn oder mehr Jahren auf der Straße leben. Es sind nur noch kleine braune Stümpfe übrig.

»Das hat sie vom vielen Cola«, sagt Erik und erntet einen scheinheilig wütenden Blick von Alma. Malik mustert die junge Frau auf dem Foto und sieht, wie sorgfältig sie sich geschminkt hat. Malik kommt aus dem Block. Er weiß, dass solche Zahnschäden von einer vernachlässigten Kindheit rühren. Normalerweise ist es nur die Spitze des Eisbergs, wenn sich die Kinder die Zähne nicht putzen.

Erik legt eine Hand auf das Foto und bedeckt die untere Gesichtshälfte der jungen Frau.

»Ohne diese verfaulten Beißer würde ich sie bumsen«, flüstert er Malik zu.

Obwohl sich die Studenten noch nicht entscheiden müssen, haben sie bereits damit begonnen, die verschiedenen Patienten zu vergleichen. Die meisten von ihnen sind der Ansicht, dass die Frau mit den faulen Zähnen die am wenigsten geeignete Kandidatin ist. Das Verfahren wäre zu aufwendig. Sie bekommen zwar Hilfe von einem externen Spezialisten, aber wenn die Behandlung zu schwierig ist, wären sie wahrscheinlich zum Zuschauen verdammt und dürften nicht selbst Hand anlegen. Zumindest sagt Alma das und fragt den Dozenten, ob sie sich damit irrt. Er zögert ein wenig, bevor er sagt, dass ein paar der Studenten in der Lage seien, die Behandlung selbst durchzuführen. Sie alle wissen, dass er nur einen damit meint, nämlich Malik, was die Chancen der Frau mit den verfaulten Zähnen bei Alma nicht gerade erhöht.

Nachdem sie auch während des Mittagessens ausführlich diskutiert haben und sich auch danach nicht einig werden, machen sie Schluss für heute. Frank Hansen bittet Malik, die Unterlagen in sein Büro zu bringen, weil er zu einer Verabredung muss. In der Schule hätte man Malik als Streber bezeichnet. Alma blickt ihn mit einem verärgerten Gesichtsausdruck an, als müsse sie den Drang unterdrücken, ihm mit ihren perfekt lackierten Nägeln die Augen auszukratzen. Wie traurig, dass das einzige Mädchen, das Notiz von ihm genommen hat, ihn überhaupt nicht ausstehen kann.

Erik folgt Malik in den dritten Stock und wartet vor Frank Hansens kleinem Büro, während Malik hineingeht und die Mappen auf den völlig überladenen Tisch legt. Malik wendet sich schon wieder zum Gehen, doch dann zögert er. Er blättert in den Mappen und sucht die der jungen Frau heraus. In weniger als einer Minute hat er die Seiten mit seinem Telefon abfotografiert, die gesamte Krankenakte, auch die letzte Seite mit ihrer Sozialversicherungsnummer und ihren Kontaktdaten, die der Professor der Klasse nicht gezeigt hat. Würde man Malik fragen, warum er das tut, hätte er keine Antwort parat. Er weiß, dass das, was er da macht, gegen die Vorschriften verstößt. Es wurde ihnen mehrmals gesagt, dass sensible, personenbezogene Daten die Hochschule nicht verlassen dürfen. Malik schließt die Mappe wieder und steckt sein Handy weg.

»Wie wär's mit einem Bier?«, fragt Erik, als sie die Treppe hinuntergehen. »Was meinst du? Ich lad dich ein.«

»Ich muss ins Restaurant.«

»Ist Dienstag nicht dein freier Tag?«

»Die Bedienung hat sich krankgemeldet.«

Sie gelangen ans Ende der Treppe, wenden sich nach links und gehen zum Ausgang.

Sofie, das Mädchen mit den braunen Haaren, das ihn auf das Schweinefleisch in den Frikadellen aufmerksam gemacht hat, sitzt auf einer Bank in der Aula und unterhält sich mit zwei Freundinnen. Malik versucht, sie nicht anzustarren oder langsamer zu werden, während sie an ihr vorbeigehen.

Erik grinst ihn an. »Wenn du ihr einen Liebesbrief schreibst, geb ich ihn ihr in der nächsten Mittagspause. Wie wäre es mit: ja, nein oder vielleicht. Und viele Herzchen.«

»Halt einfach die Klappe.«

Sie treten durch die Doppeltür ins Freie.

»Im Ernst, du solltest sie ansprechen.«

Malik antwortet nicht.

»Sag einfach: Hey Puppe, willst du was trinken?«

»Ernsthaft? *Hey Puppe*?«

»Wenn sie dich sympathisch findet, funktioniert fast alles. Viel wichtiger ist sowieso, wie du es rüberbringst.«

Malik sieht seinen Freund an und schüttelt den Kopf.

»Ich weiß nicht viel über Zähne«, sagt Erik. »Aber mit Weibern, da kenn ich mich aus ...«

Malik stiefelt los, und Erik folgt ihm zu den Fahrradständern.

»Ich hab meinen Vater schon fast rumgekriegt«, sagt Erik, während Malik sein Fahrrad aufschließt.

»Cool«, sagt Malik und ist froh, dass sein Freund endlich das Thema wechselt.

»Oder besser gesagt, ich hab meine Mutter bearbeitet. Schließlich und endlich entscheidet sie, wo der alte Herr seinen Geburtstag feiert.«

Sie verabschieden sich. Erik geht auf die Kreuzung zu und schlägt seinen Mantelkragen hoch. Malik weiß, dass Erik vermutlich ein Taxi ruft, aber erst, wenn er so weit von der Hochschule entfernt ist, dass ihn niemand sehen kann. Es ist nicht einfach, sehr reiche Eltern zu haben.

Malik steigt auf sein Fahrrad. Ein Fahrrad für Schwarze, das er gebraucht gekauft hat.

Jetzt fährt ein Schwarzer mit dem Fahrrad durch Kopenhagen. Ein schwarzer Mann auf einem schwarzen Fahrrad. Araber radeln nicht. Sie fahren tiefergelegte Autos mit breiten Felgen. Oder den Bus der Linie 5C. Und was machen Schwarze? Sie rennen, angeblich. Wie Wilson Kipketer, wie früher auf dem Land. Sie rennen schnell an wilden Tieren vorbei, am liebsten barfuß.

Okay, Malik muss jetzt aufhören. Das wird langsam lächerlich.

Malik radelt im Regen, er spürt, wie ihm die Kleider am Leib kleben. Doch das ist nicht schlimm. Er hat seine Kellneruniform in einem Spind im Restaurant. Er mag den Regen, hat das Gefühl, dass er seine Gedanken wegspült. Er wäscht die Gereiztheit fort. Weil er immer noch gereizt ist, verdammt gereizt. Es nervt ihn, dass er nicht den Mut hatte, mit Sofie zu reden. Noch mehr nervt ihn, dass sein Freund es bemerkt hat. Wenn Malik ganz ehrlich ist, würde er Sofie komplett vergessen, sobald er sie nicht mehr sähe. Und Erik hat unrecht. Es liegt nicht daran, dass Malik nicht den Mut dazu hätte, oder, nun ja, er hat ihn nicht. Aber er würde verdammt viel Mut aufbringen, wenn er glauben würde, dass es etwas bringt.

Malik weiß, was er tun müsste, um Sofie oder eines der anderen Mädchen aus dem Kurs rumzukriegen. Er müsste jemand anderes werden. Er müsste das Viertel, aus dem er kommt, als Trumpfkarte ausspielen. Er müsste andere Klamotten tragen, Nike-Schuhe und Schlabberhosen und einen Kapuzenpulli. Dazu müsste er sich vielleicht ein bisschen Gold umhängen, eine Kette oder zwei.

Er müsste die Geschichten seiner Freunde erzählen, schildern, wie tief er in der Scheiße steckt, sich als jugendlichen Straftäter darstellen. Nebenbei erwähnen, dass sein bester Freund seit fast sechs Jahren im Gefängnis sitzt. Geläuterte Sünder sind beliebt. Ein Junge, der es trotz schwierigster Umstände geschafft hat. Er hat seit der Kindheit eine Narbe am Bauch, als er bei seinen ersten Versuchen auf dem Fahrrad gegen einen Drahtzaun gefahren ist. Sie könnte von einer Stichwunde herrühren. Und er müsste das noch nicht einmal behaupten, er müsste sich einfach nur weigern, darüber zu sprechen.

Er würde einen Gangster spielen, der dem Ghetto entkommen ist. Den die blonden Mädchen nach Hause zu ihren Eltern schleppen, um deren Toleranz zu testen. Ihren kleinen Gangster, der nun Zahnarzt wird. Natürlich könnte Malik auch behaupten, er sei Amerikaner. Das ist durchaus eine Möglichkeit. Schwarze Amerikaner sind beliebt. Weil man sie aus den Filmen kennt. Sie sind wie Menschen, die man im Film sieht. Und Malik könnte leicht einen amerikanischen Akzent vortäuschen. Ein bisschen von seiner Familie in New York erzählen. Basketball-Sneakers tragen und jeden Satz mit *yo* beginnen. Sofern man heutzutage noch yo sagt. Er ist sich da nicht ganz sicher. Aber er weiß, dass er mit voller Inbrunst zum Klischee werden müsste. Von allen Schwarzen bevorzugen die Frauen die Amerikaner. Das hat er sich eingeredet und keinen Gegenbeweis dafür gesehen. Malik hat die richtige Größe für Basketball, kann jedoch nicht mit dem Ball umgehen.

Als er um die Ecke biegt, trifft ihn der Regen ins Gesicht und zwingt ihn, die Augen zusammenzukneifen und den Lenker fester zu greifen, da die Griffe glitschig werden.

»Yo«, ruft er in den Regen hinein. »Whazz up«, sagt er. »Word«, sagt er und grinst.

DANNY

DANNY WACHT UM Punkt sieben Uhr auf, die Zeit, zu der er normalerweise vom Schlüsselrasseln an der Zellentür geweckt wird.

Er isst Toast mit Garnelenstreichkäse. Einer der anderen Bewohner isst ebenfalls von dem Käse, mag aber die Garnelen nicht, sodass eine Unmenge davon im Becher zurückbleibt. Der Kaffee ist so stark, dass er auf einer Dopingliste stehen müsste.

Das Arbeitsamt liegt in Gehweite von Birkely. Danny hat um neun Uhr einen Termin und kommt zehn Minuten zu früh, muss aber natürlich eine Stunde warten, während der Wachmann ihn anstarrt und die Hacken zusammenschlägt, als behüte er den königlichen Palast. Ein muskulöser Kerl, der eine kurze Pflichtausbildung absolviert hat, um sich als Wachmann zu qualifizieren, und in seiner Freizeit vielleicht ein bisschen Kampfsport treibt. Danny würde ihm gern zeigen, dass es verdammt schwer ist, sich auf die Realität vorzubereiten, indem man in einem weißen Karategi auf einer Matte herumturnt. Danny hätte wirklich große Lust, ihn auf die Probe zu stellen. Doch das ist keine zwei Jahre wert. Nicht ganz, aber fast. Mit solchen Gedanken vertreibt sich Danny die Zeit.

Dann ist er endlich an der Reihe. Seine neue Sachbearbeiterin ist eine hübsche Mittdreißigerin.

Sie hat ein gerahmtes Foto von zwei Kindern. Ein weiteres von einem Pferd.

»Bitte entschuldigen Sie mich, ich bin ein wenig unvorbereitet«, sagt sie und blättert in den Unterlagen, die vor ihr auf dem Schreibtisch liegen. »Ihr Fall wurde mir erst gestern zugewiesen. Das ging alles ein bisschen schnell.«

»Sind Sie neu?«, fragt Danny.

Sie schaut ihn an, als verstünde sie nicht ganz, was er meint.

»Nun, ja und nein«, antwortet sie schließlich.

»Aber Sie haben doch schon einmal als Sachbearbeiterin gearbeitet?«

»Ja, in Korsør.«

»Aber Sie sind neu in dieser Abteilung?«

»Woher wissen Sie das? Liegt es an den Fotos?«, fragt sie. »Ich habe versucht, es ein wenig heimeliger zu machen ...«

»Ihre Kollegen haben Ihnen die Arschkarte zugeteilt. Einen hoffnungslosen Fall, an dem sie sich nicht die Finger verbrennen wollen. Die Art von Fall, den man Neulingen aufdrückt, die frisch zur Tür reinkommen.«

»Ich glaube nicht an hoffnungslose Fälle«, sagt sie. »Und ich habe selbst um Ihren Fall gebeten.«

»Shit«, sagt Danny.

Die Frau vor ihm setzt ein breites Lächeln auf, und Danny fragt sich, ob er sie womöglich falsch eingeschätzt hat.

»Möchten Sie etwas mit Fahrrädern machen?«, fragt sie.

»Es gibt nichts, was ich lieber täte«, sagt Danny.

EIN ALTERNDER WOHNBLOCK in einer kleinen Seitenstraße der Valby Langgade. Danny hat die Adresse von Aisha. Leider konnte sie ihm keinen Schlüssel geben, weil sie der Polizei den einzigen Nachschlüssel gegeben haben, als sie Malik als vermisst gemeldet haben. Aisha wollte wissen, ob das ein Problem sei. Danny verstand zunächst nicht, was sie meinte, aber dann lachte er nur.

Danny drückt jeden Knopf der Gegensprechanlage bis hinauf in den vierten Stock.

Ein Rauschen ertönt. Dann hört er die Stimme einer älteren Frau. »Hallo …?«, sagt sie zögernd.

»Ich verteile nur ein paar Flugblätter«, sagt Danny.

Der Türöffner summt, und er betritt einen currygelben Eingang, in dem es nach Schweinswurst und Zigarillos riecht. Danny geht in den zweiten Stock. »M. Girma« steht auf der Tür.

Früher hätte Danny ein Brecheisen in einer Sporttasche dabeigehabt, aber mit diesem Accessoire sollte man sich am besten nicht erwischen lassen, wenn man gerade auf Bewährung entlassen worden ist. Er tastet die Tür ab und lehnt sich dann mit seinem vollen Gewicht dagegen. Das Schloss in dem weichen Holz gibt mit einem Ächzen nach, das nicht lauter als ein Hüsteln klingt.

Danny betritt Maliks Wohnung und schließt die Tür hinter sich. Es ist eine kleine Atelierwohnung mit praktischer Einrichtung. Ein wenig unordentlich, aber nicht zu sehr. Falls die Polizei hier war, haben sie die Wohnung nicht durchwühlt. Doch vielleicht tun sie das nur, wenn sie auf der Suche nach Drogen oder Waffen sind.

Er sieht sich um. Er versucht zu begreifen, welche Person aus seinem Freund geworden ist.

Die Möbel sehen aus, als stammten sie aus einem Container. Keine Retro- oder Vintage-Möbel. Nur ein Haufen alter Schrott. Das Leben kann warten: erst das Studium, dann das Leben. Typisch Malik, so zu denken. Danny schaut in den Kleiderschrank. Die Klamotten sind schick und sauber, ein bisschen abgetragen, im Supermarkt oder bei H&M gekauft. Die guten Sachen hat er möglicherweise in einen Koffer geworfen. Aber dann müssten da auch leere Kleiderbügel hängen. Man packt keine Kleiderbügel ein. Es sei denn, man hat es verdammt eilig.

Oder anders ausgedrückt: Danny hat nicht den blassesten Schimmer.

Auf dem Schreibtisch liegen einige Bücher über Zähne und Zahnpflege. Neben den Büchern befindet sich ein Stapel Papiere und ein Bericht über Zahnhygiene in den nordischen Ländern. Nichts Persönliches oder Privates. Die Liebesbriefe und Morddrohungen kamen wohl per E-Mail.

Er sieht kein Mobiltelefon, keinen Computer. Nur kleine Kratzer auf dem Schreibtisch neben einer drahtlosen Maus. Wenn Malik den Computer nicht mitgenommen hat, dann hat ihn jetzt die Polizei.

Das Einzige, was in der Wohnung ein wenig auffällt, ist die Stereoanlage. Sie steht auf einer billigen weißen Laminatkommode. Danny hat keine Ahnung von Hi-Fi-Geräten, aber er besitzt ein sehr gutes Gespür dafür, welche Gegenstände es wert sind, gestohlen zu werden. Und wäre er in eine Villa eingebrochen, dann wäre diese Stereoanlage in den Lieferwagen gewandert. An der Kommode lehnen fünf LPs. Vier von Miles Davis und eine einzige von Tupac, vielleicht um der alten Zeiten willen. So konnte Malik ein bisschen Oldschool-Hip-Hop hören und an seinen beknackten Freund Danny aus dem Viertel denken. Die Stereoanlage sieht sehr neu aus und könnte ein Hinweis darauf sein, dass Malik kürzlich zu Geld gekommen ist. Nicht unbedingt viel, kein Vermögen, jedoch genug, um sich ein gutes Gerät zu gönnen. Schnelles Geld bringt oft Probleme mit sich, aber Malik könnte auch etwas gespart oder das Teil auf Kredit gekauft haben.

Oder um es anders auszudrücken: Danny hat immer noch keinen blassen Dunst.

Er geht in das kleine Badezimmer, schaut in den Badezimmerschrank und sucht nach Psychopharmaka, die ihm verraten könnten, dass der Musterschüler übergeschnappt ist. Er findet nichts außer Heuschnupfen-Medikamenten, einer Zahnbürste, Zahnpasta, einer Rasierklinge und einer Dose mit rosafarbenem Afro-Haarwachs. Das Bad könnte sauberer sein, hier und da sind Kalkspuren an den Wänden, aber für einen jungen männlichen Studenten ist es fast vorbildlich. Danny öffnet pro forma den Toilettenspülkasten, findet jedoch nichts.

Dann geht er in Maliks kleine Küche. Am Kühlschrank haftet eine Sammlung von Mumin-Magneten. Und ein Foto von Malik, Arm in Arm mit einem Typen mit halblangen roten Haaren. Der Kerl hält eine Flasche Himbeer-Bacardi in die Kamera, grinst und sieht aus, als wäre er hackedicht.

Danny öffnet den Kühlschrank. Dort stehen ein Liter Milch und ein abgelaufener Eiersalat. Als Maliks Familie hier war, haben sie wahrscheinlich nicht daran gedacht oder wollten kein Essen wegwerfen – in der Hoffnung, dass Malik am nächsten Tag wieder auftauchen würde.

Danny durchsucht die Küchenschränke, nimmt alle offenen Behälter mit Nahrungsmitteln heraus, stellt sie auf die Arbeitsplatte und fängt an, sie nacheinander in die Spüle zu leeren. Cornflakes, Kaffee, Nudeln, Reis. Die klassischen Verstecke für etwas, von dem man nicht will, dass andere es finden. Im Fall von Danny könnte das Dope oder ein Banknotenbündel sein. Er hat keine Ahnung, was Malik vor neugierigen Blicken schützen möchte. Und er findet auch nichts.

Danny geht zurück ins Wohnzimmer, überlegt kurz, ob er alle Möbel zerlegen soll, aber Malik studiert Zahnmedizin und ist nicht bei der CIA.

Maliks Bett steht in einer Ecke des Wohnzimmers. Das Bett ist nicht gemacht. Danny erkennt die Bettwäsche aus Maliks Elternhaus. Star Wars. Sie muss zwanzig Jahre alt sein. Yoda ist so verblasst, dass er fast grau ist. Danny weiß nicht warum, doch er legt sich auf das Bett. Er kann Maliks rosafarbenes Haarwachs auf dem Kissen riechen, dieselbe Marke, die er früher benutzt hat. Malik hatte immer mit seinen Haaren zu kämpfen, und wenn er zu viel Wachs genommen hatte, sah es so aus, als hätte er seinen Afro in eine Fritteuse getaucht. Langsam gesellt sich ein anderer Geruch dazu, ein süßliches Parfüm. Es duftet wie eine Blume, deren Namen

Danny nicht kennt, aber es ist definitiv ein Frauenduft. Oh, Malik, du schlimmer Finger, endlich hast du ein Mädel rumgekriegt. Und noch dazu eine mit gutem Parfümgeschmack. Und es muss ein nettes Mädchen gewesen sein, wenn man bedenkt, dass es offenbar bereit war, sich in dein altes, verblichenes Bettzeug zu legen.

DIE FRAU NEBEN IHM riecht nach verschwitzten Achselhöhlen. Sie presst ein Handy ans Ohr und spricht Türkisch, gespickt mit ein paar gelegentlichen dänischen Ausdrücken. Der Bus ist voll, und Danny muss sich ins Gedächtnis rufen, dass er von Zivilisten umgeben ist. Wenn sie ihn zufällig anrempeln, ist das keine Provokation, die zu einer gewalttätigen Reaktion auffordert.

Er ruft Aisha an.

»Rose«, sagt er, als sie antwortet.

»Was?«, sagt Aisha.

»Hat Malik dich nicht immer so genannt?«

»Nein, aber es ist besser als ›Troll‹. Hast du etwas gefunden?«, fragt sie.

Danny kommt in Versuchung zu lügen. Will ihr ein bisschen Hoffnung geben oder den Eindruck erwecken, dass er eine heiße Spur hat.

Aber er gibt zu, dass er nichts gefunden hat.

»Überhaupt nichts?«, fragt sie.

Er erwähnt das Parfüm auf dem Bettzeug nicht. In seiner Vorstellung wird sie immer sieben Jahre alt sein, und er will ihr nicht sagen, dass ihr Bruder mit einer Frau geschlafen hat.

»Überhaupt nichts?«, wiederholt sie, als Danny schweigt.

»Da war ein Polaroidfoto auf dem Kühlschrank«, sagt Danny. »Ich hatte keine Ahnung, dass es so etwas noch gibt.«

»Ja, die sind inzwischen retro-cool.«

»Malik mit so einem rothaarigen Kerl. Besoffen.«

»Das ist Erik«, sagt sie.

»Wer ist das?«

»Ich hab ihn nur ein- oder zweimal getroffen. Seine Eltern sind stinkreich. Wir reden hier von richtig viel Geld.«

»Und woher weißt du das?«

»Er hat Malik ein Darlehen angeboten.«

»Ist es nicht ganz normal, dass Studenten sich am Monatsende gegenseitig ein bisschen Geld leihen?«

»Es waren 80 000.«

»80 000? Warum hast du mir das nicht früher gesagt?«

»Es ist lange her, ein paar Monate, vielleicht ein halbes Jahr … hältst du das für wichtig?«

»Bleib kurz dran«, sagt Danny und bahnt sich einen Weg durch den Bus zur Tür. Als er wieder draußen auf der Straße ist und sich eine Zigarette angezündet hat, bittet er Aisha fortzufahren.

Sie hatte ein paar Bücher auf einem Tisch im Restaurant vergessen und kam kurz vor Ladenschluss zurück, als die letzten Gäste gingen. Malik und Abebe waren allein in der Küche. Aisha wollte zu ihnen gehen und sie begrüßen, hörte dann aber, dass sie sich unterhielten, und blieb stehen. Sie war es nicht gewohnt, ihren Vater so besorgt klingen zu hören. Es ging um die finanzielle Situation. Abebe sprach zu Hause nie über Geld, und sie hatte keine Ahnung, dass sie Probleme hatten. Es klang nicht gut. Malik hatte angeboten,

80 000 in das Restaurant zu investieren. Er sagte, er könne es sich von Erik leihen.

»Und hat er das getan?«, fragt Danny.

»Ich weiß es nicht. Und es tut mir leid, dass ich es nicht früher erwähnt habe. Seitdem läuft es gut mit dem Restaurant. Früher musste Malik fast jeden Tag aushelfen, aber jetzt kann es sich Baba leisten, eine Bedienung in Vollzeit einzustellen und montags einen Ruhetag einzulegen. Also habe ich nicht dran gedacht.«

»Als ich vorbeigekommen bin, war es ziemlich leer.«

»Baba meint, dass sie das meiste Geld mit Catering und Partys verdienen.«

»Weißt du, wie Erik mit Nachnamen heißt?«

»Sundstrøm, Sundholm oder so ähnlich. Irgendwas mit S.«

UM SECHS UHR bimmelt in Birkely ein Glöckchen, Zeit fürs Abendessen. Alle erheben sich nahezu zeitgleich und gehen in den Speisesaal. Danny folgt der Herde. Er setzt sich an den langen Tisch. Als Tagesgericht gibt es Schweinswurst mit weißen Kartoffeln und brauner Soße. Es schmeckt toll. Trotzdem beschwert sich der Mann rechts von Danny immer wieder und beklagt, dass zu der Wurst eingelegte Gurken gehören. Er ist Anfang fünfzig, hat einen Vollbart und eine Brille mit dicken Gläsern. Danny könnte sich gut vorstellen, dass er in einem Büro arbeitet oder in seiner Freizeit vielleicht eine Jugendmannschaft im Handball trainiert. Der Mann sagt, es sei schade. Eine Schande. Fast ein Verbrechen. Sie sollten jemanden losschicken, um Essiggurken zu holen. Oder zumindest ein paar verdammte Gurken. Er könnte sie selbst einlegen. Das sei nicht so schwer. Man schneidet sie einfach in dünne Scheiben und gibt ein wenig Essig der Marke »Heidelberg« dazu. Oder Salzgurken, sie hätten Salzgurken kaufen können. Aber besser Essiggurken. Er hätte selbst ein oder zwei Gläser holen können, wenn sie ihn gefragt hätten, obwohl er nicht zum Küchenteam gehört.

Danny spürt, wie sich seine Hand verkrampft und die Gabel wie eine Waffe umklammert. Doch eine feste Grundregel lautet, dass man, wenn man nicht wieder in den Bau will, einer anderen Person nicht mit der Gabel in den Hals sticht, nur weil sie sich Essiggurken zum Abendessen wünscht.

»DU SCHEISSVOGEL«, sagt Danny. Er sitzt auf der Treppe vor Birkely und raucht.

»Du verfluchter Scheißvogel«, wiederholt er. Die Taube vor ihm scheint das allerdings nicht zu jucken. Danny greift in seine Tasche und bricht ein weiteres Stück von dem Brötchen ab, das er vom Abendessen mitgenommen hat – eine Gewohnheit aus dem Gefängnis, wo es bis zum Frühstück lange dauern kann. Er wirft dem Vogel das Brot zu. Der schaut nicht einmal auf, sondern beginnt nur zu picken.

»Du bist ein arroganter Pisser«, sagt er. »*Oh, sieh mich an, ich bin ein freies Täubchen, das tun kann, was es will. Mein Brot essen und dann mit meinem kleinen Taubenpimmel davonflattern.*«

Er zieht an seiner Zigarette. Es ist ein paar Minuten vor neun.

»Bist du sicher, dass du nicht lieber mit einem Haufen Drogensüchtiger eingesperrt wärst? Kein Problem, ich tausche gern.« Er wirft dem Vogel den Rest des Brötchens zu, drückt seine Zigarette aus und will gerade aufstehen, als er einen blauen Ford Focus in die Straße einbiegen sieht. Der Wagen wendet, eine Hand erscheint und knallt ein Blaulicht auf das Dach. Dann legt der Ford fünfzig Meter mit blinkendem Blaulicht und heulender Sirene zurück und hält mit quietschenden Reifen vor Danny. Christian steigt aus.

»Scheiße!«, sagt Christian und umarmt Danny heftig. »Scheiße!«

Danny weiß genau, was er meint. Sie schauen sich an. Es ist verdammt lange her. Christian hat ein paar Kilogramm zugelegt. Der leicht schüchterne Blick in seinen Augen ist verschwunden. Er ist jetzt ein erwachsener Mann. Er muss Gewichte gestemmt oder eine kleine Steroidkur gemacht haben. Oder vielleicht ist das Essen diesseits der Mauern einfach besser.

»Komm, wir drehen eine Runde«, sagt Christian.

»Nach neun Uhr darf ich nicht mehr raus«, sagt Danny mit gesenktem Blick.

»Was darfst du nicht?«

»Ausgangssperre«, sagt Danny.

Christian geht zur Gegensprechanlage und drückt so lange auf den Klingelknopf, bis das ganze Haus das Läuten gehört haben muss.

»Birkely«, antwortet jemand.

»Polizei«, sagt Christian und klingt wirklich wie ein Polizist.

Ein Summen ertönt. Sie gehen ins Haus, und der Verwalter kommt ihnen entgegen. Christian zeigt ihm seine Polizeimarke.

»Ich muss mir einen Ihrer Bewohner ausleihen.«

Der Verwalter schaut auf seine Armbanduhr.

»Ich fürchte, das wird nicht möglich sein, aber wenn Sie mit Daniel sprechen müssen, können Sie gerne in den Tagungsraum gehen …«

»Wir sind in einer Stunde zurück.«

»Wir schließen die Türen um neun. Wenn einer unserer Bewohner bis dahin nicht zurück ist …«

»Wissen Sie, welche Strafe auf Behinderung von Polizeiarbeit steht?«, fragt Christian.

Der Verwalter antwortet nicht.

»Wenn wir zurückkommen, stellen Sie verdammt nochmal Tee und Gebäck bereit.«

Der Verwalter sieht Christian an, sagt aber nichts. Christian gehört zu der Sorte von Polizisten, die ihn während seines ganzen Daseins als Junkie erniedrigt haben, ihn gezwungen haben, sich in kalten Treppenhäusern nackt auszuziehen, und ihm seine hart verdienten Drogen weggenommen haben.

»Kapiert?«, fragt Christian.

Der Verwalter nickt.

Sie steigen ins Auto. Christian legt den ersten Gang ein, und sie fahren los. Danny glaubt nicht, dass sein Aufenthalt in Birkely von jetzt an angenehmer wird, doch in diesem Augenblick ist er einfach glücklich, seinen Freund zu sehen.

»Ich hasse solche Leute«, sagt Christian.

»Junkies?«

»Zur Hölle, nein. Ohne die wäre ich arbeitslos. Ich hasse kleine Könige. Wenn du so einem Typen ein bisschen Macht gibst …«

»Polizeipräsident Christian Nielsen. Das ist nur eine Frage der Zeit«, sagt Danny.

Christian lacht. Früher hätte sich Danny niemals vorstellen können, dass Christian Chef von irgendetwas sein könnte. In ihrer gesamten Kindheit und Jugend lief er immer nur Danny hinterher und versuchte, mit ihm Schritt zu halten. Aber der Mann, der jetzt neben ihm sitzt, ist ein anderer Mensch.

»Scheiße, sie haben dich rausgelassen«, sagt Christian und klopft Danny auf die Schulter.

»Scheint so.«

»Aber wie … ich meine, ich hab immer mitverfolgt, wenn du eine Chance auf eine vorzeitige Entlassung gehabt hast. Und dann höre ich plötzlich, dass du draußen bist. Einfach so, bumm, ohne Vorwarnung.«

»Ivertssen hat mich rausgeholt.«

»Willst du mich verarschen?«

»Nein.«

»Einfach so?«

»Ich weiß nicht, was er gemacht hat.«

»Scheiße …«

»Ja, scheiße.«

»Hast du dir nicht …«

»Was? Vor Angst in die Hosen geschissen? Ja, kannst du laut sagen. Ich schau mich ständig um und hab pausenlos Gänsehaut. Ich hätte fast lieber meine Zeit abgesessen, als wieder mit ihm zu tun zu haben.«

Sie sitzen eine Weile schweigend da und denken über Ivertssen nach. In den slawischen Ländern macht die Hexe Baba Yaga den Kindern Angst. Im Viertel hatten sie Ivertssen. Für die Jungs war er eine Kreuzung aus Darth Vader und dem Gott des Alten Testaments. Manchmal barmherzig, manchmal gnadenlos. Er konnte jederzeit auftauchen und sah einen immer so an, als wüsste er genau, was man vorhatte. Und ob und wie man dafür bezahlen musste, lag ganz bei ihm. Manchmal ließ er dich in Ruhe und klopfte dir auf die Schulter, manchmal sahst du deine Familie nur noch an ausgewählten Wochenenden und Feiertagen.

Vielleicht war es die Willkür, die Unvorhersehbarkeit, die ihnen am meisten Angst machte. Danny hat Soldaten gegenübergestanden, in deren Augen noch der Krieg war. Sie hatten Afghanistan nie richtig hinter sich gelassen und sahen in jedem, den sie trafen, einen möglichen Dschihadisten. Er hatte Männer kennengelernt, die ihre ganze Familie getötet und deren Augäpfel vertilgt hatten, aber niemand hat ihm je Furcht eingeflößt. Niemand außer Ivertssen.

Sie fahren ein oder zwei Kilometer weiter, dann bricht Danny das Schweigen.

»Malik wird vermisst«, sagt er.

»Das weiß ich verdammt gut«, sagt Christian.

»Was ist passiert?«

»Ich hab nicht die geringste Ahnung.«

»Du bist Polizist. Du musst was gehört haben.«

»Ich bin bei der Drogenfahndung. Wir kriegen da nicht so viel mit.«

»Du verarschst mich. Bei der Drogenfahndung?«

»Ja, ich bin jetzt einer von den Schweinen.«

»Kein Mensch würde eine fette Verkäuferin in einem Süßwarenladen einstellen, aber dich lassen sie im Drogendezernat arbeiten?«

»Ja.«

»Aber du musst doch was wissen, verdammt.«

»Ich hab alles versucht, aber ich konnte nicht viel rausfinden. Ich kann nicht einfach so nach Fallakten fragen, vor allem nicht, wenn ich die vermisste Person kenne. Aber ich hab aus ihnen rausgequetscht, was ich konnte. Sie glauben, dass er abgehauen ist.«

»Warum zum Teufel sollte Malik sich verdünnisieren? Wovor sollte er weglaufen?«

»Ich weiß es nicht. Hab in letzter Zeit nicht viel mit ihm zu tun gehabt.«

»Aber wenn du raten müsstest?«

Christian lässt das Autofenster herunter, zündet sich eine Zigarette an und mustert seinen Freund.

»Ich kann dir sagen, was ich weiß, aber ich bin nicht sicher, ob du es hören willst.«

»Nein, du hast recht. Die Gesellschaft der härtesten Kriminellen des Landes hat mich verweichlicht. Bin richtig sensibel geworden.«

Christian zieht bedächtig an seiner Zigarette.

»Wenn eine Person seit mehr als 48 Stunden vermisst wird, hält man nach möglichen Verdächtigen Ausschau für den Fall, dass der Vermisste tot aufgefunden wird. Damit man dann nicht bei null anfangen muss.«

»Und?«

»Sie haben Abebe gecheckt. Man nimmt sich immer zuerst die nächsten Angehörigen vor, und Abebe hat schon früher Ärger gemacht.«

»Was zum Teufel meinst du mit Ärger?«

»Er ist an den falschen Orten ausgeflippt. Wurde zwar nicht gewalttätig, aber es hat ausgereicht, dass sein Antrag bei der Asylbehörde auf Halde gelegt wurde. Und beim Jobcenter. Er wurde nie angeklagt, aber er hat eine Akte.«

»Die glauben also echt, dass er seinen Sohn getötet und die Leiche entsorgt hat? Abebe?«

»Sie glauben gar nichts, aber sie beobachten ihn.«

»Ist das alles? Sie beobachten den Besitzer eines afrikanischen Restaurants?«

»Wenn ein Kind verschwindet oder eine junge Frau, die abends unterwegs war, sucht man sofort nach ihnen. Man durchsucht das Hafenbecken und kontaktiert die Presse. Aber wenn ein erwachsener Mann afrikanischer Herkunft plötzlich verschwindet, wird das hauptsächlich als Erleichterung empfunden.«

»Aber er hat Zahnmedizin studiert.«

»Deshalb haben sie ja seine Wohnung durchsucht.«

»Habt ihr seinen Laptop mitgenommen?«

»Warst du dort?«

»Ja.«

»Natürlich warst du dort. Und nein, sie haben nichts gefunden: keinen Pass, kein Handy, keinen Laptop. Deshalb sind sie fast sicher, dass er freiwillig verschwunden ist.«

»Er hätte seiner Familie Bescheid gesagt.«

»Der Malik, den wir kannten, hätte ohne Zweifel seiner Familie Bescheid gegeben. Aber Menschen ändern sich.«

Danny nickt. Das weiß er. Wenn man im Knast hockt, fühlt man sich wie ein in Bernstein eingeschlossenes Insekt. Und sobald man wieder herauskommt, fragt man sich, wo die Dinosaurier hin sind.

»Ich weiß nicht, wie gründlich sie gesucht haben«, sagt Christian. »Sie kannten ihn nicht, und das macht einen Unterschied. Hast du irgendwas gefunden?«

Danny fasst kurz zusammen, was Aisha ihm über Erik und das geliehene Geld erzählt hat.

»Wie heißt Erik mit Nachnamen?«, fragt Christian.

»Irgendwas mit S.«

»Mal sehen, was ich rauskriegen kann.«

Sie fahren weiter, bleiben am Stadtrand, wo sie auf die Tube drücken können. Vorbei an Kränen und den in den Himmel ragenden Skeletten der Neubauten. Eine Stadt mit Wachstumsschmerzen.

»Cool, dass du wieder draußen bist«, sagt Christian. »Verdammt cool.«

Sie lachen, ohne einen Grund zum Lachen zu haben. Es fühlt sich fast an wie in alten Zeiten. Damals hätten sie Joints geraucht, das Radio aufgedreht und wären einfach herumgefahren, bis das Benzin alle war oder der Motor der geliehenen Karre überhitzte. Doch sie sitzen in einem Polizeiauto, und Malik fehlt auf dem Rücksitz.

Als sie wieder in Birkely ankommen, begleitet Christian Danny bis zur Tür. Er sieht aus, als hätte er Bock auf Ärger, als würde er den Verwalter am liebsten noch einmal demütigen. Danny drückt auf den Klingelknopf. Es antwortet niemand, aber das Schloss summt. Danny öffnet die Tür und hält sie auf, während er zusieht, wie sein Freund zum Auto zurückkehrt und einsteigt.

»Bleib steif!«, ruft Christian aus dem Autofenster und drückt das Gaspedal durch. Für einen kurzen Moment fühlt es sich an, als wären sie beide wieder sechzehn.

Dann geht Danny ins Haus und lässt die Tür hinter sich ins Schloss fallen.

CHRISTIAN

AUF DEM WEG zur Arbeit ist Christian bei Pouls Küchen vorbeigefahren und hat die Schlüssel zum Haus abgegeben. Er hatte einen Termin bei dem Besitzer, Poul Poulsen, besser bekannt als Küchen-Poul. Ein Mann mittleren Alters in einem gestreiften Hemd und einer sackförmigen Hose. Das Unternehmen war Christian von einem Kollegen empfohlen worden. Küchen-Poul macht angeblich gute Angebote und engagiert echte Handwerker, nicht nur unfähige Typen mit Maßbändern, die alles schief aufhängen.

Jetzt ist es später Nachmittag. Christian fährt die Vorstadtstraße entlang und denkt: Das ist meine neue Straße. Meine gottverdammte Straße.

Es ist das dritte Mal, dass Christian das Haus sehen wird. Beim ersten Besuch war sein Schwiegervater dabei. Der Mann vom Auktionshaus hatte sie eingelassen. Es war nur Zeit für einen kurzen Rundgang im Erdgeschoss. Sein Schwiegervater meinte, es handele sich um verdammt solide Handwerkskunst, heutzutage baue niemand mehr so robust. Er klang, als wüsste er, wovon er sprach. Katrine hat gesagt, dass sie ihrem Vater vertraut. Er ist kein Handwerker, sondern ein Gymnasiallehrer, aber er hat im Laufe der Jahre eine ganze

Reihe von Häusern gekauft und verkauft, jedes Mal mit ordentlichem Gewinn. Sie waren von Zimmer zu Zimmer gegangen, und Katrines Papa hatte erklärt, dass man fast ein Idiot sein müsse, wenn man das Haus nicht kaufen würde. Er hatte geflüstert, als dürften sie sich nicht in die Karten schauen lassen. Christian hatte den Mann vom Auktionshaus gefragt, was er ihnen über das Haus sagen könne. Der hatte geantwortet, dass er ihnen nicht mehr sagen könne als das, was in den Unterlagen stehe. »Gekauft wie gesehen«, hatte er gesagt. Solide Handwerkskunst, hatte Katrines Papa gesagt. Also waren sie zur Versteigerung nach Rødovre gerast. Im Auto hatte Katrines Papa wiederholt, dass man fast ein Idiot sein müsse, wenn man das Haus nicht kaufen würde.

Christian wollte kein Idiot sein, aber gleichzeitig verspürte er auch einen fast unwiderstehlichen Drang, das Lenkrad herumzureißen, nach Hause zu fahren und zu versuchen, Katrine davon zu überzeugen, dass sie alles vergessen sollten, wovon sie in den letzten fünf Jahren geträumt hatten. Sie konnten einfach da bleiben, wo sie waren, und vielleicht darauf hoffen, irgendwann eine etwas größere Mietwohnung zu finden. Das Haus vergessen. Plötzlich wirkte das alles erschreckend erwachsen und sehr real. Christian stammt aus dem Viertel. Niemand, den er kennt, hat jemals eine Immobilie gekauft. Millionen sind das, wovon man träumt, wenn man eine Bank ausraubt, nicht etwas, das man sich borgt und dreißig Jahre lang zurückzahlt.

Christian hat das Lenkrad nicht herumgerissen. Er ist nicht davongelaufen. Christian und sein Schwiegervater trafen vier Minuten vor Beginn der Versteigerung im Auktionshaus ein. Es gab nicht viele Bieter für das Haus, nur wenige waren erschienen, und der Schwiegervater hatte Christian ins Ohr geflüstert, wann er ein Gebot abgeben sollte. Die Auktion hatte bei 3,2 Millionen geendet. Der Hammer fiel, und Christian war Hausbesitzer.

Das zweite Mal, dass Christian das Haus sah, war am Tag nach der Versteigerung, als er es Katrine und den Mädchen gezeigt hatte.

Sie hatten Taschenlampen mitgenommen, und es war wie eine Schatzsuche. Sie gingen von Zimmer zu Zimmer und sagten: Hier werdet ihr Mädchen schlafen, das wird euer Zimmer sein. Das ist das Esszimmer, vielleicht reißen wir eine Wand ein. Hier kommt der Fernseher hin, und hier wird der Weihnachtsbaum stehen. Ins Haus war Feuchtigkeit eingedrungen, und die Wände mussten gestrichen werden. Aber es gehörte ihnen.

Sie waren sich einig, dass die Küche das Wichtigste war. Oder eher war Katrine sich einig, so wie sie sich darin einig war, dass sie von Fachleuten gemacht werden sollte. Christian meinte, dass er den größten Teil der Arbeit selbst erledigen könnte, aber Katrine hatte eingewandt, dass sie sich weitere 100 000 von der Bank leihen könnten. Und Christian hätte sowieso alle Hände voll zu tun mit dem Streichen und Tapezieren. Warum sechs Monate für die Küche verschwenden, wenn professionelle Arbeiter sie in ein oder zwei Wochen bauen konnten? Und die Küche ist schließlich das Herzstück eines Hauses, wenn man der wachsenden Sammlung von Broschüren glaubt, die sie inzwischen besitzen. In der Küche werden die Lunchpakete zubereitet und das Abendessen gekocht und eingenommen, sofern sie groß genug ist.

»Und dort werden wir ein Glas Rotwein trinken, sobald die Mädchen schlafen«, hatte Katrine gesagt und ihm in den Schritt gegriffen.

Er hatte sich nicht gewehrt.

Kurz vor fünf Uhr parkt Christian vor der Hecke. Er blickt nicht zum Haus hoch, will es nicht durch das verschmierte Autofenster sehen. Er steigt aus und geht auf das Tor zu. Erst als er die Hand auf das kalte Metall legt, blickt er zu seinem neuen Haus auf. Es ist groß. Es ist groß und dunkel und, na ja, ein bisschen heruntergekommen, doch es gehört ihm: Es gehört ihnen. Christian hat die ersten vier Jahre seines Lebens in einem Bungalow verbracht. Nicht dass er sich daran erinnert, aber er hat die Fotos gesehen: sein erstes Weihnachten, sein erster Geburtstag. Das war, bevor die Metzgerei seines Vaters pleiteging. Dann waren sie in das Viertel gezogen, sein Vater wurde cholerisch und fing an zu trinken und sprach über nichts anderes als die dummen faulen Schwarzen, von denen sie umgeben seien. Dumme faule Schwarze, Asiaten, Araber und Mischlinge.

Christian steht eine Weile da. Das war meine Reise, denkt er, vom Bungalow zum Viertel und jetzt zurück zu einem Haus. Nicht schlecht für so einen Penner, einen ehemaligen Straftäter, der genauso gut eine Zelle mit seinem Freund Danny hätte teilen können. Christian geht den Fußweg durch den Garten entlang. Das sind seine Bodenplatten, auch die kaputten gehören ihm.

Küchen-Poul sitzt an dem kleinen Klapptisch neben dem Kühlschrank. Er raucht eine Zigarette und trinkt Kaffee aus dem Deckel einer Thermoskanne, die er mitgebracht hat. Christian will ihn bitten, die Kippe auszumachen, hält jedoch den Mund, weil Küchen-Poul angeblich gern bereit ist, den Preis zu senken, wenn er einen sympathisch findet. Und man hat Christian gesagt, dass er Bullen mag.

Küchen-Poul steht kurz auf und stöhnt, als hätte er schlimme Rückenschmerzen. Er streckt Christian eine riesige Pranke hin. Eine Pranke, die Christian das Gefühl gibt, dass er, obwohl er bei der Drogenfahndung arbeitet, genauso gut Schatzmeister eines Nähvereins sein könnte.

»Nun sind Sie ja doch noch gekommen«, sagt Küchen-Poul.

Christian korrigiert ihn nicht, obwohl er auf die Minute pünktlich ist und in seiner eigenen Küche steht.

»Haben Sie sich alles mal angesehen?«, fragt Christian.

»Natürlich«, sagt Küchen-Poul. »Und es gibt mehrere Optionen. Die billigste Lösung kostet rund 55 000. Das ist die Basisausstattung. Von da an ist es nach oben offen bis hin zu Schranktüren aus Elfenbein und Diamanten in der Arbeitsplatte. Aber ich habe ein paar Angebote für Sie durchkalkuliert.« Küchen-Poul deutet auf ein A4-Blatt mit fast unleserlicher Schrift und einer Zahlenreihe am rechten Rand. Dann schaut er zu Christian auf.

»Sie sind Polizist?«, fragt er.

»Ja«, antwortet Christian. »Drogen.«

»Ich habe nicht nach Ihrem Hobby gefragt«, sagt Küchen-Poul und lacht über seinen eigenen Witz. »Mal im Ernst, ich könnte Ihr Geld nehmen, die Küche einbauen, und sie würde aussehen, als wäre sie eine Million wert. Aber sie würde nur die Hälfte kosten.« Küchen-Poul lacht wieder.

Christian lächelt nachsichtig.

Nun scheint der Küchenbauer ernster zu werden. »Als Erstes habe ich mir natürlich die Küche angesehen. Dann bin ich den Rohren bis in den Keller gefolgt. Die Leitungen setzen ja den Rahmen für unsere Möglichkeiten.«

»Ja?«

»Und ich weiß wirklich nicht, wie ich Ihnen das sagen soll.«

»Ratten?«, fragt Christian. Das ist das Erste, was ihm in den Sinn kommt. Die Angst, ein Rattennest gekauft zu haben. Er erinnert sich, so etwas in der Zeitung gelesen zu haben.

»Wären es nur Ratten, würde ich Ihnen das geradeheraus sagen. Sie bräuchten nur ein bisschen Gift, allerdings ...« Küchen-Poul kratzt sich die Bartstoppeln. »Wenn Sie eine Tasse haben, gebe ich Ihnen gerne was ab«, sagt er und hält die Thermoskanne hoch.

»Leider nicht«, sagt Christian und denkt immer noch an die Ratten.

»Oder wollen Sie vielleicht eine Zigarette?«, sagt Küchen-Poul und schüttelt die Zigarettenschachtel.

»Ich habe aufgehört.«

»Vielleicht überlegen Sie es sich noch mal ...«

»So schlimm kann es doch nicht sein«, sagt Christian und lächelt verkrampft.

»Kommen Sie mit«, sagt Küchen-Poul und steht auf.

Christian folgt ihm. Der übergewichtige Küchenbauer scheint das Haus bereits besser zu kennen als Christian selbst. Er weiß genau, wo die Tür zum Keller ist. Er betätigt den Schalter. Das Licht flackert ein paar Mal, und er watschelt mühsam die Treppe hinunter. Als sie im Keller stehen, zieht Küchen-Poul einen Stift aus der Tasche. Er geht zur Wand und blickt Christian fest in die Augen, während er den Stift durch die abblätternde Farbe tief in den Putz drückt.

Christian vermutet, dass dies wahrscheinlich nicht so einfach möglich sein sollte.

»Das Fundament ist morsch«, sagt Küchen-Poul. »Wobei, morsch ist das falsche Wort, denn es ist kein verdammtes Holz. Aber es ist völlig durchnässt. Es ist ein kleines Wunder, dass das Haus noch steht.«

Christian weiß nicht, was er sagen soll. Er will eine *zweite Meinung* einholen, als wäre bei ihm gerade unheilbarer Krebs diagnostiziert worden. Doch er weiß, dass der Mann recht hat. Er sieht den Stift, der tief in seinem neuen Haus steckt.

»Ich weiß nicht, wer Ihnen diese Bruchbude verkauft hat«, fährt Küchen-Poul fort. »Sie müssen den Kauf rückgängig machen. Und zwar sofort. Auch wenn es Sie ein bisschen Geld kostet.«

Christian schluckt.

»Und was, wenn ich das nicht tun kann?«, fragt Christian.

»Dann müssen Sie diesen Haufen Scheiße abreißen und was Neues hinstellen.«

Küchen-Poul schüttelt eine Zigarette aus der Schachtel und bietet Christian eine an. Als dieser nickt, zündet er beide an.

»Und was, wenn ich es mir nicht leisten kann, was Neues zu bauen?«, fragt Christian.

»Dann sind Sie am Arsch, wie man so schön sagt.«

DANNY

NEUN GARNELEN AUF einem halben Brötchen. Fast kein Käse mehr im Becher.

Danny sitzt in der Küche. Zu dieser Tageszeit ist Birkely fast leer. Junkies stehen früh auf, auch wenn sie clean sind. Eine Gewohnheit aus der Zeit, als sie rausgehen und Geld für Drogen auftreiben mussten oder die Entzugserscheinungen sie aus dem Bett zwangen. Jetzt gehen sie zu Treffen mit dem Sozialdienst oder sitzen in der Bibliothek und schreiben Anträge für betreute Jobs, die für Menschen mit eingeschränkten Fähigkeiten bestimmt sind oder nur leichte Tätigkeiten erfordern. Oder sie machen Spaziergänge, viele gehen oft spazieren. Sich zu bewegen ist leichter, als still zu sitzen, wenn das Craving einsetzt. Man ist dem Gedanken an Drogen besser drei, vier Schritte voraus. Das sagen sie sich einander und vergleichen abends ihre Handys, um zu sehen, wie viele Schritte sie zurückgelegt haben.

Danny nimmt einen Bissen. Das Brötchen ist knusprig. Die Garnelen schmecken wie salziger Gummi. Plötzlich wird die Tür zur Küche aufgerissen. Es ist der Mann mit der Gurkenbesessenheit, derjenige, der über nichts anderes reden konnte, während sie Schweinswurst aßen. Er geht zielstrebig zur Kaffeemaschine, einer großen für die Gastronomie. Das Wasser läuft noch durch. Er nimmt die Kaffeekanne heraus und stellt seine eigene Tasse darunter.

»Amphetamine«, sagt er zur Erklärung, während er seine dicke Brille zurechtschiebt. »Ich war auf Amphetaminen, und wenn ich jetzt nicht mindestens zwölf Tassen pro Tag trinke, schlafe ich ein.«

Der Gurkenmann greift nach seiner Tasse. Stellt die Kanne wieder zurück.

»Ich kann im Bus oder bei einem Termin im Sozialamt sitzen … wenn ich nicht genug Kaffee getrunken habe, penne ich einfach ein.«

Danny nimmt den letzten Bissen von seinem Brötchen.

Christian holt Danny kurz nach Mittag ab. Er hat bei der Arbeit einen Zahnarzttermin vorgeschoben. Am Telefon hat Christian angekündigt, dass er Maliks Kumpel gefunden hat. Dessen vollständiger Name ist Erik Sundstrøm. Die Polizei hat bereits mit ihm gesprochen, aber nichts weiter herausgefunden. Christian konnte einen kurzen Blick auf den Polizeibericht werfen. Darin stand nichts von einem Darlehen, das Erik Sundstrøm Malik angeblich gegeben haben soll.

»Drei Dinge«, sagt Christian, als Danny im Auto sitzt.

»Ja?«

»Regeln, sozusagen«, sagt Christian.

»Echt jetzt?«

»Ich werde meine Marke nicht herzeigen. Wir werden uns als alte Freunde von Malik vorstellen.«

»Und?«, sagt Danny.

»Wir werden ihn nicht vermöbeln.«

»Und wie lautet die dritte Regel?«

»Wir drohen ihm nicht mit Gewalt.«

»Scheiße.«

Sie fahren in Richtung Stadtzentrum, dem Bezirk, der früher Quartier Latin hieß und in dem es heute jede Menge Cafés gibt, die zweihundert Kronen für einen Burger verlangen. Sie brauchen über eine halbe Stunde, um einen Parkplatz zu finden. Denn sie sitzen in einem Zivilfahrzeug, und Christian hat keine Lust, seinen Kollegen zu beichten, dass er einen Strafzettel erhalten hat.

Sie gehen zur Eingangstür des Hauses. »E. Sundstrøm« steht auf dem Klingelschild. Das Gebäude ist alt, wahrscheinlich denkmalgeschützt. Hier wohnt ein junger Mann nur, wenn er reiche Eltern hat, die versuchen, ihm das Studentendasein zu versüßen. Sie diskutieren kurz, wie sie sich vorstellen sollen, um ins Haus zu gelangen. Christian weigert sich, »POLIZEI« in die Gegensprechanlage zu brüllen. Sie haben sich noch nicht geeinigt, als die Tür aufgeht und eine Frau mittleren Alters in einem ponchoähnlichen Kleidungsstück herauskommt. Beide nicken ihr lächelnd zu und schlüpfen ins Haus, bevor sich die Tür wieder schließt. Dann nehmen sie die Treppe in den zweiten Stock. Das Namensschild an der Tür ist aus weißem Porzellan.

»Lass mich das machen«, sagt Christian und klopft an. Nicht laut, es ist eher ein geduldiges Klopfen. Sie warten. Noch ein paar geduldige Klopfer. Bis sich endlich die Tür öffnet, vergehen gefühlt fünfzehn Minuten.

Ein gut aussehender junger Mann mit wirrem rotbraunen Haar schaut sie an. Er reibt sich die Augen, und während er dies tut, öffnet sich sein Morgenmantel einen Spalt und gibt den Blick frei auf einen mageren Körper mit einem angehenden Bierbauch. Er bindet den Morgenmantel hastig wieder zu.

»Ich habe geschlafen«, sagt er, als würden sie das nicht erkennen.

»Wir sind Freunde von Malik«, sagt Danny.

Der Kerl blickt von Danny zu Christian und wieder zurück zu Danny. »Es fällt mir schwer, das zu glauben«, sagt er.

»Wir wollen nur mit dir reden«, sagt Christian.

Erik Sundstrøm will die Tür schließen, aber Danny setzt einen Fuß in den Spalt. Erik drückt dagegen. Das ist der Moment, in dem Danny sich zwingen muss, sich an Christians Regeln zu halten.

Christian holt seine Polizeimarke hervor und hält sie durch den Türspalt.

»Wer sind Sie denn nun? Freunde von Malik oder die Polizei?«, fragt Erik.

»Beides«, sagt Christian.

»Klingt total weird«, sagt Erik. Trotzdem öffnet er die Tür. Sie folgen ihm in eine kleine Wohnung. Viel Platz ist hier nicht, sie besteht aus nur zwei Zimmern, aber der Quadratmeterpreis ist hier fünfmal höher als im Rest der Stadt.

Sie betreten das Wohnzimmer. Designermöbel und die typische Unordnung eines jungen Mannes.

Erik lässt sich auf das Sofa sinken, wo sich eine Kuhle in Form seines Körpers abzeichnet. Danny und Christian setzen sich ihm gegenüber auf zwei Sessel.

»Ihr seht nicht aus wie Freunde von Malik«, sagt Erik.

»Wie sehen die denn aus?«, fragt Danny.

Erik zuckt mit den Schultern. »Ich hab ihn nur mit Leuten von der Uni gesehen.«

»Wir kennen ihn von früher. Wir sind mit ihm aufgewachsen«, sagt Christian.

Erik nickt. Er scheint es langsam zu begreifen.

»Hat Malik dir nicht vom Viertel erzählt?«, fragt Danny.

»Nein, jedenfalls nicht viel. Das war ein bisschen Arbeiterklasse dort, oder?«

Christian und Danny brechen in Gelächter aus. Erik starrt sie an. Er versteht nicht, was daran so lustig ist, was sie nur noch mehr zum Lachen bringt.

»Wir suchen ihn«, sagt Danny, als er wieder Luft bekommt und sich mit dem Ärmel die Augen abgewischt hat.

»Ja, das habe ich vermutet. Aber ich weiß wirklich nicht, wie ich euch helfen kann. Ich hatte in letzter Zeit nicht viel Kontakt mit ihm. Er schien sich irgendwie Sorgen zu machen.«

»Worüber?«, fragt Christian.

Erik denkt nach. Dann schüttelt er leicht den Kopf.

»Malik erzählt nicht viel«, sagt er, und es ist offenkundig, dass er diese Unterhaltung bald beenden möchte, am besten bevor sein Bett kalt wird.

»Du warst bereit, ihm 80 000 zu geben«, sagt Danny.

Erik sieht überrascht drein. »Nein«, sagt er.

»Willst du behaupten, dass ich lüge?«

Christian beugt sich vor und legt Danny eine Hand auf den Arm. »Niemand sagt, dass du lügst«, beschwichtigt er. »Wir haben nur etwas anderes gehört …«

Erik rutscht auf dem Sofa hin und her. Die Frage hängt noch immer in der Luft.

»Es waren nicht achtzig, es waren nur fünfzig. Und es ist nie dazu gekommen«, sagt er.

»Aber du warst bereit, ihm fünfzig Riesen zu geben?«, fragt Danny.

»Leihen. Und ja.«

»Geld von deinen Eltern?«

»Ja, natürlich«, sagt Erik ohne einen Hauch von Scham.

Danny sieht ihn an. Erik nickt, als könnte er seine Skepsis nachvollziehen oder würde es zumindest versuchen.

»Meine Eltern wollten, dass ich wie der Rest der Familie Jura studiere«, erklärt Erik. »Ich konnte mir nichts Langweiligeres vorstellen. Und ich hatte nicht den Notenschnitt, den man für Medizin braucht, also hab ich mich für Zahnmedizin eingeschrieben. Und der einzige Grund, warum ich so lange durchgehalten habe, ist Malik. Er hat mir geholfen, mich da durchzubeißen. Also, ja, natürlich war ich bereit, ihm ein bisschen Geld zu leihen.«

»Aber du hast der Polizei nichts davon erzählt?«, fragt Christian.

»Es waren nur 50 000, und wie ich gerade sagte, kam es nie dazu.«

»Was machst du jetzt, wo er weg ist?«, fragt Christian. Danny versteht nicht, was das für eine Rolle spielt, aber er ist ja auch kein Cop.

»Nicht viel. Ich gehe ab und zu aus und trinke ein paar Bierchen, aber die meiste Zeit spiele ich nur Fortnite.«

»Was zum Teufel ist Fortnite?«, fragt Danny.

Erik schaut ihn so ungläubig an, als wäre er sich nicht ganz sicher, ob Danny ihn auf den Arm nimmt.

»Mein Freund hier hat die letzten Jahre ohne Computer und Handy verbracht«, erklärt Christian.

»Cool«, sagt Erik, offensichtlich beeindruckt. »Würde ich

auch gern mal ausprobieren. Ganz offline gehen. Ein bisschen wie ein Mönch. Ist das nicht schwierig?«

»Eigentlich überraschend einfach, wo ich gesessen hab«, sagt Danny.

»Wo du gesessen …«

»Jedenfalls danke für deine Hilfe«, sagt Christian und steht auf. »Und wir würden es sehr begrüßen, wenn du niemandem von unserem Besuch erzählst.«

Sie gehen zurück zu Christians Auto, vorbei an Cafés und Bekleidungsgeschäften.

»Er hat gelogen«, sagt Danny, während sie einem knallgelben Kinderwagen ausweichen, der den größten Teil des Bürgersteigs einnimmt.

»Das glaub ich nicht.«

»Hast du nicht bemerkt, wie nervös er war?«

»Du hast vergessen, wie sich die Leute verhalten, wenn plötzlich zwei Typen wie wir vor ihnen sitzen.«

»Ich geh noch mal hoch.«

»Um was zu tun? Ihm einen Zeh nach dem anderen abschneiden, bis er zugibt, dass er gerne in der Unterwäsche seiner Mutter herumtanzt?«

Sie fahren zurück in Richtung Birkely. Danny blickt hinaus auf die Stadt. Alles ist noch wie früher und doch anders. Wie eine Kopie, eine fast exakte Kopie der Stadt, die er verlassen hat, nahezu perfekt, aber bestimmte Dinge fehlen oder wirken ein bisschen deplatziert. Die kleinen Details. Genug, um ihm ständig das Gefühl zu geben, dass sie nicht real ist.

»Du hast mich nie gefragt«, sagt Christian. »Aber du willst es bestimmt wissen.«

»Was denn?«

»Wie es dazu kam, dass ich Polizist geworden bin. Oder warum. Warum ich Polizist geworden bin.«

»Ich dachte mir, dass du vielleicht weiterhin Räuber und Gendarm spielen wolltest. Mit einer Knarre durch die Gegend rennen, aber das Ganze mit einer Rentenversicherung im Gepäck.«

Christian lächelt. »Nah dran, aber nicht ganz. Es war Ivertssen. Ivertssen hat mich reingeholt.«

»Nett von ihm.«

»Nein, scheiße. Gar nicht nett von ihm. Kurz nach deiner Verurteilung hat er mich in sein Büro geschleift. Er hat mir tief in die Augen geschaut und mir eine Bewerbung für die Polizeiakademie unter die Nase gehalten. Ich wollte ihm sagen, dass er mich mal am Arsch lecken kann, aber er hat mir klargemacht, dass ich nur die Wahl zwischen Polizeidienst oder Knast hätte. Hat erklärt, dass er mir jederzeit problemlos etwas anhängen könnte, wenn er nur ein bisschen nachforschen würde. Wenn ich auch nur eine Lakritzstange gestohlen hätte …«

»Eine Lakritzstange …?«

»Das waren seine Worte. Vierzehn Tage später hab ich den Aufnahmetest absolviert. Und das nicht ganz freiwillig.«

Christian behält die Straße vor sich im Blick. Dies ist eine Unterhaltung, auf die er sich definitiv nicht gefreut hat. Darüber, wie er mitten im Kampf die Seiten gewechselt hat.

»Wie es aussieht, hast du das richtig drauf«, sagt Danny.

»Das hab ich auch. Dein Freund zu sein, war die beste Schule.«

»Scheiß drauf, Mann, lass gut sein. Gleich holst du mir noch einen runter.«

Christian lacht. Sie halten vor Birkely. Danny schnallt sich ab.

»Du solltest bald mal zu uns zum Abendessen kommen«, sagt Christian. »Katrine will dich wirklich gerne kennenlernen.«

»Es fällt mir schwer, das zu glauben.«

»Ich hab ihr die geschönte Version erzählt. Sie hält dich für einen bekehrten und reumütigen Mann.«

»Ah.«

»Und sie will auch mehr über mich erfahren. Wo ich herkomme. Ihre Familie besteht nur aus Gymnasiallehrern und Priestern, die alle davon überzeugt sind, dass es keine schlechten Menschen gibt, nur miese Bedingungen und ein böses Umfeld.«

Danny lächelt nur. Es fällt ihm immer noch schwer, Menschen zu begreifen, die noch nie wegen Körperverletzung verurteilt wurden.

DER GURKENTYP macht Probleme.

Er kommt als Letzter kurz vor neun Uhr, als sie alle für die Nacht eingeschlossen werden. Er tritt in den Aufenthaltsraum und lässt einen kalten Windstoß herein. Die Anwesenden unterbrechen ihre Unterhaltungen und schauen alle zu ihm rüber. Danny weiß nicht, warum. Der Mann steht zunächst etwas unentschlossen da und geht dann in die Fernsehlounge. Kurz darauf kommen zwei Angestellte und suchen nach ihm. Sie verschwinden ebenfalls in der Fernsehlounge. Die Stimmen werden vom Geräusch des Fernsehers übertönt. Kurz darauf kommen die beiden wieder heraus, er folgt ihnen. »Ich habe nichts genommen«, sagt er. Er wiederholt das, lauter. Dann fängt er an zu schreien. Alle starren ihn an.

Sie zerren ihn nicht hinaus, bugsieren trifft es wohl eher. Eine Hand auf seinem Rücken, eine weitere unter seinem Arm. Sie zeigen ihm, dass es keine andere Möglichkeit gibt, als mitzukommen. Die Tür schließt sich hinter ihnen.

»Was ist los?«, fragt Danny die Jungs, die ihre Schachpartie unterbrochen haben.

»Er hat was genommen«, sagt einer von ihnen.

»Und was jetzt?«, fragt Danny.

»Er ist im Büro und meldet sich ab, während sie seine Sachen packen. Dann landet er auf der Straße.«

»Und was ist, wenn er sich nicht abmeldet?«

»Das wird er.«

Danny sieht den Gurkentypen nicht wieder. Er kommt nicht zurück, um Küsschen zu verteilen und eine kleine Abschiedsrede zu halten. Er ist einfach weg, und nachdem die Tür hinter ihm zugefallen ist, geht alles weiter wie zuvor. Die Jungs spielen Schach, der Fernseher dröhnt.

Es ist noch nicht einmal Mitternacht, und Danny liegt auf seinem Bett und kann einen Scheißdreck tun. Ja klar, er könnte sich einen runterholen und an die Decke starren, aber er kann nichts tun, um seinen Freund zu finden. Sei einfach ein guter Junge und versuche, nicht alles noch schlimmer zu machen. Scheiß drauf, was Jesus tun würde – was würde Malik tun? Er würde wahrscheinlich damit anfangen, Danny zu sagen, er solle seine Bewährung nicht versauen, nur um ihn zu finden. Danny muss nur ein ausgeliehenes Buch zu spät zur Bibliothek zurückbringen oder in einen Busch pissen, und schon wäre er wieder im Kittchen. Am nächsten Morgen würde er vor einen Richter gezerrt, der seine Bewährung innerhalb von fünfzehn Sekunden widerrufen würde, dann ab in einen Gefängniswagen, eine Fahrt quer durchs Land, einmal Arschbacken spreizen, und hopp … sitzt er wieder in einer Hochsicherheitszelle in einem Hochsicherheitsgefängnis. Danny hat schon so viel Scheiße gebaut. Er war ein Weltmeister darin, mit den Fäusten zu denken, und ein bisschen auch mit dem Schwanz, aber hauptsächlich mit den Fäusten. Und mit den Nasenlöchern, aber in erster Linie mit den Fäusten.

Danny wurde nicht wegen eines fehlgeschlagenen Raubüberfalls verurteilt, sondern wegen eines gelungenen, den sie feiern wollten.

Christian und Danny hatten Gummihandschuhe getragen, ein Auto gemietet und die Nummernschilder gewechselt, wie man es macht, wenn es sich nicht um eine spontane Aktion handelt.

Auf die Villa in Gentofte hatte Danny schon seit einiger Zeit ein Auge geworfen. Ein kinderloses Paar, das von allem mit Geld erhältlichen Luxus umgeben war, um seine Kinderlosigkeit wettzumachen. Es war lächerlich einfach. Sie waren besser geworden. Hatten sich stärker konzentriert. Hart arbeitende junge Männer. Sie lösten keinen Alarm aus und waren nach zwölf Minuten wieder draußen. Das war ein Grund zum Feiern. Sie hatten Malik angerufen, natürlich wollten sie, dass er ihren Erfolg mit ihnen feierte.

Danny suchte sich eine Bar in Nordvest aus. Christian und Malik wären lieber in die Stadt gefahren, wo die Mädchen hübscher waren und sie selbst die härtesten Typen. Nach dem Einbruch hätten sie sich ein Taxi hin und zurück leisten können. Aber Danny wollte ins Aben. In der Innenstadt hatte er immer das Gefühl, als hätte er einen Tick zu enge Klamotten an oder als würde er mit eleganten Lederschuhen in einem Misthaufen stehen. Das Aben war eine Kneipe in Nordvest, die sich an den Wochenenden in einen überhitzten Club voller Amphetamine und Koks verwandelte, wo die Mädchen Amateurprostituierte waren und die Männer zu kleine T-Shirts trugen, damit ihre Muskeln stärker hervortraten. Danny wollte irgendwo hin, wo sie sich so richtig gehen lassen konnten.

Danny weiß nicht mehr, ob die Worte »dummer Nigger« oder vielleicht »schwarzer Wichser« lauteten. Der Typ war blond und ein paar Jahre jünger als sie. Er war gerade in die Nachbarschaft gezogen und wusste nicht, dass der schlanke Schwarze zu ihnen gehörte. Er hatte nicht die geringste Ahnung, wer sie waren. Malik hatte ihn unabsichtlich angerempelt, als er von der Theke gekommen war, wo er eine Runde geholt hatte. Vielleicht hatte der Kerl ein bisschen Bier auf seinen schicken, frisch gewaschenen Adidas-Trainingsanzug abbekommen und gesagt, was immer er gesagt hatte. Vielleicht hatte Malik sich das einfach nicht mehr gefallen lassen wollen, vielleicht war er auch nur betrunken gewesen. Er hatte zugeschlagen.

Christian war als Erster auf den Beinen. Bald prügelten alle wild aufeinander ein. Fast wie bei einer Saloonschlägerei in einem Western. Eine spaßige Nacht in Nordvest.

Am nächsten Morgen klopfte es an der Tür. Danny war nicht überrascht, zwei Männer in Uniform zu sehen. Angepisst, aber nicht überrascht. Seine Stimmung besserte sich schnell, als er herausfand, dass es um die Schlägerei und nicht um den Einbruch ging. Man kann eine schwangere Frau auf der Straße k. o. schlagen und trotzdem mit einer geringeren Strafe davonkommen, als wenn man den Leuten ihre Sachen wegnimmt. Besitz ist wichtig. Sie brachten ihn aufs Revier.

Ein junger Beamter in Zivil befragte ihn. Oder versuchte es. Danny sagte, dass er mit seinem Anwalt sprechen wollte. Wie im Film. Sonst sagte er nichts. Der Beamte fragte ihn, ob er sich geprügelt habe, und Danny sagte, davon wisse er nichts. Der Beamte musterte seine abgeschürften Fingerknöchel, und Danny sagte, auch darüber wisse er nichts.

Dann wurde er in eine kleine Zelle gesteckt, die nach den Typen stank, die in der Nacht zuvor verhaftet worden waren: nach Pisse, Kotze und dem künstlichen Zitronenduft des Reinigungsmittels, das der Aufgabe nicht ganz gewachsen gewesen war.

Danny sollte dort sitzen und ein bisschen schwitzen: die älteste und effektivste Verhörmethode. Man lässt einen jungen, nervösen Mann allein in einer Zelle sitzen und sich schuldig fühlen. Man lässt ihn dort sitzen und über seine Antworten nachdenken. Er wird mürbe. Und drei Stunden später, wenn man ihm eine Cola und eine Kippe gibt, wird er so ziemlich alles gestehen.

Man zerrte Danny wieder aus der Zelle, doch jetzt war es nicht der Beamte von vorher, der mit ihm sprechen wollte, sondern Ivertssen. Seit Danny laufen konnte, war Ivertssen der Verantwortliche zur Prävention von Jugendkriminalität im Viertel. Ivertssen sollte die Jugendlichen im Auge behalten und so viele wie möglich retten, bevor sie zu Vollzeitkriminellen wurden. Das Viertel gehörte ihm. Danny fiel nicht mehr in seinen Zuständigkeitsbereich. Er war zu alt, aber immer noch einer von Ivertssens Jungs.

Ivertssen erklärte, er habe ein kurzes Video, das er Danny zeigen wolle. Dann drehte er den Computerbildschirm auf seinem Schreibtisch so, dass Danny mitschauen konnte.

Das Video war am Vorabend mit einer kleinen Schwarz-Weiß-Kamera aufgenommen worden, die der Barbesitzer einige Monate zuvor aus Versicherungsgründen installiert hatte.

Das Geschehen auf dem Monitor zeigte deutlich, wie sich Malik auf den Kerl in der Bar stürzte. Es war kein guter

Schlag, ziemlich ungeschickt ausgeführt, gegen die Schulter des Typen. Der Kerl stieg von seinem Barhocker. Es war durch die körnige Videoqualität kaum zu erkennen, aber es sah so aus, als würde er grinsen, die Brust rausdrücken und die Arme ausbreiten. Gleich würde er zeigen, wer hier der Boss war. Malik war in Schwierigkeiten, bis Christian einsprang, und dann fielen die Leute übereinander her. Allgemeines Chaos und Aufruhr und ein paar zerbrochene Gläser. Dann erschien Danny. Er marschierte quer durch den Raum, zielstrebig, und die Leute wichen beiseite. Er fing an, auf den Idioten einzuschlagen, drei oder vier Hiebe, bis der Typ halb bewusstlos gegen die Jukebox fiel, die vielleicht das Einzige war, das ihn noch aufrecht hielt. Denn Danny schlug einfach weiter. In Dannys Erinnerung war es ganz anders; er weiß eigentlich nicht mehr viel von dem, was passiert ist. Aber das Videoband log nicht. Danny schlug weiter auf den Kerl ein. Die Leute blockierten das Bild, standen im Weg, und auch die Qualität war schlecht; sobald die Aufnahme jedoch ein wenig schärfer wurde, konnte man Danny immer noch beim Schlagen sehen. Er schlug und schlug, bis man kaum noch erkennen konnte, wo der Typ aufhörte und die Jukebox anfing.

Als der Clip zu Ende war, sagte ihm Ivertssen, dass der Mann auf die Intensivstation gebracht worden war. Ivertssen erklärte, dass alle drei von ihnen dafür in den Knast wandern könnten. Aber daran sei er nicht interessiert. Ivertssen wollte nur Danny. Und so würde es ablaufen, wenn Danny sich schuldig bekennen würde. Dann würde das kurze Video verschwinden.

»Warum?«, hatte Danny gefragt.

»Weil Malik und Christian eine Zukunft haben.«

Danny war schon einmal wegen Körperverletzung verurteilt worden. Er hatte mit sechs Monaten gerechnet. Höchstens achtzehn Monaten. Aber nicht mit viel mehr, nur ein längerer Aufenthalt im Ferienlager. Während des Prozesses stellte sich heraus, dass der Mann, den Danny angegriffen hatte, ins Koma gefallen war. Danny hielt an seiner Version fest, dass er derjenige war, der den Kampf begonnen und beendet hatte. Dass er den Idioten in der Bar gesehen und angefangen hatte, ihn zu schlagen. Weder Christian noch Malik wurden überhaupt erwähnt. Danny bekam acht Jahre. Und Ivertssen saß die ganze Zeit da und lächelte. Braver Junge, sagte sein Blick. Du hast das Falsche getan, aber jetzt machst du es wieder gut.

STADTZENTRUM NØRREBRO, ein Fünfzehnjähriger sitzt auf einer Bank. Er starrt kurz auf sein Telefon, schaut wieder auf, raucht eine Zigarette. Er versucht, lässig auszusehen, kriegt es aber nicht richtig hin. Vielleicht irrt sich Danny ja auch, doch er ist überzeugt, dass der Junge Wache hält. Danny hat zwei Typen mit übergroßen T-Shirts und Gangtätowierungen bemerkt, als er in die Straße eingebogen ist. Die Gegend ist voll von stinknormalen Cafés, Fahrradfahrern, Männern und Frauen mit Kinderwagen. Als wäre der Bandenkrieg nur etwas, worüber man in der Zeitung liest. Wenn man weiß, wonach man Ausschau halten muss, ist es jedoch offensichtlich, dass sich dieses Gebiet in erhöhtem Alarmzustand befindet.

Danny setzt sich neben den Fünfzehnjährigen auf die Bank. Der Junge schaut ihn überrascht an; er steckt seine Hand in die Tasche. Für eine Pistole ist nicht genug Platz darin, aber vielleicht hat er ein Messer.

»Ich hab mit Ahmed gesessen«, sagt Danny.

»Ahmed?«, sagt der Junge und schüttelt den Kopf.

»Ja«, sagt Danny. »*Der* Ahmed. Beweg dich.«

Der Junge steht wortlos auf, geht aber zielstrebig über die

Straße, auf eine Tür zu, klingelt und verschwindet kurz darauf in dem Gebäude.

Danny lehnt sich zurück und zündet sich eine Zigarette an. Am Tag vor seiner Entlassung hat ihm einer von Ahmeds Männern auf die Schulter geklopft. Ahmed war immer noch in Einzelhaft, doch das hielt ihn nicht davon ab, Nachrichten in die anderen Flügel oder aus dem Gefängnis hinaus zu schicken. Der Mann wiederholte, was Ahmed ihm selbst im Kraftraum gesagt hatte: dass Ahmed ihm einen Gefallen schuldig war. Dass er sich melden könnte, sobald er draußen war. Danny hatte nur mit den Achseln gezuckt. Er hat sich noch nie für Gangs interessiert. Sie sind kopflose Ungetüme, und er schert sich einen Dreck um all das Gerede von Ehre und Respekt, Loyalität und Brüderlichkeit. Gangs sind wie verrückte Ex-Freundinnen, die immer denken, dass man ihnen etwas schuldig ist, obwohl man ihnen alles gegeben hat. Aber Danny weiß nicht, was er sonst noch tun kann, um seinen Freund zu finden, er hat das Gefühl, dass ihm keine andere Wahl bleibt. Jetzt ist es also an der Zeit, diesen Gefallen einzufordern. Bandenkrieg hin oder her. Danny inhaliert tief, will eigentlich am liebsten aufstehen und gehen. Stattdessen bleibt er, wo er ist.

Die Tür des Gebäudes auf der anderen Seite der Straße öffnet sich. Zwei Kerle kommen heraus, große, schwere Infanterie, identisch gekleidet. Schwarze Kapuzenpullover, unter denen man fast alles verstecken kann.

Sie blicken nach links und rechts, auf der Suche nach Lieferwagen oder Autos mit getönten Scheiben. Sie überqueren die Straße erst, nachdem sie sich davon überzeugt haben, dass Danny allein ist.

»Komm mit«, sagt einer von ihnen.

Danny steht auf. Einer geht zu seiner Rechten und der andere ein paar Schritte hinter ihm. Über die Gegensprechanlage werden einige Worte auf Arabisch ausgetauscht. Der Türöffner summt, und sie gehen eine Treppe hinauf. Danny hört keine Fernseher oder spielende Kinder in den Wohnungen. Nur Stille und ihre Schritte. Wenn die Bewohner des Gebäudes wissen, was gut für sie ist, sind sie für lange Zeit in Urlaub gefahren oder bei Verwandten untergekommen.

Sie erreichen den zweiten Stock. Einer der Kerle nickt in das Guckloch der Tür, die sogleich geöffnet wird. Sie gehen durch einen kurzen, dunklen Korridor. Danny hört in seinem Rücken drei oder vier Schlösser klicken. Sie betreten einen Raum, in dem nichts darauf hindeutet, dass sich hier ein Familienleben abspielt. Kein Esstisch, nur abgenutzte Sofas entlang der Wände. Stapelweise leere Pizzaschachteln und ein kleiner Berg von Alufolie, in der Schawarma eingewickelt waren. Cola- und Red-Bull-Dosen in der einen Ecke, leere Dosen in der anderen neben einer halben Palette Toilettenpapier.

Dieser Ort ist kein Zuhause. Es ist eine belagerte Festung.

Die Türflügel zum angrenzenden Raum wurden abgenommen. Danny sieht zwei Jungs, die auf einem leise gestellten Fernseher PlayStation zocken. Er nimmt einen schwachen Haschischgeruch in der Luft wahr; jemand hat geraucht, aber nicht viel, gerade genug, um die Nerven zu beruhigen. Eine Party ist das nicht.

»Ich bin Bilal«, hört Danny hinter sich jemanden sagen. Er dreht sich um und sieht einen Mann in einem hellblauen Hemd, das bis zum Hals zugeknöpft ist. Er ist mittelgroß und schlank. Unter seiner Kleidung könnte er sehnig und muskulös sein, doch es ist wahrscheinlicher, dass er keine Muskeln braucht: Er ist von ihnen umgeben.

»Danny«, sagt Danny.

»Du bist also ein Freund von Ahmed?«, fragt Bilal lächelnd.

»Ich bin nicht sein Freund, aber ich hab mit ihm gesessen.«

»Da bist du sicher nicht der Einzige.«

»Er meinte, du könntest mir helfen.«

»Okay, mal sehen, ob ich das richtig verstehe. Ihr seid also keine Freunde, aber kurz bevor du freigelassen wirst, sagt Ahmed: *Hey, schau doch mal bei meinen Kumpels vorbei.* Einfach, weil du so ein toller Kerl bist.«

»So war das nicht. Ich hab ihm einen …«

»Es ist mir wirklich scheißegal, was passiert ist. Entweder bist du ein Idiot oder … nein, das ist die einzige Möglichkeit.«

Danny spürt, wie sich die Muskeln in seinem Nacken verkrampfen. Er bekommt einen Tunnelblick. Das Adrenalin hält die Zeit an und sagt ihm, mit wem er anfangen soll. Danny atmet tief ein, lässt die Hände in den Taschen. Er weiß, wie leicht das schiefgehen kann. Alle im Raum sind einsatzbereit, auch die Jüngsten. Bevor der Krieg begonnen hat, waren sie nur kleine Jungen, die gerne auf dicke Hose machten und sich im Jugendclub als knallharte Gangster aufspielten. Jetzt sind sie alle Veteranen. Jede Wölbung in ihren Trainingshosen bedeutet eine Handwaffe.

Bilal mustert Danny, als könne er immer noch nicht ganz begreifen, wie Danny so dumm sein kann. Dann lacht er. »Entschuldige meine schlechten Manieren. Der Krieg hat uns alle ein bisschen nervös gemacht.«

Bilal wühlt in seiner Hosentasche.

»Natürlich helfen wir dir«, sagt er, zieht eine Zwanzig-Kronen-Münze hervor und wirft sie Danny vor die Füße. Die Münze dreht sich ein paar Mal und bleibt schließlich flach auf dem schmutzigen Teppich liegen.

»Kauf dir einen Döner«, sagt Bilal.

Es ist das erste Mal, dass Danny jemanden umbringen will. Er will ihn nicht nur verprügeln, sondern töten. Und wenn Danny auch nur die leiseste Chance gesehen hätte, ihm an die Gurgel zu gehen, bevor man ihn umlegt, hätte er es probiert. Danny stellt sich Malik vor. Er versucht, sich auf dieses Bild zu konzentrieren. Malik braucht seine Hilfe. Es bringt überhaupt nichts, wenn Danny in einer Dreizimmerwohnung in Nørrebro in einem Kugelhagel umkommt.

»Heb sie auf«, sagt Bilal und zeigt auf die Münze. Neben Bilal steht ein Mann, der eine AK-47 auf Dannys Brust gerichtet hat. Danny beugt sich vor und hebt die Münze auf.

DANNY IST WIEDER auf der Straße. In einem Stück und nicht durchlöchert, noch am Leben. Er spürt keine Erleichterung, im Gegenteil. Danny dachte immer, dass »rotsehen« nur ein Ausdruck sei, aber im Augenblick hat die ganze Welt eine rote Färbung.

Er umklammert die Münze in seiner Tasche, bis sich seine Hand taub anfühlt.

Er geht an den Jungen vorbei, die an einem Ende der Straße Wache stehen. Sie folgen ihm mit den Blicken. Welche Waffen sie auch haben, sie könnten sie nie rechtzeitig hervorholen. Danny will sie vermöbeln, auch wenn es völlig sinnlos ist. Er will einfach jemanden fertigmachen. O Gott, liebe Mama, gib mir jemanden, den ich verprügeln kann. Nur ein bisschen. Gib mir ein Gesicht, in das ich treten kann. Danny geht weiter. Zündet sich eine Zigarette an. Seine Hände zittern.

Danny ist die Nørrebrogade hundert Meter weit entlanggegangen, als er irgendwo hinter sich jemanden seinen Namen rufen hört. Er geht weiter und ist sich sicher, dass ihm sein Gehirn nur einen Streich spielt. Da hört er seinen Namen erneut. Danny dreht sich um und sieht einen Mann, der seine Mütze tief ins Gesicht gezogen hat.

Danny erinnert sich vage, ihn gerade oben in der Wohnung gesehen zu haben, ist sich jedoch nicht sicher. Er hat nicht so sehr auf die Gesichter der Männer geachtet, sondern vielmehr darauf, wo sie ihre Hände hatten.

Der Typ mit der Mütze geht an ihm vorbei. »Folge mir«, sagt er, ohne anzuhalten. Danny folgt ihm ein paar Minuten lang im Abstand von fünf Metern. Sie erreichen eine kleine Dönerbude mit großen sonnengebleichten Fotos der Gerichte neben dem Eingang. Der Mann hält die Tür auf, und sie gehen hinein. Die Luft dampft vor Frittieröl. Der Laden ist voll, es herrscht Mittagshektik, die Männer sitzen allein beim Essen und versuchen, ihre Arbeitskleidung nicht zu bekleckern. Der Mützentyp scheint den Kerl hinter dem Tresen zu kennen; er zeigt nur nach oben und erntet ein Nicken. Danny und der Mützentyp durchqueren den Laden und nehmen die Treppe. Der erste Stock ist fast leer, nur eine Mutter mit Kopftuch und ihre beiden Kinder: ein kleines Mädchen, das auf dem Boden sitzt, und ihr Bruder, der sie mit Pommes füttert, als wäre sie ein Löwe oder eine andere Großkatze. Sie faucht zwischen den Bissen und formt ihre Hand zur Kralle.

Sie setzen sich an einen Tisch. Der Mützentyp schaut auf die belebte Straße hinab, zuerst nach rechts und dann nach links, als wolle er sich vergewissern, dass seine Freunde nicht nachkommen, um ihnen Gesellschaft zu leisten. Dann sieht er Danny an.

»Ich heiße Omar.«

»Sprich, Omar.«

Der Kerl schiebt die Mütze zurück, und Danny sieht zum ersten Mal seine Augen; sie haben einen hellen Braunton. Er sieht nicht besonders tough aus, aber das kann täuschen. Der

Typ zwingt sich zu einem Lächeln, als wüsste er nicht recht, wo er anfangen soll.

»Bilal leitet jetzt den Club«, sagt er.

»So viel hab ich mitbekommen«, sagt Danny.

»Er ist nicht der Präsident, nicht offiziell, nur eine Art Vertretung, bis Ahmed zurückkommt. Aber er hat nicht vor, seinen Platz wieder zu räumen.«

Sie werden von dem Mann unterbrochen, der unten hinter dem Tresen gestanden hat. Er bringt zwei Dosen Cola und einen großen Korb mit Pommes frites. Eine Schüssel mit gelblicher Mayonnaise. Danny vermutet, dass Omar eine Abmachung mit dem Besitzer hat. Auf diese Weise wirkt es weniger verdächtig, wenn er im Laden Geschäfte macht.

»Und?«, sagt Danny, als sie wieder allein sind.

Der Typ beugt sich über den Tisch und senkt seine Stimme.

»Dieser Krieg zwischen uns und den Vestegnen-Jungs ist teuer und muss aufhören. Bilal weiß das. Ahmed war ein Geschenk an die Biker. Sie bekamen die Erlaubnis, ihn im Gefängnis zu verprügeln. Das war Teil eines Friedensabkommens. Und Ahmed wäre so geschwächt gewesen, dass Bilal leicht die Macht hätte übernehmen können.«

Danny nickt. Das ergibt Sinn und erklärt, warum Ahmed mitten in einem Bandenkrieg allein im Kraftraum war.

»Aber du bist ihm in die Quere gekommen. Und Bilal ist darüber nicht glücklich. Das Friedensabkommen können wir in die Tonne treten. Die Situation ist jetzt schlimmer als je zuvor.«

»Warum erzählst du mir das?«

»Ich kenne Ahmed seit meiner Kindheit. Bilal denkt, dass ich ihm gegenüber loyal bin, aber …«

»Du gehst auf Nummer sicher, sonst nichts. Für den Fall, dass Ahmed rauskommt und Hilfe aus Aarhus und Odense kriegt. Waffen aus Malmö …«

»Es ist mir egal, was du denkst. Ahmed hat mich gebeten, dir zu helfen. Wenn ich also etwas tun kann …«

Danny mustert den Mann und versucht herauszufinden, ob er vertrauenswürdig ist. Doch er wüsste nicht, was er zu verlieren hätte.

»Ich suche nach einem Freund«, sagt Danny. »Er ist verschwunden.«

»Wie heißt er?«

»Malik Girma.«

»Kennt man ihn auf der Straße?«

»Nein. Aber er kommt aus demselben Viertel wie ich.«

»Ich werde mich umhören. Aber bis ich etwas erfahre, kann ich vielleicht etwas anderes für dich tun. Wenn man rauskommt, ist es erst mal nicht einfach. Ich kenne das.«

»Willst du mir auch eine Münze schenken?«

»Falls du heiße Ware hast, kann ich das für dich loswerden. Handys, Laptops, teure Uhren, alles von Apple.«

Danny sieht Omar an. Er hat sich die Scheiße in der Wohnung gefallen lassen, weil er keine Wahl hatte, aber das Angebot dieses Typen grenzt an Beleidigung. Das Zeug, das er gerade aufgezählt hat, kriegt man im Handumdrehen los. In Dannys alter Nachbarschaft könnte man von Tür zu Tür gehen und bräuchte keine fünfzehn Minuten, um alles zu verticken.

Omar sieht aus, als hätte er Dannys Gedanken gelesen, und lächelt entschuldigend.

»Ich werde mich nach deinem Freund umhören«, sagt er und notiert Dannys Telefonnummer auf einer Speisekarte.

Danny nimmt eine Pommes. Sie ist weich und viel zu mehlig. Er steht auf. Er hat Lust, Omar die Fresse zu polieren. Doch er lässt es sein, weil Danny im Gefängnis bekehrt wurde und weiß, wie er sich zu benehmen hat. Er ist die Selbstbeherrschung in Person. Aber verdammt, es würde sich gut anfühlen.

»Ruf mich an, wenn du etwas erfährst«, sagt er.

DANNY GEHT ZUM WASSER hinab und setzt sich auf eine Bank. Er schließt die Augen zur Hälfte, zwei schmale Schlitze. Er kann gerade noch zwei Enten ausmachen, die auf dem Grasweg vor ihm ein trockenes Brötchen zerpicken. Er atmet durch die Nase ein und durch den Mund aus, während er im Kopf zählt, wie sein Therapeut es ihm geraten hat. Durch die Nase einatmen, durch den Mund ausatmen, die beiden Enten kämpfen um das Brötchen. Danny ist sich ziemlich sicher, dass es eine Straftat ist, eine Ente zu erwürgen.

Er steht auf und marschiert los. Er muss die Aggressivität in seinem Inneren rauslaufen. Er denkt, dass er Aisha anrufen sollte, um ihr zu sagen, dass es ihm leidtut: Ich bin ein Idiot, natürlich kann ich deinen Bruder nicht finden. Vielleicht solltest du ihn in Kokain wälzen, dann könnte ich ihn sicher wittern, ansonsten bin ich diesseits der Mauern ziemlich nutzlos. Das hättest du doch wissen müssen.

Aber Danny ruft sie nicht an. Er wird sie noch früh genug enttäuschen.

Danny marschiert immer weiter durch Vesterbro. Weniger Leute hier, was gut ist. Der Wind zerrt an seinen Kleidern, was ihm auch recht ist, weil er einen Begleiter beim Rauchen hat.

Dannys Gedanken kommen langsam zur Ruhe. Als wäre sein Schädel eine Faust, die sein Gehirn zusammendrückt, fast zerquetscht. Jetzt lockert sich der Griff langsam. Atmen, befiehlt er sich. Es fühlt sich gut an, einen Spaziergang zu machen; im Gefängnis konnte er das nicht tun. Es ist schön, einfach nur spazieren zu gehen.

Danny biegt um die Ecke und sieht das Auto. Es steht halb auf dem Bürgersteig vor dem Eingang von Birkely. Sie haben sich nicht die Mühe gemacht, ordentlich zu parken. Die beiden Männer auf den Vordersitzen halten das offenbar nicht für nötig. Danny nimmt sie wie Schatten durch die Heckscheibe wahr, doch er dreht sich nicht um. Er bremst weder ab, noch geht er schneller. Keine plötzlichen Bewegungen, das ist im Zweifelsfall oft die richtige Wahl.

Als er näher kommt und das Auto besser sehen kann, bemerkt er, dass es sich um ein Zivilfahrzeug der Polizei handelt. Herr und Frau Meier hätten keine Ahnung, aber wenn man weiß, wonach man Ausschau halten muss, ist es ganz offensichtlich. Es sind Details wie die Zusatzantenne auf dem Dach.

Die letzten Zweifel sind spätestens dann ausgeräumt, als die beiden Männer aussteigen. Im Gleichschritt, mit den gleichen billigen Turnschuhen und markenlosen Kapuzenpullovern. Jemand sollte ihnen mal mit einem Memo verklickern, dass jeder Kriminelle mit ein bisschen Cash großen Wert auf sein Outfit legt. Man kann nicht einfach seine Kleidung im Supermarkt kaufen und denken, man hätte einen Straßenlook.

Danny steuert auf den Hauseingang zu und ignoriert die Männer. Lasset die Spiele beginnen. Die Männer kommen auf ihn zu. Noch immer im Gleichschritt, fehlt nur noch, dass sie sich in Zeitlupe zu einem Musikstück mit pumpendem Bass bewegen. Danny drückt auf den Klingelknopf. Er hört die Gegensprechanlage summen, als einer der Männer seine Polizeimarke hervorzieht.

»Daniel Andersen«, sagt der Beamte.

»Sehr erfreut, Daniel«, sagt Danny.

»Sind Sie Daniel Andersen?«

Danny antwortet nicht.

»Bitte kommen Sie mit uns.«

»Kann ich die mal sehen?« Danny greift nach der Polizeimarke. Der Polizist zieht sie weg.

»Ich muss Ihre Marke richtig sehen können. Sie könnte eine Fälschung sein. Sie könnten zu einer Zigeuner-Gang gehören.«

»Kommen Sie freiwillig mit, oder müssen wir Ihnen Handschellen anlegen und Sie mitschleifen?«

Einer der Beamten hebt seinen Kapuzenpulli über dem Hosenbund ein wenig an: entweder Pfefferspray oder Handschellen. Danny hat Lust, die Bestie von der Leine zu lassen, eine Nase, ein Schlüsselbein oder eine Augenhöhle zu brechen. Aber er weiß, dass er einen Beamten nur anhusten muss, und er landet wieder im Gefängnis, wo er dann den Rest seiner Strafe absitzen kann, plus ein paar Jahre extra wegen Angriffs auf einen Polizisten im Dienst, was ihm gar nicht so schlimm vorkommt, wenn Malik nicht verschwunden wäre.

Danny folgt den Beamten zu ihrem Auto. Er weiß, wie es läuft, legt seine Hände auf das Dach, spreizt die Beine, und einer der Beamten tastet ihn ab. Dann steigen sie ein. Danny hat die Rückbank für sich allein, was ein gutes Zeichen ist. Sie fahren los.

»Nur zwei. Das ist fast eine Beleidigung«, sagt Danny.

»Ivertssen meinte, es wäre am besten so. Ein paar von uns wollten schon einen Panzerwagen schicken.«

»Ihr seht aus, als wärt ihr von der Einheit für organisiertes Verbrechen. Was hat Ivertssen damit zu tun?«

»Das müssen Sie mit ihm besprechen.«

»Aber ich frage euch.«

»Sie sind ein Klugscheißer, was?«

»Habt ihr ein Buch mit dummen Sprüchen, die ihr den Leuten bei einer Festnahme sagen könnt, oder lernt ihr das voneinander?«

»Es wäre schlau, jetzt den Mund zu halten.«

»Die kommen quasi von selbst, stimmt's?«

»Wir können dafür sorgen, dass das hier sehr unangenehm wird.«

»Mann, da haben wir ja einen Hattrick. Und nein, ich glaube nicht, dass ihr das hier unangenehm für mich machen könnt. Das glaub ich ganz und gar nicht.«

Der Polizist sieht Danny im Rückspiegel an, sagt aber nichts mehr. Wenn Danny sich nicht irrt, ruht seine Hand jetzt auf seiner Dienstpistole.

Danny lehnt sich zurück. Er sieht die Stadt an sich vorbeiziehen. Danny ist in seinem Leben schon häufig in Polizeiautos durch die Gegend kutschiert worden. In Zivilfahrzeugen wie jetzt. Und auch in den weißen mit Blaulicht auf dem Dach. Als Kind wusste er mit geschlossenen Augen, ob er in einem Ford Mondeo oder einem Passat unterwegs war. Manchmal reichte ihm einer der Polizisten ein Bonbon, weil es schwierig war, einen so kleinen Jungen zu hassen. Ein anderes Mal versuchten es die Beamten mit strengen Blicken, damit er sich schämte und nie wieder tat, was er getan hatte. Das klappte nicht. Wenn sie das Viertel erreichten, in dem Danny wohnte, begleitete ihn anfangs stets einer der Beamten zu seiner Mutter hoch in den siebten Stock. Sie weinte. Sie weinte immer, wenn sie Danny mit einem Mann in Uniform sah. Nach einer Weile setzten sie ihn einfach auf dem Parkplatz ab.

Sie halten vor Revier 1. Danny wird durch den Empfangsbereich geführt, wo immer viel los ist: Betrunkene, illegal eingewanderte Osteuropäer, die bei Kartentricks am Strøget erwischt worden sind, afrikanische Drogendealer.

Danny wird aufgenommen. Standardverfahren.

»Und Sie erklären hiermit, dass Sie freiwillig hergekommen sind?«, fragt eine sehr müde aussehende Frau, die ihre Brille auf der Nasenspitze trägt.

»Mehr oder weniger«, antwortet Danny.

»Sie stehen nicht unter Arrest. Sie sind freiwillig gekommen, ja oder nein?«

»Ja.«

»Haben Sie irgendetwas eingenommen?«

»Ich bin high vom Leben, wenn Sie das meinen.«

Nach zwanzig Minuten wird Danny von einem uniformierten Beamten abgeholt. Sie nehmen einen Aufzug, gehen einen langen Flur hinunter, nehmen einen weiteren Aufzug und erreichen schließlich Ivertssens Büro im vierten Stock. Der Polizist öffnet ihm die Tür und verschwindet dann.

Ivertssen sieht aus wie eh und je. Er war schon immer ein zorniger alter Mann.

»Schön, dich zu sehen, Daniel. Ist eine Weile her«, sagt er und deutet mit einem Wink an, dass Danny sich auf den Stuhl vor seinem Schreibtisch setzen darf. Das Büro ist fast eine exakte Kopie desjenigen, das Ivertssen im Revier in Bellahøj hatte. Wie wenn man ein Haus abreißt, um es woanders wiederaufzubauen. Ivertssens Büro hat keine Fenster. Vielleicht mag er es so. Die Wände sind voller Zettel, die mit fast unleserlicher Handschrift bekritzelt sind. Der Schreibtischstuhl ist keins dieser neuen ergonomischen Modelle, sondern ein durchgesessener, breiter Sessel aus braunem Leder.

»Wie du wahrscheinlich schon gehört hast, mache ich kein Babysitting mehr«, sagt Ivertssen.

»Organisiertes Verbrechen?«, fragt Danny.

»Ich will meine Jungs nicht aus den Augen verlieren. Viele von euch sind inzwischen Gangster. Deshalb bin ich jetzt hier in der Abteilung Ost. Ich habe kein eigenes Team. Ich bin eher ein Maskottchen. Ein Opi, der ein wenig herumstöbern und den Enkeln seine Marke zeigen darf.«

Ivertssen geht zu der Kaffeemaschine, die auf einem niedrigen Aktenschrank steht. Wahrscheinlich traut er der moderneren Maschine auf dem Flur nicht.

»Kann ich dir eine Tasse anbieten?«, fragt er.

»Nein danke.«

»Eine der Sekretärinnen hat auch Früchtetee. Ich kann nachsehen, ob …«

»Braucht's nicht.«

Ivertssen lächelt und gibt zwei Stück Zucker in seine Tasse. Ein paar Löffel Kaffeeweißer. Er rührt um und summt dabei.

Obwohl er Ende sechzig ist, hat er immer noch einen breiteren Rücken als die meisten Gewichtheber in Dannys altem

Viertel. Danny kann sich noch daran erinnern, dass er Sterne sah, wenn ihm Ivertssen einen Schlag mit dem Handrücken verpasste.

Ivertssen stellt seinen Kaffee auf den Schreibtisch und setzt sich langsam. Kein Grund zur Eile.

»Warum haben Sie mich rausgeholt?«, fragt Danny.

»Ich bin alt und nicht sehr gesund«, sagt Ivertssen. »Also versuche ich, offene Fragen zu klären, bevor …«

»Und ich bin eine offene Frage?«

»Du hast lange genug gesessen«, sagt Ivertssen, beugt sich vor, wühlt in einer Schublade und bringt eine Packung Kekse zum Vorschein. Er nimmt sich drei Kekse und schiebt dann die Packung rüber. Danny nimmt keinen.

»Und es hat nichts damit zu tun, dass Malik verschwunden ist?«, fragt Danny.

»Was sollte das damit zu tun haben?«

»Es scheint einfach ein seltsamer Zufall zu sein«, sagt Danny.

»Du denkst zu viel nach.«

»Das hat man mir noch nie vorgeworfen.«

»Quantität vor Qualität. Du hast einen klugen Kopf, du hast ihn aber bisher nur benutzt, um Kopfstöße zu verteilen.«

Ivertssen nimmt einen Schluck von seinem Kaffee. Die Kaffeesahne hat sich nicht vollständig aufgelöst und hinterlässt einen gelben Klumpen in seinem Bart.

»Sie fanden also, dass ich eine weitere Chance verdiene«, meint Danny. »Der kleine gewalttätige Danny, der sich schon auf der schiefen Bahn befindet, seit er am Daumen gelutscht hat. Ich glaube Ihnen kein Wort.«

»Es ist mir scheißegal, was du glaubst, Daniel. Ich will nur nicht, dass du diese Chance versemmelst.«

»Warum sollte ich das wollen? Ich war über sechs Jahre im …«

»Hör auf, nach deinem Freund zu suchen. Hör auf, überall rumzuwühlen, Schmutz auszugraben und die Stadt in Angst und Schrecken zu versetzen, nur um Malik zu finden. Ich möchte, dass du die Polizei ihre Arbeit machen lässt.«

»Und tut sie das?«

»Ja, natürlich.«

»Als ob ein Junge aus einem Plattenbau bei euch oberste Priorität hätte.«

»Malik ist kein Junge. Ich möchte nur, dass du nicht alles noch schlimmer machst. Der Bandenkrieg macht alle nervös. Wenn du den falschen Leuten die falschen Fragen stellst, wird man dir das Hirn wegpusten.«

»Wäre es nicht eine Erleichterung für Sie, wenn ich …«

»Nein, Daniel, wäre es nicht.«

Ivertssens Augen glänzen unter den buschigen Augenbrauen. Danny kann klar erkennen, wer er einmal war: ein Mann, der ein ganzes Viertel regierte. Noah auf seiner Arche, und sie waren die Tiere. Ivertssen senkt die Stimme und starrt Danny in die Augen.

»Du bist zutiefst überzeugt, ein Arschloch zu sein, ein richtiges Arschloch. Und deshalb bist du dir fast sicher, dass alle anderen besser sein müssen als du«, sagt Ivertssen.

»Nicht alle«, sagt Danny.

»Aber Malik? Der heilige Malik, der nichts falsch machen kann?«

Danny erwidert nichts.

»Wegen ihm musstest du ins Gefängnis, vergiss das nicht«, sagt Ivertssen.

Danny schaut auf den Boden. Er will losschreien, hält aber den Mund.

Ivertssen schiebt seine Karte über den Schreibtisch.

»Hier ist meine Nummer. Ich glaube, du wirst sie noch brauchen.«

Und damit ist das Gespräch beendet. Ivertssen hat gesagt, was er sagen wollte. Ein uniformierter Beamter wartet auf dem Flur. Danny wird wieder durch das Polizeirevier geführt.

BIRKELY IST UM diese Uhrzeit halb leer. Der Öffner summt, Danny drückt die Tür auf und eilt sofort in sein Zimmer, weil er es vermeiden will, jemanden zu treffen. Im Moment würde eine dumme Frage genügen, um ihn zum Explodieren zu bringen.

Danny legt sich auf sein Bett und schließt die Augen. Er stellt sich vor, dass er in seiner alten Zelle ist, die Tür ist verschlossen, und er kann nichts tun. Er blendet sämtliche Geräusche aus. Ersetzt sie durch das Klicken von Metallschlössern und schlappende Flip-Flops auf den Gefängnisfluren. Er will zurück zu Ivertssen und ihm sagen: Sperren Sie mich doch einfach ein, Sie alter Scheißkerl. Ein Grund ist schnell gefunden, und wenn nicht, werde ich Ihnen einen liefern. Jetzt sofort, wenn nötig. Werfen Sie den Schlüssel weg. Tun Sie uns beiden einen Gefallen.

Danny weiß nicht, wie lange er daliegt, vielleicht eine halbe Stunde, vielleicht zwei Stunden. Dann hört er jemanden klopfen. Danny öffnet die Tür.

»Ich wollte nur nach dir sehen«, sagt der Verwalter.

»Warum?«

»Ich hab gehört, dass du direkt in dein Zimmer gegangen und seitdem hier nicht mehr rausgekommen bist …«

»Und wenn Leute das tun, dann meist, weil sie total zugedröhnt sind.«

»Ja.«

»Ich wollte einfach allein sein.«

Der Verwalter sieht Danny forschend an und überprüft die Größe seiner Pupillen.

»Muss ich in einen Becher pinkeln?«, fragt Danny.

»Nein, das wird nicht nötig sein. Hast du etwas gegessen?«

Danny schüttelt den Kopf und sagt, es sei alles in Ordnung. Trotzdem kehrt der Verwalter kurz darauf mit einem Tablett voller belegter halber Brötchen zurück – Reste von einer früher am Tag angesetzten Besprechung.

Danny verzehrt gerade ein belegtes Brot mit Leberwurst und Bacon und trinkt schwarzen Kaffee, als sein Handy klingelt. Es ist Omar, der Mützentyp.

»Gibt's was Neues?«, fragt Danny.

»Nein, aber ich werde mich umhören.«

»Also rufst du nur aus Höflichkeit an?«

»Wo wohnst du?«, fragt Omar.

»Ich wüsste nicht, was dich das angeht.«

»In einem verdammten Resozialisierungszentrum? Oder pennst du bei einem Kumpel auf dem Sofa?«

»Deine erste Vermutung war richtig.«

»Vielleicht kann ich dir eine Einzimmerwohnung besorgen. Ich kenne einen Typen, der in Immobilien investiert. Er wird dich bestimmt abziehen, aber du hättest immerhin ein Dach über dem Kopf. Bist du interessiert?«

MALIK

SIE NANNTEN ES: »Wenn Papa wütend wird«.

Manchmal auch: »Wenn Papa düster wird«.

Aber die meiste Zeit sagten sie gar nichts dazu. Sie hatten sich daran gewöhnt. Kinder gewöhnen sich an alles. Und Abebe wurde nie wütend auf *sie*. Oder besser gesagt, er richtete seine Wut nie auf sie.

Doch sie hatten oft das Gefühl, dass sie der Grund seiner Wut waren. Dass sie etwas Falsches gesagt oder getan hatten und ihren Vater dazu brachten, sich in seine Finsternis zurückzuziehen. Sie waren laut gewesen oder kamen mit schlechten Noten nach Hause. Wegen ihnen ballte er seine Fäuste so fest, dass die Fingernägel Schnittwunden in seinen Handflächen hinterließen. Ihre Mutter sagte, das habe nichts mit ihnen zu tun, aber sie glaubten ihr nicht. Also wurden sie wachsam. Sie hielten nach den Anzeichen Ausschau. Sie wussten, wann ihr Papa in die Dunkelheit hinabstieg. Sie wurden sehr geschickt darin zu erahnen, wann es so weit war. Die Vorzeichen. Und dann hörten sie auf. Was auch immer sie taten, sie hörten sofort auf. Wenn ihr Vater zu einer Salzsäule erstarrte und sein Blick auf einen Fleck an der Wand geheftet war, hörten sie sofort auf, selbst wenn sie sich um das letzte

Stück Schokolade stritten: »Nimm du, ich will sie sowieso nicht.« Wenn Malik eine von Aishas Puppen ruiniert hatte, entschuldigte er sich sofort, versprach, sie zu ersetzen, gab ihr sein ganzes Taschengeld, und sie meinte, das sei nicht schlimm, es sei ja nur eine Puppe. Und dass er es wahrscheinlich nicht mit Absicht getan hätte. Und manchmal hatten sie Erfolg. Sie holten ihn aus dem Abgrund zurück. Sie hatten die Zeichen erkannt und schnell reagiert. Aber manchmal schafften sie es nicht. Dann zog sich ihr Vater ins Schlafzimmer zurück und ließ die Rollläden herunter. Ihre Mutter brachte ihm Essen auf einem Tablett, das sie ein paar Stunden später geleert wieder abholte. Malik und Aisha unterhielten sich während dieser Phasen nur mit gedämpfter Stimme. Setzten sich ganz nah an den Fernseher, den sie ganz leise stellten. Oder sie verabredeten sich rasch mit Freunden, um aus der Wohnung fliehen zu können, bis es vorbei war.

Es dauerte nie länger als ein oder zwei Tage. Dann saß ihr Vater wieder am Frühstückstisch, knabberte an einem Brötchen und las seine Zeitung.

Als Kind machte sich Malik nicht viele Gedanken darüber. Das war einfach so. Als er älter wurde, begriff er, dass es wahrscheinlich mit der Zeit zusammenhing, die sein Vater im Gefängnis verbracht hatte. Der Folter. Den Scheinhinrichtungen. Mit all dem, was ihr Vater erlitten hatte, worüber er jedoch nie sprach. Und weshalb Malik seinen Vater noch nie mit kurzen Ärmeln gesehen hatte.

Als Erwachsener dachte Malik, dass er wahrscheinlich mit seinem Vater darüber reden sollte. Ein richtiges Gespräch führen. Der erwachsene Malik, der sich mit seinem Vater über schwierige Dinge unterhält. Es zur Sprache bringt. Auch wenn es schwierig ist. Aber es kam nie ein günstiger Augenblick. Und inzwischen hat es ja auch aufgehört. Oder fast. Die Finsternis mag nicht verschwunden sein, doch sie holt ihn seltener ein. Seit sein Vater das Restaurant eröffnet hat, hat er einen Grund, warum er jeden Morgen aus dem Bett steigt.

Malik hält aber immer noch nach den Anzeichen Ausschau. Er kann nicht anders. Und in diesem Moment erkennt er gleich mehrere. Und trotzdem will er nicht den Mund halten. Denn er hat etwas auf dem Herzen, was er wirklich sagen muss.

Malik und Abebe stehen in der Restaurantküche. Abebe wischt die Stahltheke mit einem rosa Tuch ab und reibt dabei an einem unsichtbaren Fleck, als wolle er das Metall wegrubbeln.

»Ich habe gegen die Korruption gekämpft«, sagt Abebe, ohne aufzublicken. Sein Rücken ist angespannt, und Malik weiß, dass er schweigen sollte, aber er kann nicht.

»Es ist Werbung, Baba. Nur eine nette kleine Werbeaktion … das ist wirklich nicht … es hat nichts mit Korruption zu tun.«

Malik hat ein gutes Angebot von einer Lokalzeitung bekommen. Vier Wochen Werbung, was nicht viel bringen wird, doch außerdem hat ihm der Journalist mündlich zugesagt, bald zum Abendessen zu kommen und eine schwärmerische Kritik über das Restaurant zu schreiben. Die Schlagzeile könne lauten: »Ein kleiner Hauch von Afrika in Frederiksberg«. Oder vielleicht »Stern von Afrika«, wie das Brettspiel. Das hat der Journalist Malik am Telefon vorgeschlagen.

Abebe reibt hartnäckig über den unsichtbaren Fleck. »Wir reden nicht mehr darüber. Verstanden?«, sagt er und starrt auf die Stahltheke.

»Okay, Baba.«

Malik wäre stolz auf seinen Vater, wüsste er nicht über die finanzielle Situation des Restaurants Bescheid, würde er nicht alle Zahlen auswendig kennen, die ihm nachts den Schlaf rauben.

Malik arbeitet an und für sich als Kellner, verbringt allerdings die meiste Zeit mit der Buchhaltung. Er jongliert mit den Zahlen, manipuliert sie. Wo lernt man, die Bücher eines Restaurants zu frisieren? Malik musste es sich einfach auf die harte Tour beibringen. Es dauerte Monate, bis er den richtigen Metzger fand, einen Kerl namens Finn aus Hvidovre, der von sich aus vorschlug, die Quittungen ein wenig zu frisieren. In der äthiopischen Küche werden billige Stücke langsam und lange gekocht, sodass es nicht so sehr auf die Qualität des Fleisches ankommt. Malik hatte mit ein paar Halal-Schlächtern gesprochen. Deren Betrug lief direkter ab, sie verkauften das Fleisch unter der Hand, verfrachteten es in einen Lieferwagen und luden es tief in der Nacht aus. Aber Malik brauchte etwas, das besser für ein Restaurant mit einer teuren Adresse geeignet war. Er brauchte altmodische dänische Bilanztricks. Und genau dabei konnte Finn ihm helfen.

Malik geht im Raum hin und her und versucht, den einzigen Gästen im Restaurant gegenüber nicht zu aufdringlich zu wirken: ein junges, frisch verliebtes Paar, das sich den ganzen Abend lang gegenseitig gefüttert hat. Malik tut so, als blicke er auf einen überfüllten Speisesaal. Das Paar winkt ihn zu sich. Malik wartet ein paar Sekunden, bevor er reagiert, als wäre er mit allerlei anderen Dingen beschäftigt und starre nicht nur sie an. Sie bitten um Nachtisch, aber nur einen, zum Teilen. Eine Crêpe Suzette mit afrikanischem Touch, so heißt es auf der Speisekarte. Es ist bescheuert, so ein Gericht auf der Speisekarte zu haben, weil es nichts mit Äthiopien zu tun hat. Doch Malik käme nicht im Traum auf die Idee, seinen Vater zu bitten, dieses spezielle Gericht zu streichen, weil Abebe diese dummen Pfannkuchen eigentlich am besten kann. Seine einzige echte Spezialität; die Pfannkuchen, die er früher auch für Malik und Aisha gemacht hat, als sie noch klein waren. Damals hießen sie nicht Crêpes Suzette, sondern Petzi-Bär-Pfannkuchen. Oder einfach »Petzi«, weil ihr Vater damals das Wort »Pfannkuchen« noch nicht richtig aussprechen konnte.

Abebe beginnt den Teig zu mixen. Malik mag das Geräusch des Schneebesens in der Schüssel. Es erinnert ihn an die Sonntage in ihrer kleinen Küche, als noch alles gut und ihr Vater glücklich war.

»Gib ihnen ein Glas Calva auf Kosten des Hauses«, sagt Abebe, ohne aufzuschauen.

»Baba …«

»Nun mach schon. Dann freuen sie sich. Kostenlose Werbung.«

Malik schaut seinen Vater an. Er gießt den Calvados in zwei Cognacgläser. Unwillkürlich kalkuliert er die Kosten im Kopf. Ein Pfannkuchen holt das Geld, das sein Vater für den teuren Alkohol ausgibt, nicht wieder rein. Manchmal würde Malik seinen Vater am liebsten gegen die Wand schubsen und schreien: »Du bist kein Gastronom. Du weißt nicht, was zum Teufel du da tust. Der Laden geht vor die Hunde. Er ist noch nie gut gelaufen. Du bietest eine exotische Speisekarte an, und es ist kein Zufall, dass die Leute nicht wiederkommen. Und warum musste das ganze Restaurant weiß gestrichen werden? Hast du wirklich geglaubt, du könntest mit der großartigen afrikanischen Gastronomie in Paris oder London mithalten? Einen Michelin-Stern bekommen, feinstes Essen anbieten? Du hättest einen heruntergekommenen Kiosk in Nørrebro mieten sollen, und Mama hätte das Kochen übernehmen können. Das hätte funktioniert. Oder, Gott bewahre, du hättest auch Burger und beschissene Pizzas machen können. Aber nein. Haute Cuisine musste es sein. Die große Vision. Du bist dickköpfig. Nein, du bist arrogant. Das ist das richtige Wort. Verdammt arrogant. Ja, du wurdest gefoltert. Und seitdem weigerst du dich, dich der Realität zu stellen. Das war schon immer deine Ausrede. Und ich habe deinen Arsch gerettet. Und verdammt, wie schlau ist es denn bitte, in einem abgefuckten Dritte-Welt-Land seine Regierung zu kritisieren, wenn man eine schwangere Frau zu Hause hat? Wer zum Teufel tut so was? Ein großer Held oder ein dickköpfiges Arschloch, das glaubt, mitten in einer Militärdiktatur Watergate spielen zu müssen?«

So denkt Malik. Und wenn er so denkt, ist er sich nicht sicher, ob er seinen Vater liebt. Doch dann überkommen ihn Schuldgefühle. Und er schaut den Mann mit den grauen Strähnen im Haar an, mit der Brille, die er ständig putzt, dem frisch gebügelten Hemd, das zwar abgetragen sein mag, aber immer sauber ist, und er möchte ihn einfach nur umarmen. Ihm ein Haus auf dem Land kaufen, weit weg von lauten Geräuschen, bei denen er jedes Mal zusammenschreckt. Ihm Enkelkinder schenken, mit denen er spielen kann. Und

Tausende von Büchern, mit denen er sich beschäftigen kann. Malik sieht seinen Vater an, diesen stolzen und doch so zerbrechlichen Mann, und er hat das Bedürfnis, ihn zu beschützen. Was immer dazu nötig ist.

Abebe gießt den Teig in einem langen, dünnen Strahl in die Pfanne.

»Ich hoffe, du hast daran gedacht, dir deinen Lohn auszuzahlen«, sagt er ein wenig schnippisch, aber Malik weiß, dass dies seine Art ist, auf ihn zuzugehen.

»Ja, Baba«, sagt Malik. Was natürlich eine Lüge ist. Malik hat noch nie auch nur eine einzige Krone aus dem Restaurant genommen. Wenn er es täte, gingen hier noch vor dem Ende des Monats die Lichter aus.

Das junge Paar hat sich die Crêpe geteilt. Die beiden schlürfen ihren kostenlosen Schnaps und bleiben bis zwölf Minuten nach Ladenschluss sitzen.

Malik schickt seinen Vater nach Hause. Er kann alleine abschließen. Es gibt nur einen einzigen Tisch, der eine saubere Tischdecke braucht. Sein Vater würde dennoch das ganze Restaurant saugen und von nicht vorhandenem Staub befreien.

Malik füllt ein Wasserglas halb mit dem Brandy, den sein Vater für die Crêpes verwendet, setzt sich hin und klappt seinen Laptop auf. Er muss in den nächsten Tagen unbedingt das Geld für die Stromrechnung auftreiben. Neben dem Laptop liegt ein schwarzer A4-Notizblock. Den soll sein Vater den Behörden geben, falls diese ihm einen Kontrollbesuch abstatten. Die Aufstellung ist absichtlich verwirrend und lückenhaft. Malik starrt abwechselnd auf die Zahlen auf dem Bildschirm und im Notizbuch, doch die Hoffnungslosigkeit überwältigt ihn. Wenn Erik seinen Vater überreden kann, seinen Geburtstag im Restaurant zu feiern, könnte sie das retten. Eine Zeit lang. Ihnen eine kleine Gnadenfrist geben. Malik versucht, sich darauf zu konzentrieren und ein wenig Hoffnung aus dieser Möglichkeit zu ziehen. Erneut gibt er sich Mühe, die Aufmerksamkeit auf die Zahlen auf dem Bildschirm zu richten. Er starrt darauf, aber die Verzweiflung ist zu groß. Es gibt keine Hoffnung. Das Unvermeidliche wird nur hinausgezögert. Malik schließt den Laptop. Er wird das Geld auftreiben, jedoch nicht heute Abend. Zu Hause wartet ein halber Joint auf dem Nachttisch. Er kann ihn rauchen und sich eine halbe Folge von *Friends* ansehen. Sich einen runterholen, während er an Sofie aus seinem Kurs denkt, die sich über einen Tisch beugt und stöhnt: *Besorg's mir mit deinem großen schwarzen Schwanz!* Und dann vier Seiten einer Abhandlung über Zahnprothesen lesen und trotzdem zu einer vernünftigen Zeit ins Bett gehen. Und dann früh am Morgen aufstehen und sich die Zahlen ansehen.

Malik holt seine Jacke aus dem Spind und vergewissert sich, dass er sein Telefon dabeihat. Er ist sich nicht ganz sicher, ob er es wie üblich aufgeladen hat. Es steckt in seiner Innentasche. Nur noch sieben Prozent Akku übrig. Das sind nie wirklich sieben Prozent, sondern lediglich der Hinweis: Dein Akku ist bald leer, Kumpel. Und Malik weiß nicht so recht, warum er es tut, vielleicht nur zur Ablenkung, aber er öffnet die Fotos, die er heute Morgen im Büro des Professors gemacht hat. Er schaut sich die junge Frau mit den schrecklich kaputten Zähnen an. Er weiß, dass seine Gruppe sie auf keinen Fall auswählen wird. Zu viel Arbeit. Malik scrollt durch die Fotos bis zur letzten Seite mit den Kontaktdaten.

Die Frau heißt Anna, und bevor Malik es sich richtig überlegt hat, hat er ihre Nummer gewählt. Er hört den Klingelton und denkt: Es ist okay, wenn das Telefon jetzt ausgeht. Sieben Prozent sind schließlich nie sieben Prozent.

MALIK SITZT AUF seinem Fahrrad. Er fährt gegen den Wind, aber das macht nichts.

Das Licht der Straßenlaternen, das sich in den Pfützen spiegelt, lässt alles ein bisschen unwirklich erscheinen. Es fehlt nur noch ein Saxofon und eine Stimme aus dem Off. Malik fühlt sich wie in einem Roman. Einer Art Märchen, und in Märchen muss es ein wenig Widerstand geben. Wenn man schon keinen Drachen hat, dann immerhin ein bisschen Gegenwind. Die junge Frau mit den kaputten Zähnen ist nach dem zweiten Klingeln rangegangen.

Malik hatte nicht so recht gewusst, wie er ihr erklären sollte, warum er anrief, doch es fiel ihm sehr leicht, mit ihr zu reden. Er stellte sich vor und fragte, ob sie sich treffen könnten, morgen nach der Uni oder an einem anderen Tag. Sie schlug eine Bar in Amager vor, in einer Stunde. Malik hatte rasch aufgeräumt und abgeschlossen und war dann auf sein Fahrrad gesprungen.

Malik ist es gewohnt, seine Gefühle zu analysieren. Das ist definitiv eine schlechte Angewohnheit, aber er kann nicht anders. Während er also dahinradelt, versucht er zu verstehen, warum er etwas getan hat, wofür er in hohem Bogen aus dem Kurs fliegen könnte.

Vielleicht liegt es daran, dass er jemanden retten will, das ist seine erste Vermutung. Wenn er es schon nicht schafft, seinen Vater und das Restaurant vor dem Untergang zu bewahren, kann er vielleicht einer jungen Frau zu einem schöneren Gebiss verhelfen. Das weckt einen Funken Hoffnung. Es riecht nach Hoffnung, wie das Restaurant nach Rinderhaxe, Anis, Minze und Untergang. Malik gräbt tiefer, sein Gehirn ist eine Matrjoschka. Seine nächste Vermutung, die nächstkleinere Puppe, lautet, dass er an chronischen Schuldgefühlen leidet. Malik ist schuld daran, dass ein Mann mit Schläuchen in Nase und Mund im Koma liegt. Er ist schuld an der Prügelei, die er begonnen und die Danny beendet hat. Und wegen der sein Freund immer noch im Gefängnis sitzt. Vielleicht ist das der Grund.

Malik überquert die Brücke, das Wasser glänzt schwarz. Der Grund ist nicht wichtig, denkt Malik. Ganz einfach, weil es sich richtig anfühlt.

Die Bar befindet sich am Anfang der Amagerbrogade. Malik geht durch die Tür in die Dunkelheit und hat anfangs Schwierigkeiten, etwas zu sehen. Die Stammgäste haben wahrscheinlich kein Problem mit dem Lichtmangel, sie haben sich irgendwann während der Ölkrise in den Achtzigerjahren daran gewöhnt. Ähnlich wie Blinde wissen sie genau, wo alles ist. Sie können die Augen schließen und trotzdem die Toilette finden oder die Dartscheibe treffen.

Malik geht auf den Tresen zu. Es ist unmöglich, das Alter der Frau hinter der Theke zu schätzen. Sie sieht ihn nicht unfreundlich, aber distanziert an, und Malik weiß nicht, ob es daran liegt, dass er schwarz ist oder dass er noch nie hier war. Er bestellt ein Limfjords Porter. Von früheren Barbesuchen weiß er, dass man zu Beginn etwas Starkes bestellt. Er kauft auch eine Tüte Schweinekrusten. Nur um zu zeigen, wie verdammt dänisch er ist. In einer dänischen Bar darf man gern schwarz sein, aber man muss *ihr* Nigger sein, ihr dänischer Nigger. Starkes Bier und Schweinekrusten sind in dieser Hinsicht hilfreich und könnten ihn später am Abend vor Problemen bewahren.

Die junge Frau hatte am Telefon gesagt, dass sie im hinteren Bereich der Bar in einer Sitzecke warten würde. Malik geht an der Jukebox vorbei. Bis ans hintere Ende des Raums. Fühlt sich ein bisschen wie Marlow in *Heart of Darkness*. Dann entdeckt er sie. Sie hockt nach vorne gebeugt da, sodass die dunkle Glühbirne über dem Tisch nur ihre Augen erhellt, den Rest ihres Gesichts hingegen im Dunkeln lässt. Sie lächelt ihn an, aber ohne ihre Zähne zu zeigen. Die Flüssigkeit in ihrem Glas sieht aus wie Weißwein. Malik nimmt ihr gegenüber Platz. Ihr Parfüm riecht stark. Faule Zähne stinken, das weiß Malik. Doch wie sie so mit geschlossenem Mund dasitzt, ist sie zweifellos eine der schönsten Frauen, die er je getroffen hat. Malik sammelt sich. Er kann zwar nicht gut mit Frauen, nein, verdammt, aber er kennt sich bestens aus mit Zähnen und Zahlen und Dingen, die man messen und wiegen kann. Er ruft sich das ins Gedächtnis.

»Sie werden dich nicht auswählen«, ist das Erste, was aus seinem Mund kommt. »Ich könnte mich irren, aber das ist sehr unwahrscheinlich.«

Sie nickt nur. Sie versteht es. Es ist traurig, aber sie versteht es.

»Du solltest ihnen einen Brief schreiben«, sagt Malik. »An unseren Professor. Er wird uns einschärfen, dass wir uns von dem Brief nicht beeinflussen lassen dürfen. Dass wir ihn einfach ignorieren sollten. Dass es ein Teil der Übung sein könnte, sich nicht beeinflussen zu lassen.«

»Und dann wählen sie mich aus?«, fragt sie.

»Ja.«

»Aber wenn sie sich doch nicht beeinflussen lassen dürfen …?«

»Du schickst einen unbeschreiblich starken, rührenden Brief mit Oscar-Potenzial.«

Sie lächelt, ohne die Zähne zu entblößen. Dann senkt sie wieder den Blick.

»Ich bin nicht so gut im Schreiben«, sagt sie leise.

»Aber ich«, sagt Malik, und während die Worte aus seinem Mund strömen, spürt er, wie ein neu gewonnener Stolz seine Brust erfüllt. Denn er ist wirklich gut im Schreiben. Und er weiß, dass sein Plan funktionieren wird. Auf dem Weg hierher war es nur eine Idee, mit der er gespielt hat, eine Möglichkeit. Doch jetzt gibt es keinen Weg zurück. Nicht, weil er die junge Frau glücklich gemacht hat, sondern weil er jetzt ein Ritter ist. Er hat sein Schwert gezogen und ist auf dem Weg in die Drachenhöhle. Das ganze Dorf steht Spalier und jubelt ihm zu, also kann er nicht einfach weglaufen. Der Drache muss sterben. Malik kann gut schreiben.

»Ich werde dir einige Fragen stellen müssen«, sagt er. »Persönliche Fragen. Wir müssen auf die Tränendrüse drücken. Die Wahrheit funktioniert dabei immer am besten, und man kann sie sich auch leichter merken.«

Sie nickt, als würde sie sich innerlich darauf vorbereiten. Ihr ist klar, worum es geht, was auf dem Spiel steht. Malik zieht ein Notizbuch aus seiner Tasche.

Er gibt sich Mühe, neutral zu klingen. Als frage er sie, wie oft pro Woche sie Zahnseide benutzt oder wie viel Cola sie trinkt.

»Erzähl mir von deiner Kindheit«, sagt er.

Sie nimmt einen großen Schluck von ihrem Wein. Ein innerer Kampf. Wird sie ihren Stolz behalten oder sich für eine Zukunft entscheiden?

Er lächelt sie aufmunternd an.

»Warst du schon einmal auf dem Land?«, fragt sie.

»Nein, aber ich habe ein paar Postkarten von einer Gegend mit Feldern gesehen.«

»Glaub mir, die Gegend, aus der ich komme, würde nie auf einer Postkarte landen.«

Sie beginnt zu erzählen. Sie waren von Kommune zu Kommune gezogen. Sobald sie die Aufmerksamkeit des Sozialamts erregten, packten sie das Auto voll und fuhren los. Irgendwann endeten sie auf einem heruntergekommenen Bauernhof. Das Dach hatte ein Loch, und überall lagen leere Flaschen herum. Schnaps, den ihr Vater aus Deutschland herankarrte, bis die Polizei ihm das Auto wegnahm, weil er sturzbetrunken am Steuer saß. Als ihre Mutter starb, übernahm Anna ihre Rolle in der Küche und im Schlafzimmer. In erster Linie im Schlafzimmer. Ihr Vater interessierte sich nicht so sehr für Essen. Sie war elf Jahre alt.

Mit sechzehn zog sie nach Kopenhagen. Sie verliebte sich in einen jungen Mann, der in einer Gang war. Sie drehte einige Pornofilme. Nicht viele, drei oder vier, sie ist sich nicht ganz sicher. Sie bekam dafür weniger Geld, als sie sich erhofft hatte. Und wenn man solche Zähne hat, kann man nicht erwarten, dass es dabei sanft und romantisch zugeht.

Es waren Hardcore-Filme, in denen sie auch mal in einer Badewanne hockte und von fünf Männern angepinkelt wurde. Während sie den letzten Satz ausspricht, ist ihr Blick auf Malik gerichtet. Er weiß, dass sie eine schockierte oder angeekelte Reaktion erwartet. Aber Malik kommt aus dem Viertel, er hat viel gesehen. Er nickt nur und schreibt es auf, obwohl er weiß, dass er das nicht in den Brief schreiben wird.

Jetzt arbeitet sie bei einer Sexhotline. Eine der letzten wenigen ohne Webcam, nur eine Stimme am Ende der Leitung.

»Bei einer Sexhotline?«, fragt Malik.

Sie bittet Malik wegzuschauen. Das tut er auch.

»Hey, mein Süßer«, sagt sie in einem rauen Flüsterton. »Du bist ein ganz, ganz unartiger Zahnarzt.«

Sie lachen. Malik geht zum Tresen und bestellt ein weiteres Bier und ein Glas Weißwein für sie.

»Hast du schon einmal mit Kindern gearbeitet?«, fragt Malik, nachdem er die Getränke auf den Tisch gestellt hat.

Sie schüttelt den Kopf.

»Jetzt schon. Du hast ein Praktikum in einem Kindergarten gemacht und möchtest eine Ausbildung zur Erzieherin anfangen.«

»Und wenn sie das überprüfen?«

»Wir reden hier von der zahnmedizinischen Fakultät, nicht vom Geheimdienst. Außerdem würde niemand damit angeben, ein Praktikum in einem Kindergarten zu machen.«

Sie nickt. »Die Leute finden es toll, wenn man mit Kindern arbeitet«, sagt sie.

»Ganz genau.«

»Und manchmal haben die Kinder Angst wegen meiner Zähne«, sagt sie. »Und das macht mich so schrecklich traurig.«

»Das ist gut«, sagt Malik und notiert es.

»Oder, noch besser«, sagt sie, »einige der Eltern haben sich beschwert. Es ist nicht so einfach, die kleine Amalie zum Zähneputzen zu bewegen, wenn sie meine verfaulten Stümpfe sieht. Sie sagt: Wenn Anna sich nicht die Zähne putzen muss, muss ich das auch nicht.«

Malik schreibt es auf. Sie schmücken die Geschichte mit Details, wirklichen und ausgedachten. Malik kann sich nicht mehr erinnern, wann es ihm zuletzt so leichtgefallen ist, mit einer Frau zu sprechen. Oder mit überhaupt jemandem.

Die Bar schließt, und sie gehen nach draußen. Von da an wird alles ein wenig unangenehm. Nicht zu sehr, sie ist nett und lustig, aber ein bisschen. Seine schlaksigen Beine, die Straßenlaternen, deren Lichtschein ihn jetzt blendet. Sie fragt ihn, ob er noch auf ein Glas zu ihr kommen möchte. Sie wohnt nicht weit weg, fünf Minuten. Am liebsten würde er Ja sagen. Er will nicht, dass die Nacht endet, und ihm gefällt, wie sie ihn ansieht. Malik ist nicht dumm, er weiß, dass sie ihren Sex-Appeal einsetzt, dass sie das schon getan hat, noch bevor sie ihre erste Periode hatte und Pferdeheftchen aus dem Dorfladen gestohlen hat. Er weiß jetzt so viel über sie, weil sie es ihm selbst erzählt hat, und sein Notizbuch ist voll. Also zögert er.

»Ich muss noch einen Brief schreiben«, sagt er.

»Beeil dich damit«, sagt sie und lächelt. Und obwohl sie gerade abgewiesen wurde, hört man es ihr nicht an. »Geh nach Hause und schreib drauflos«, sagt sie.

Malik steigt auf sein Fahrrad. Er dreht sich halb um, winkt und strampelt so hastig los, dass er fast in ein geparktes Auto kracht. Malik weiß ganz genau, warum er nicht mit ihr nach

Hause gegangen ist. Nicht wegen ihrer Zähne, ganz und gar nicht, die Jeans spannt spürbar im Schritt. Es liegt daran, dass ein Ritter die Prinzessin erst dann bekommt, wenn er den Drachen getötet hat.

DANNY

KEIN TRÄNENREICHER Abschied von Birkely, nur eine Unterschrift auf einem Stück Papier, und dann ist Danny raus. Heute Morgen hat er sich mit seiner neuen Sachbearbeiterin getroffen und ihr von der Wohnung erzählt, die ihm angeboten wurde. Vorher hat er mit ihr über Vertrauen gesprochen und darüber, dass er jetzt bereit ist, am Resozialisierungsprozess aktiv mitzuarbeiten. Danny wiederholte, was ihm verschiedene Therapeuten erzählt haben oder was er im *Blauen Buch* der Anonymen Alkoholiker gelesen hat. Und dieser Job in einer Fahrradwerkstatt, von dem sie ihm erzählt hatte, diese betreute Arbeitsstelle, ja, das hörte sich ziemlich perfekt an. Aber selbst dann war sie noch nicht ganz überzeugt. Das war sie erst, als Danny seinen Freund Christian – den Polizisten – erwähnte, der sich mit ihm die Wohnung anschauen und sie danach anrufen wollte, um ihr Bescheid zu geben, ob das Angebot in Ordnung war. Das Stichwort »Polizist« gab den Ausschlag. Ein echter Polizist.

Danach rief Danny Christian an. Es war demütigend, einen Freund um einen Gefallen bitten zu müssen. Früher war es genau andersherum gewesen. Doch jetzt musste Danny ihn um Hilfe bitten, damit er eine Wohnung bekam, in der sie seinen Dickdarm nicht nach Drogen absuchten und ihn nach den Abendnachrichten nicht ins Bett schickten. Christian sagte sofort zu, ohne eine große Sache daraus zu machen. Er würde früher Feierabend machen und vorbeikommen.

Danny sitzt mit seinen beiden Plastiktüten vor Birkely, als Christian vor ihm auf dem Bürgersteig hält. Sie werfen die Tüten in den Kofferraum.

»Du musst nicht mit hochkommen«, sagt Danny, als sie an einer roten Ampel anhalten.

»Aber das mach ich doch gern. Kein Problem.«

»Lieber nicht.«

Christian sieht ihn verwirrt an. Danny versucht, ihm zu erklären, dass die Wohnung wahrscheinlich ein Drecksloch ist und der Vermieter noch nie von Mieterrechten gehört hat. Damit kann Danny gut leben. Doch vielleicht bekommt der Vermieter kalte Füße, wenn ein Polizist aufkreuzt. Christian verspricht, die Klappe zu halten, selbst wenn eine Fuchsfamilie im Wohnzimmer hocken sollte. Aber es wäre Dannys Sachbearbeiterin gegenüber glaubwürdiger, wenn er die Wohnung mit eigenen Augen gesehen hätte. Danny schaut ihn an. Christian tut so, als würde er sich den Mund zuschließen und den Schlüssel wegwerfen.

Die Wohnung liegt in einer Seitenstraße der Amagerbrogade. Der Vermieter wartet schon vor dem Haus. Stolz erzählt er ihnen, dass ihm auch das Schuhgeschäft im Erdgeschoss gehört, einer dieser Läden mit zahllosen orangefarbenen Aushängen, die permanent einen Schlussverkauf verkünden. Der Vermieter ist klein und untersetzt. Er schwitzt und trägt ein schäbiges hellblaues Synthetikhemd unter einer abgetragenen braunen Wildlederjacke. Schütteres schwarzes

Haar. Christian kann sich das Lachen nicht verkneifen, versucht aber, es als Husten zu tarnen. Danny versteht ihn. Selbst ein Fünfjähriger würde erkennen, dass dieser Kerl ein zwielichtiger Slumlord ist.

Der Vermieter lässt ein Lächeln aufblitzen und führt sie ins Haus. Sie folgen ihm in den ersten Stock, er steckt den Schlüssel ins Schloss, öffnet die Tür und breitet die Arme aus, als würde er eine Penthousewohnung in Manhattan präsentieren. Sie treten in einen kleinen staubigen Raum, der wohl als Abstellkammer für das Geschäft im Erdgeschoss gedient hat. An den Wänden sind noch Spuren von den langen Metallregalen zu sehen.

»Wie Sie sehen können, ist es eine tolle Wohnung«, sagt der Vermieter. »Nicht groß, aber sehr praktisch. Alles, was ein junger Mann braucht«, sagt er, ohne mit der Wimper zu zucken. Dann führt er sie herum. Zuerst ins kleine Badezimmer mit einer Toilette samt undichtem Spülkasten, dann in die Küche, wo auf der Fensterbank eine Mikrowelle steht und ein kleiner Kühlschrank den Raum mit einem ständigen Brummen erfüllt. Das Mobiliar besteht aus einer Matratze auf dem Boden, zwei zerkratzten Gartenstühlen und einem runden Cafétisch, der offensichtlich die meiste Zeit seiner Existenz im Freien verbracht hat. Der Vermieter tut, als wäre er überrascht, dass so viele Dinge in der Wohnung sind, da er sie doch unmöbliert vermietet. Aber das sei nur ein zusätzlicher Bonus und kein Grund, die Miete zu erhöhen. Alles, was ein junger Mann braucht.

Danny zieht den Umschlag mit der Kaution aus der Tasche und unterschreibt einen handgeschriebenen Zettel. Er erhält keine Quittung. Christian starrt aus dem schmutzigen

Fenster. Er hat versprochen, die Klappe zu halten, und das tut er auch.

Danny erhält einen Satz Schlüssel und ist nun der glückliche Mieter eines Deckslochs in Amager. Der Vermieter gratuliert ihm, schüttelt ihm die Hand und verschwindet aus der Tür. Seine Schritte die Treppe hinunter hören sich an, als würde er rennen.

Christian dreht sich vom Fenster weg und schaut seinen Freund an.

»Ich hab mich geirrt«, sagt er. »Eine Fuchsfamilie würde es hier nicht aushalten. Es wäre weit unter ihren Ansprüchen.«

DANNY IST ALLEIN in seiner neuen Wohnung. Zuerst setzt er sich auf einen Stuhl und raucht eine Zigarette. Dann legt er sich auf die Matratze und raucht noch eine Zigarette, während er sich im Raum umsieht, vom Wasserschaden in der einen Ecke bis zum Spinnennetz in der anderen. Die Tür ist abgeschlossen, er hat sie selbst abgeschlossen. Am Ende der Straße bremst ein Auto mit quietschenden Reifen, dann ist es wieder ruhig.

Christian hatte gefragt, ob er Lust auf eine Pizza und ein Bier habe. Christians Hilfsangebot. Er hatte ein Fußballspiel und eine Sportbar ein paar Straßen weiter vorgeschlagen, aber Danny wollte nicht. Christian fühlte sich nicht wohl dabei, ihn allein in der Wohnung zu lassen, und Danny musste ihn am Ende fast rausschmeißen.

Danny inhaliert. Die Leute oben streiten sich. Die Geräusche erinnern ihn an das Viertel. Ein Mann und eine Frau schreien sich gegenseitig an. Danny erkennt das Klirren eines zerschlagenen Tellers. Dann wird die Tür oben fest zugeschlagen, und er hört die Schritte eines Mannes, der die Treppe hinuntergeht. Der Mann trampelt auf jede Stufe wie ein Kind, das der ganzen Welt mitteilen will, dass es sauer ist und dass alle anderen schuld sind. Die Eingangstür knallt zu, und es ist wieder ruhig.

Danny ist allein, ganz allein. Es fühlt sich seltsam an. Fühlt sich verdammt seltsam an.

Er liegt auf der Matratze und raucht, bis sein Magen zu knurren beginnt. Dann steht er auf. Erinnert sich an die Schlüssel. Zieht seine Jacke an. Erwachsenendinge. Dinge, die Menschen außerhalb der Gefängnismauern tun, vernünftige, normale Menschen. Kein Messer in der Innentasche oder Rasierklingen im Ärmel.

Es ist früher Abend, als er auf die Amagerbrogade tritt.

Danny geht zum nächstgelegenen Supermarkt. Er durchquert die Obst- und Gemüseabteilung, dann die Brotabteilung, läuft vorbei an den Kühlschränken mit Milchprodukten. Er ist umgeben von Kindern, die zum Einkaufen mitgeschleift werden, und Erwachsenen mit entschlossenem Gesichtsausdruck, die genau wissen, weshalb sie hergekommen sind. Darauf ist Danny nicht vorbereitet. Im Gefängnisladen gab es von jeder Sache nur eins. Milch war Milch. Fleisch war Fleisch. Hier gibt es viel zu viele unterschiedliche Produkte, acht verschiedene Fettgehalte, nachhaltig, bio und kohlenhydratarm. Und nichts kostet einfach das, was es kostet. Es gibt Mengenrabatte, Mitgliederpreise und Wochenangebote, greifen Sie zu, solange der Vorrat reicht! Danny hat das Gefühl, er müsse etwas tun, also öffnet er die Glastür der Kühltheke mit Milchprodukten. Dann erstarrt er. Er bleibt reglos stehen, bis eine ältere Frau kommt und einen Karton mit Bio-Kaffeesahne herausnimmt. Danny rammt ihr aus Reflex beinahe den Ellbogen ins Gesicht und verlässt überstürzt den Laden. Er kann später eine Schawarma kaufen oder auch nicht. Ein erwachsener Mann muss nicht jeden Tag essen.

An der Ecke seiner neuen Straße ist ein Kiosk. Danny geht hinein, um Zigaretten und die billigste Flasche Wodka zu kaufen, die sie haben. Der Mann hinter dem Tresen trägt einen Turban, der hin und her pendelt, wenn er sich bewegt. Er notiert die Preise auf einem kleinen Stück Papier, bevor er sie in die Kasse eingibt. Danny entdeckt ein Regal mit Lebensmitteln. Die Auswahl ist klein: ein Päckchen Kaffee, eine Tüte Kekse, drei Dosen Makrelen in Tomatensoße. Ein Regal für die Rentner, deren Beine sie nur noch hinunter auf die Straße und wieder hoch in die Wohnung tragen. Ganz rechts steht eine Dose Ravioli, dieselbe Marke wie im Gefängnis. Danny greift hastig danach. Sie ist verstaubt, aber noch drei Jahre haltbar. Der Mann tippt den Preis ein. Er ist genauso überhöht wie im Knast, was beruhigend wirkt.

Danny ist dabei, den Laden zu verlassen, dreht sich aber in der Tür noch einmal um.

»Könnten Sie die aufmachen?«, fragt er den Mann hinter der Theke und hält ihm die Dose hin.

»Haben Sie keinen Dosenöffner?«

»Nein, ich hab noch gar nichts. Ich bin gerade erst eingezogen.«

Der Inder geht in das Hinterzimmer und kommt mit einer Schüssel, einer Gabel, einem Dosenöffner und einem Glas zurück. Er legt alles in die Plastiktüte mit den Kippen und dem Schnaps. Dann sagt er, dass Danny die Sachen später zurückbringen kann.

»Danke«, sagt Danny.

»Ich bin Singh«, sagt der Mann.

»Danke, Singh.«

Singh nickt und mit ihm der Turban, und Danny verlässt den Laden.

Als Danny zurück in der Wohnung ist, holt er die kleine Meerjungfrau aus seiner Tasche.

»Schau«, sagt er und zeigt ihr, wie man die Tür von innen öffnen und abschließen kann. »Ziemlich krass, oder? So etwas hast du noch nie gesehen.«

Dann schüttelt er sie, damit der Schnee fällt. Sie hat ein bisschen Spaß verdient. Sie bekommt einen Platz auf der Fensterbank.

Danny schüttet die Ravioli aus der Dose in Singhs Schüssel. Während er sie in der Mikrowelle aufwärmt, gießt er Wodka in das Glas, trinkt die Hälfte und füllt es erneut.

»Morgen werde ich richtig einkaufen gehen«, sagt er zu der kleinen Meerjungfrau. »Dann spielen wir glückliche Familie und essen Braten mit Soße.«

Sie schaut ihn etwas skeptisch an.

»Natürlich kann ich Lebensmittel einkaufen«, sagt Danny. »Jeder kann Lebensmittel einkaufen. Es ist ein Kinderspiel.«

Sie sieht immer noch nicht überzeugt aus, aber das ist ihr Problem.

Danny isst die Ravioli, kippt den Wodka und schaut auf die Uhr.

DER BAHNHOF NØRREBRO sieht aus wie eh und je, schmutzig und voller Graffiti. Als der Bus unter der Überführung hindurchfährt, ist Danny wieder in seinem alten Revier. Er steigt aus und geht an den Gemüsehändlern mit den halb verfaulten Früchten vorbei, die sie jeden Morgen auf die Straße stellen, und an den zur Geldwäsche dienenden Süßwarenläden mit den alten deutschen Bonbons. Die Hauseingänge führen zu Wohnungen, in denen seit drei Generationen mit Dope gedealt wird. Alles ist wie früher, und doch ist es nicht dasselbe. Das hat man ihm im Gefängnis gesagt. Nordvest habe sich verändert, meinten sie, aber er hat ihnen nicht geglaubt. Jetzt sieht er, dass sich neue Läden zwischen die Schawarma-Buden und Kioske zwängen. Danny sieht Coffeeshops und Geschäfte für Kinderbekleidung, sogar einen Weinladen mit Naturwein. Er weiß nicht recht, was er davon halten soll. Als würde man eine Blume auf einen Scheißhaufen legen, denkt er.

Aber die Bars sind immer noch da. Die echten alten Kneipen der Stadt, in denen es ruhig zugeht und dann plötzlich nicht mehr. So hat Danny sie in Erinnerung. Diese Lokale, in die er oft mit einem gestohlenen DVD-Player ging, ohne zu wissen, ob man ihm Geld dafür geben oder ihn mit einem Holzschuh verprügeln würde.

Die Kneipe namens Skipperkroen hat sich nicht verändert. Die Stammgäste sitzen immer noch dort: vier bis fünf langsam sterbende Männer, die billige, starke Zigaretten rauchen und sich heiser mit dem Barkeeper unterhalten. Einer von ihnen trägt eine dreißig Jahre alte Maurerkappe aus der Zeit, als sein Rücken noch heil war. Jetzt hockt er rund um die Uhr hier. Alles ist gleich und doch anders. Denn jetzt sind die Stammgäste von Zwanzigjährigen mit Vollbärten und engen Hosen umgeben. Studenten, die keine Ahnung haben, wie übel man sie hier noch vor wenigen Jahren vermöbelt hätte. Danny geht weiter, in die nächste Kneipe, Klovnen, und dann weiter in die nächste, Fadeburet. Überall sieht er dasselbe. Ein paar alte Säufer, umgeben von jungen Männern, die Red Tuborg trinken und würfeln. Die Ganoven und Schlägertypen sind verschwunden, keiner mehr mit stechendem Speed-Blick, keiner von Dannys alten Spielkameraden. Er ist kurz davor aufzugeben, als er bei The Hole ankommt, das eigentlich einen anderen Namen hat, an den sich allerdings niemand mehr erinnert. The Hole ist eine altmodische Kneipe, die in den Neunzigerjahren erst von Bikern und später von polnischen Arbeitern übernommen wurde. Es war immer ein guter Ort, um illegale Waren zu kaufen. Der Toilettensitz, auf dem die Leute ihre Lines zogen, hat tausend Kratzer.

Er bestellt ein Starkbier. Der Barkeeper sagt, es sei Happy Hour, und reicht ihm zwei Flaschen. Danny setzt sich an einen Tisch unter ein Schild mit Angeboten von Shots in verschiedenen Farben: zehn für hundert Kronen.

Von seinem Platz in der Ecke beobachtet er, wer kommt und geht. Schaut, ob er jemanden kennt. Irgendjemanden. Ihm ist klar, dass Malik vor einigen Jahren weggezogen ist. Das hier ist kein guter Plan, aber Danny kann nicht einfach in seiner neuen Wohnung herumsitzen und Däumchen drehen. Also schlürft er langsam das Bier und füllt den Aschenbecher.

Als er mit dem ersten Bier fast fertig ist, erblickt er eine dünne Gestalt in einem Hoodie. Der Typ geht wie ein kleiner Gangster mit hochgeschlagener Kapuze an seinem Tisch vorbei. Danny kann sich zunächst nicht an seinen Namen erinnern, nur an seinen Spitznamen: das Ekel. Den hat er wohl bekommen, weil er zum einen etwas knochig und insektenartig aussieht, noch besser passt der Name jedoch zu seiner Persönlichkeit. Der Typ hat eine Hand schon auf der Türklinke, als Danny der Name einfällt.

»Carsten!«, ruft er, und der Typ fährt herum. Er sieht zunächst so aus, als wolle er davonrennen.

Dann erkennt er Danny wieder.

»Scheiße«, sagt das Ekel. »Scheiße, scheiße, scheiße.« Er kommt rüber zum Tisch. »Was zum Teufel machst du hier, Psycho?«

»So nennt mich eigentlich niemand mehr«, sagt Danny.

»Wann bist du rausgekommen?«

»Vor ein paar Tagen.«

Das Ekel setzt sich. Er freut sich, dass Danny mit ihm spricht. Früher hätte Danny nicht einmal eine Minute mit ihm verschwendet.

Das Ekel beugt sich über den Tisch. »Hast du was am Laufen?«, fragt er mit gedämpfter Stimme.

Danny lächelt. Er erkennt den Mann wieder, der ihm gegenübersitzt. Damals, als sie beide im Viertel wohnten, war das Ekel immer auf der Suche nach jemandem, der mit ihm spielen wollte, jemandem, dem er noch nicht auf den Sack ging. Er wollte unbedingt ein Krimineller sein, ein richtig harter Typ mit viel Kohle in der Tasche, aber man konnte ihm nicht vertrauen. Er tauchte nie pünktlich auf, war total ungeschickt, und wenn die Polizei ihn mitnahm, gab er im Handumdrehen die Namen aller Personen preis, die er kannte, wenn nötig auch mit Telefonnummer und Schuhgröße. Das Letzte, was Danny von dem Ekel gehört hatte, war, dass er ein eigenes Team von Minderjährigen zusammengestellt hatte, kleine Jungs aus dem Viertel, die er mit Geschichten über die alten Tage und seiner umfangreichen Erfahrung beeindruckte. Sie hatten ihm geglaubt, bis es zum ersten Mal richtig ernst wurde. Dann waren sie auch wütend auf ihn geworden, wirklich wütend. Es hat etwas sehr Demütigendes, von Kids verprügelt zu werden, denen noch keine Schamhaare gewachsen sind.

Danny schiebt das zweite Bier über den Tisch. Das Ekel nimmt es argwöhnisch und trinkt.

»Ich hab was am Laufen, vielleicht was Großes«, sagt Danny und sieht, wie die Augen des Ekels aufleuchten.

»Was Großes?«

»Ja.«

»Da bin ich genau der richtige Mann.«

Danny schaut ihm direkt in die Augen. »Ach ja?«, fragt er.

»Scheiße, ja.«

Das Ekel sabbert aus dem Mundwinkel und hat einen Steifen.

»Aber zuerst muss ich Malik finden. Hast du was von ihm gehört?«, fragt Danny.

Das Ekel senkt den Blick, kratzt sich am Knie.

»Nur, dass er untergetaucht ist. Du weißt schon …«

»Nein, ich weiß nichts.«

Danny versucht, ganz ruhig zu klingen, obwohl er den Idioten packen und schütteln will, bis ihm Arme und Beine abfallen.

»Ich hab vor Kurzem gehört, dass er angefangen hat zu dealen und dass es nicht gut ausgegangen ist«, sagt das Ekel.

»Zu dealen? Wovon zum Teufel redest du da?«

»Nicht auf der Straße, aber er hat riesige Mengen vertickt. Wirklich scheißviel Zeug.«

»Und von wem hast du das gehört?«, fragt Danny.

»Einfach so.«

»Aber er hat verdammt nochmal Zahnmedizin studiert.«

»Scheiße, Mann, ich hab nur so was gehört. Ich sag ja nicht, dass es auch stimmt. Du weißt, wie die Leute reden. Wenn einer verschwindet, fangen sie an, Blödsinn zu verbreiten.«

»Okay, aber wenn du etwas Brauchbares über Malik erfährst, ruf mich an.«

Das Ekel nickt. Sieht aus, als würde er sich das Hirn zermartern.

»Werden wir ihn für dieses … große Ding brauchen?«, fragt das Ekel.

»Verdammt richtig, wir brauchen ihn, also hör dich um.«

Zum Glück fragt das Ekel nicht, warum sie einen Zahnarzt für einen Raubüberfall brauchen, sondern speichert Dannys Nummer in seinem Handy.

»Ein großes Ding?«, fragt er wieder.

»Darüber werden die Leute noch jahrelang reden. Das wird legendär.«

»Das könnte ich verdammt gut gebrauchen.«

Das Ekel schlägt vor, dass sie sich noch ein Bier holen, aber Danny sagt, dass er losmuss. Das Ekel nickt, als würde er das verstehen. Ein großer Raubüberfall erfordert Vorbereitung, da kann man nicht die ganze Nacht hier herumhängen und Bier trinken.

»Ich werde deinen Kumpel finden«, sagt er und klingt, als würde er es tatsächlich glauben.

DANNY SETZT SICH auf den Gartenstuhl in seiner neuen Wohnung. Er füllt das Glas mit Wodka. Nimmt einen großen Schluck, zündet sich eine Zigarette an. Das Ekel um Hilfe zu bitten war ein neuer Tiefpunkt, selbst für Danny. Es war bescheuert, niemand will etwas mit dem Ekel zu tun haben, und es beweist, wie weit Danny davon entfernt ist, seinen Freund zu finden. Er hat Aisha im Stich gelassen, und sie weiß es noch nicht einmal.

»Du bist so bescheuert«, sagt Danny zu sich selbst. »Du bist so verdammt bescheuert.«

Die kleine Dame in der Schneekugel widerspricht ihm nicht. Er hebt sein Glas und prostet ihr zu.

Es ist Nacht. Danny liegt auf der Matratze. Er hat seine Jacke zu einem Kissen gefaltet, kann aber nicht einschlafen.

Er hat den Wodka fast ausgetrunken, doch der Alkohol wirkt nicht, er schaltet das Licht nicht aus, wie es seine Aufgabe wäre. Danny blickt zu der kleinen Meerjungfrau auf dem Fensterbrett hinüber, und sie erwidert den Blick und lächelt friedlich wie ein kleiner, geistig behinderter Buddha, sagt mit ihren Augen, dass es manchmal das Beste ist, sich am Arsch lecken zu lassen. Danny schließt die Augen. Frieden, sagt er zu sich selbst, Frieden und Ruhe und an nichts denken. Er ist zurück in der Zelle, eingesperrt. Das Kind ist gewickelt und wird bis zum Morgen keinen Ärger machen. Malik wird von ganz alleine zurückkommen, alles wird sich in Wohlgefallen auflösen, der im Koma liegende Typ wird aufwachen, und Dannys Mutter befreit sich von der Wäscheleine und ist nicht mehr blau im Gesicht. Frieden. Ruhe und Frieden, konzentriere dich auf deine Atmung, Danny, so wie es dir die Therapeuten gesagt haben. Ruhe und Frieden.

Die Stille wird durch Schritte auf der Treppe unterbrochen. Schwere Stiefel, derselbe Idiot wie am frühen Abend. Und dann geht der Streit wieder los. Zuerst Geschrei, dann werden immer mehr Sachen durch die Gegend geworfen. Das Mädchen oben war so bescheuert, den Schwachkopf wieder reinzulassen. Danny hat mitbekommen, was er ihr versprochen hat: dass er nur mit ihr reden will, dass er reinen Tisch machen will und dass er nicht ausrasten wird. Der Typ hat es ihr durch den Briefschlitz der Tür zugeflüstert. Jedenfalls vermutet Danny das, denn so ist es immer. Und jetzt ist der Streit wieder in vollem Gange. Lauter und heftiger als zuvor, der Trottel hat ein paar Biere intus. Natürlich. Und auf Speed. Hatte bestimmt eine Unterhaltung mit seinen Kumpels, und die haben ihm gesagt, dass er sich den Scheiß nicht gefallen lassen soll. Zeig der Schlampe, wer der Boss ist. Lass nicht auf dir rumtrampeln.

Danny kann seine Schläge nicht hören. Der Beton dämpft die Geräusche. Aber er bekommt mit, wie sie hinfällt und etwas mit sich zu Boden reißt. Ihr Kreischen wird von weiteren Schlägen unterbrochen.

Er steht auf und geht die Treppe hoch. Er klopft. Zuerst hören sie ihn nicht, sind zu sehr damit beschäftigt, sich gegenseitig anzuschreien. Dann hämmert Danny an die Tür. Zuerst wird es drinnen ruhig. Er hämmert wieder an die Tür. Das Mädchen öffnet. Sie ist Ende zwanzig oder Mitte dreißig. Es wäre einfacher, ihr Alter zu schätzen, wenn ihr Make-up nicht vollkommen verschmiert wäre. Sie ist nur mit Unterwäsche bekleidet, schöner schwarzer Unterwäsche, halb zerrissen. Eine ihrer Wangen ist knallrot, und sie hat einen blauen Fleck auf einem Oberschenkel.

»Ihr macht einen Höllenlärm«, sagt Danny. »Hört auf damit.«

Hinter dem Mädchen liegen ein umgefallener Tisch und ein paar Stühle, Scherben von zerbrochenem Geschirr sind auf dem Boden verstreut, und Danny sieht blutige Fußabdrücke. Ganz hinten im Raum steht das stereotype Bild eines Arbeiters auf Speed mit großen Muskeln, Tätowierungen, gezupften Augenbrauen und einem Teint, der von zu vielen Stunden auf der Sonnenbank zeugt.

»Ich versuche zu schlafen«, sagt Danny.

Wäre der Kerl nur einer dieser kleinen, verängstigten Frauenschläger gewesen, die sich sofort entschuldigen, nachgeben, buckeln und Ausreden erfinden, wäre nichts weiter passiert. Danny wäre wieder nach unten gegangen. Aber dieser Typ ist ein echter Kerl. Und er ist stinkig, keiner sagt ihm, was er zu tun hat. Das ist seine Braut, und wenn er sie ein bisschen vermöbeln will, dann macht er das verdammt nochmal auch. Also tut dieser muskulöse, echte Kerl etwas, das er nicht tun sollte. Er geht auf Danny zu. Das Mädchen tritt zur Seite. Sie ist schlau genug, sich ihm nicht in den Weg zu stellen. Der Mann öffnet den Mund, um etwas total Hartes und Männliches zu sagen, da schlägt ihm Danny gegen die Kehle.

Der Mann geht in die Knie, greift sich an die Gurgel, bekommt keine Luft mehr. Danny ist es nicht gewohnt, dass ein Kampf so schnell vorbei ist, also tritt er ihm mit dem Knie ins Gesicht. Nur um das Ganze ordentlich abzurunden. Er glaubt zu spüren, wie der kleine Knochen in der Nase bricht. Das Blut schießt heraus und lässt das Gesicht des Mannes wie ein Nudelgericht mit Tomatensoße aussehen.

»Ich hab dich gerade gebeten, leise zu sein«, sagt Danny. »Ich bin nicht mal sauer auf dich. Stell dir mal vor, was ich getan hätte, wenn ich wütend wäre.«

Der Mann kauert auf dem Boden und fragt sich, ob er aufstehen soll oder ob sein Ego es ihm gestattet, noch etwas länger unten zu bleiben.

»Du gehst jetzt. Und zwar leise und ohne die Treppe runterzustampfen«, sagt Danny.

Der Typ schaut auf. Er hat Blut an den Zähnen und brabbelt das eine oder andere. Es soll wohl bedrohlich und tough klingen, aber man versteht kein Wort.

Danny ist müde. »Lass es einfach«, sagt er. »Du hast nicht die geringste Chance. Nicht die geringste. Du hattest keine, von Anfang an nicht.«

Der Kerl stemmt sich auf ein Knie hoch. Sein Blick ist immer noch aufsässig.

»Ich hab eine gewisse Übung in so etwas«, erklärt Danny fast ein wenig entschuldigend.

Der Typ richtet sich langsam und schwankend auf. Er will noch etwas sagen, wankt vor und zurück und beschließt dann, den Mund zu halten. Er humpelt auf die Tür zu und klaubt mühsam seine schicke, teure Bikerjacke auf.

»Nicht trampeln«, sagt Danny.

Der Typ taumelt zur Tür hinaus.

Danny mustert das Mädchen. Sie hören, wie der Typ die Treppe hinuntergeht. Er trampelt nicht. Dann hören sie, wie die Haustür geöffnet wird.

Das Mädchen schiebt eine Haarlocke hinters Ohr.

»Willst du ein Bier?«, fragt sie.

»Ich will nur schlafen«, sagt Danny.

Er geht zurück in seine neue Wohnung und legt sich wieder auf die Matratze. Endlich fühlen sich seine Augenlider schwer an.

CHRISTIAN

SIE SITZEN BEI Katrines Eltern am Tisch. Zum Abendessen gibt es Lasagne und einen Salat mit fettarmem Thousand-Island-Dressing. Das feine Dressing von *Irma*, dem Supermarkt der gehobenen Klasse. Sie wollen feiern, dass Christian und Katrine ein Haus gekauft haben. Sie sind jetzt richtige Hausbesitzer. Die Mädchen trinken Cola zum Essen, obwohl Katrine anfangs dagegen war. Aber wenn sie bei ihren Großeltern sind, bei Oma und Opa, dürfen sie ein bisschen verwöhnt werden. Christian sitzt am Ende des Tisches und hat wie immer das Gefühl, dass er hier in diesem schicken Haus in Søborg mit Designermöbeln, die in den Siebzigerjahren gekauft wurden, bevor sie ordentlich im Preis gestiegen sind, und mit Bildern an den Wänden, die Katrines Mutter in einem Abendkurs gemalt hat, fehl am Platz ist.

Christian führt die Gabel zum Mund. Er lächelt. Er meidet den Blickkontakt mit seinem Schwiegervater. Am liebsten hätte er gebrüllt: Verdammt nochmal, du hast uns gezwungen, dieses Scheißloch zu kaufen. Du weißt einen Scheißdreck von Häusern, du alter Sack, du weißt einen Scheißdreck über gar nichts. Ich hab gehört, wie du Englisch sprichst, und obwohl du Englischlehrer bist, sprichst du mit einem so starken dänischen Akzent, dass es völlig unglaublich ist, dass man dich nicht schon am zweiten Tag gefeuert hat. Du hast einfach nur während eines Wirtschaftsbooms Häuser gekauft und verkauft und hältst dich deshalb für einen Experten.

Christian würde seinen Schwiegervater am liebsten packen, ihm den Arm hinter den Rücken klemmen und ihn zum Haus kutschieren, ihn die Treppe hinunterzerren und wie bei einem Welpen, der auf den Teppich geschissen hat, sein Gesicht direkt in den bröckelnden Putz drücken, damit er sieht, was er angerichtet hat.

Aber Christian bleibt sitzen, lächelt und gießt mehr fettarmes Thousand-Island-Dressing über seinen Salat, der dadurch nach Plastik und Zucker schmeckt. Denn Christian weiß, dass niemand an diesem Tisch für ihn Partei ergreifen wird. Sein Schwiegervater würde ihn wie ein unzivilisiertes Arschloch aus dem Viertel aussehen lassen, *und wer war es denn, der die Papiere unterschrieben hat?* Und, ja, das Haus sah nach einem guten Kauf aus, doch sein Schwiegervater würde sagen, dass er selbst niemals so schnell unterschrieben hätte und schon gar nicht ohne ein Gutachten. Und er hat ja nie behauptet, ein Experte zu sein. Er ist ja nur Englischlehrer. Christian weiß genau, wie sein Schwiegervater sich da rauswinden wird: Erst wird er sagen, dass Christian ihn zu Unrecht beschuldigt, dann wird er so tun, als wäre er gekränkt. Sehr traurig und verletzt. Christian weiß, dass Katrine und ihre Mutter ihn mit diesem Blick anschauen werden, der besagt, dass sein Schwiegervater mit seinen Vorbehalten gegen den Mann aus dem Plattenbau die ganze Zeit recht hatte. Und was die beiden blonden Zwillinge später von ihm halten würden. Denn sie lieben ihren Papa, aber sie wissen, dass ihre Mama immer recht hat. Das hat er ihnen beigebracht, weil er sich selbst nicht trauen kann.

Sie sitzen in Søborg am Tisch und trinken den billigen Rotwein, der laut Christians Schwiegervater für den Preis ganz hervorragend ist. Und Christian weiß, warum er den Mund hält, und das liegt nicht an diesem arroganten Wichser, diesem lausigen, beschissenen Englischlehrer, der ihm gegenübersitzt. Christian hält den Mund, weil er keine Ahnung davon hat, was es heißt, ein erwachsener Mann zu sein. Er kommt aus einer Gegend, in der du ein richtiger Mann warst, wenn die anderen Angst vor dir hatten und du die Taschen voller schmutzigem Geld hattest. Wo du nicht damit rechnen konntest, sonderlich alt zu werden. Seitdem hat er entdeckt, dass man als Mann vieles schultern muss. Dass man der Familie gegenüber Zuversicht zu verbreiten hat und Verantwortung übernehmen muss. Ein Mann muss sagen, dass alles gut wird, auch wenn es beschissen aussieht. Ein Mann braucht breite Schultern. Und wenn er in einem Moment der Schwäche zögert und nicht der vorbildhafte Mann sein will, als der er sich ausgibt, weiß er, dass Wut und Bitterkeit nur zu einem führen werden: Diese Gefühle werden ihn nur zu einer Kopie seines eigenen Vaters machen. Des Mannes, der jetzt allein in einem Altersheim hockt und dement vor sich hin sabbert, während er seine Erwachsenenwindel vollkackt. Christian spießt ein rosafarbenes Salatblatt mit der Gabel auf, lächelt und weicht den Blicken der anderen aus. Christian will nicht wie sein Vater werden.

»SOLL ICH FAHREN?«, fragt Katrine.

»Nein«, antwortet er.

»Du wirkst ein bisschen …«

»Ich kann fahren.«

»Wenn es der Wein ist … mein Vater hat dir viel eingeschenkt.«

»Ich habe kaum etwas getrunken.«

Sie schaut ihn etwas skeptisch an, protestiert jedoch nicht weiter, da er schon am Steuer sitzt.

»Ich bin nur ein bisschen müde«, sagt er. »Es war ein langer Tag.«

Sie kommen nach Hause in ihre kleine Zweieinhalb-Zimmer-Wohnung in Hvidovre. In der Nähe der Hauptstraße. Der ständige Verkehrslärm zu jeder Tageszeit, den selbst eine Doppelverglasung nicht abhalten kann. Und Katrine sagt noch einmal, wie sehr sie sich auf den Umzug freut. Dass sie sich erst jetzt wirklich traut, ihm gegenüber zuzugeben, wie klein und schrecklich sie ihre Wohnung findet. Jetzt, wo sie das Haus hätten. Jetzt, wo sie nicht mehr in der kleinen Kammer schlafen müssten, dem halben Zimmer, denn die Zwillinge haben ihr ehemaliges Schlafzimmer. Vor der Schwangerschaft haben sie die Kammer als begehbaren Schrank benutzt, und auch jetzt sieht der Raum immer noch wie ein großer Schrank mit einem Bett darin aus. Scheiße, sie kann es kaum erwarten umzuziehen, es kann gar nicht schnell genug gehen.

Die Mädchen schlafen schnell ein. »Nur eine halbe Seite Pu der Bär«, sagt sie, als sie aus ihrem ehemaligen Schlafzimmer kommt. Sie fragt ihn, ob er sich eine Folge der guten Serie auf Netflix ansehen will, von der sie schon ein paar Folgen geguckt haben, gerade sei es ziemlich spannend, nur eine halbe Stunde auf dem Sofa. Er könne ja dabei ihre Brüste streicheln, lacht sie. Nur eine halbe Stunde. Sie glaubt nicht, dass sie sofort einschlafen kann, und er sagt Ja. Doch er hat etwas im Auto vergessen, er hat sein Telefon vergessen. Aber da liegt es doch. Nein, ich meine nicht das Telefon, sondern das Ladegerät. Sie soll doch schon mal anfangen, die Folge zu gucken. Er wird nicht viel verpassen. Das Erzähltempo ist ja nicht allzu rasant.

Er geht die Treppe hinunter, verlässt das Haus und biegt um die Ecke. Da steht ihr alter Peugeot. Er setzt sich hinter das Lenkrad. Schaltet das Radio ein. Dreht die Lautstärke auf. Ein Kanal mit Musik und Werbung dazwischen. Er dreht die Lautstärke noch weiter auf. Dann beginnt er zu schreien. Er brüllt los. Keine Worte, nur ein langes verzweifeltes Brüllen. Er schlägt auf das Lenkrad ein. Er schreit. Er schreit weiter. Um diese Uhrzeit ist niemand draußen unterwegs. Er hat die Straße für sich allein. Er übertönt das Radio, doch niemand hört ihn. Das Geräusch der Autos auf der Hauptstraße überlagert alles. Und er schreit und brüllt. Er hat alles verloren, er hat ihre Zukunft verloren. Er vermisst seinen Freund Danny. Er ist gerne Polizist, aber nicht jetzt. Er vermisst Danny, der irgendwo in Jütland in einer kleinen Zelle sitzt. Er beneidet seinen Freund Danny, der nichts zu verlieren hat. Er wünschte, Danny wäre jetzt hier. Er hat Lust, so richtig auf die Kacke zu hauen. Am liebsten hätte er gar nichts mehr. Am liebsten würde er irgendwo einbrechen, in ein Aquarium scheißen, Koks schnupfen, bis seine Nase blutet. Christian schreit, bis ihm die Kehle wehtut. Dann schaltet er das Autoradio aus. Er wischt sich die Augen am Ärmel ab, steigt aus dem Auto und schließt es ab. Wahrscheinlich ist die Zusammenfassung der letzten Episode noch nicht einmal zu Ende.

CHRISTIAN KOMMT zwanzig Minuten zu spät zur Arbeit. Sein Partner Thomas merkt sofort, dass etwas nicht stimmt, und lässt ihn in Frieden. Sie gehen an diesem Tag nicht auf Verbrecherjagd. Thomas will den Papierkram der letzten zwei Wochen erledigen. Christian nimmt einen Laptop und setzt sich damit in ihr Auto in der Tiefgarage des Reviers, wo er ungestört ist, aber immer noch WLAN hat.

Christian will nicht überreagieren. Er will nicht durchdrehen. Er will nicht wie sein Vater sein. Er will das Vernünftige tun. Zuerst ein Anruf bei einem Strafverteidiger, den er nicht leiden kann, vor dem er allerdings Respekt hat. Der Anwalt gibt ihm eine Liste mit fünf kompetenten Immobilienanwälten. Wobei, die ersten drei auf der Liste sind kompetent, der vierte nicht so sehr. Der letzte auf der Liste ist menschlich gesehen ein Dreckskerl, ruiniert den Ruf der ehrlichen Anwälte, doch er ist mit allen Wassern gewaschen und zu allem bereit, solange der Preis stimmt.

Christian hat eine Schachtel Zigaretten gekauft. Er raucht sie bei offenem Autofenster, während er sich durch die Liste telefoniert. Die Sekretärinnen legen ihn in die Warteschleife, und die wenigen Male, die er tatsächlich durchgestellt wird, klingt der Anwalt fast beleidigt bei der Frage, ob er seinen Fall so kurzfristig übernehmen könnte.

Christian schafft es jedes Mal aufzulegen, bevor sie nach seinem vollständigen Namen und seiner Adresse fragen und ihm eine Rechnung über 1500 Kronen für diese sogenannte telefonische Beratung schicken können.

Natürlich hätte er mit der letzten Nummer auf der Liste beginnen sollen, dem Gauner. Sein Anruf geht direkt durch, ohne dass ihm eine Sekretärin zwanzig Fragen stellt. Der Mann am anderen Ende bittet ihn, alle Papiere zu schicken, die er hat. Er sagt, er braucht 8000 Kronen, um die Mail in seinem Posteingang zu öffnen. Christian ist einverstanden. 8000 Kronen ist ihr Urlaubsbudget für den nächsten Sommer. Eine Reise in einem gemieteten Wohnwagen. Aber es ist immer noch weniger als 3,2 Millionen, also gibt es nichts zu überlegen. Der Anwalt sagt ihm, dass er sein Telefon im Auge behalten soll. Nachdem Christian aufgelegt hat, sammelt er alle Papiere zusammen, die er finden kann, vielleicht mehr, als der Anwalt braucht. Alles, von Kontoauszügen bis zu den Kaufurkunden. Er hat die Dokumente in seinen E-Mails und leitet sie schnell an diesen Mann weiter, der Rockerclubmitgliedern bei ihren Steuererklärungen hilft und zu Schneeballsystemen rät, um am einfachsten Geld nach Zypern umzuleiten. Nachdem Christian auf *Senden* gedrückt hat, spürt er eine gewisse Erleichterung. Diese mag vielleicht nur ein paar Stunden andauern, mehr ist jedoch manchmal nicht drin. Ab jetzt liegt das Ganze nicht mehr in seiner Verantwortung. Er kann nur das Beste hoffen. All seine Hoffnung auf einen freundlichen, aber schmierigen Anwalt setzen und beten, dass dieser alles wieder in Ordnung bringt. Guck mal,

Daddy Cool zaubert ein bisschen, und schon ist der Kauf widerrufen.

Christian überlegt, in die Kantine zu gehen, um sich ein Sandwich zu kaufen, doch er will niemanden treffen, niemandem gegenübertreten. Er pinkelt gegen einen der Betonpfeiler in der Tiefgarage und steigt wieder ins Auto.

Er fährt nach Nørrebro und isst einen Dürüm. Er überlegt, ins Viertel hinauszufahren. Er könnte im Auto sitzen, zu den großen grauen Betongebäuden hinaufschauen und denken: Gegen das Viertel kommst du sowieso nicht an. Aber er hat beschlossen, sich nicht unterkriegen zu lassen. Er will nicht verzweifeln, nicht überreagieren, bis er mehr weiß.

Nach der Mittagspause erhält er eine SMS vom Anwalt, der ihm schreibt, er soll in seinem Büro vorbeischauen.

Das Büro des Anwalts befindet sich in einem Hinterhof im Zentrum der Stadt. Eine Adresse, die auf dem Papier teurer aussieht, als sie in Wirklichkeit ist. Während er die Treppe hinaufgeht, merkt Christian, dass seine Handflächen verschwitzt sind.

Die Tür wird von einem kleinen, dicklichen Mann geöffnet, der einer Werbung für blutdrucksenkende Medikamente entsprungen scheint. Er winkt Christian in einen kleinen, vollgestopften Raum und bittet ihn, sich ihm gegenüber an einem mit Papieren übersäten Schreibtisch zu setzen. Darauf steht auch eine kleine Schüssel mit Süßigkeiten. Der Anwalt nimmt ein Bonbon zwischen Zeigefinger und Daumen, steckt es in den Mund und leckt sich die Finger ab. Dann schiebt er die Schüssel in die Mitte des Schreibtisches.

»Nehmen Sie eins«, sagt er. »Pfefferminz.«

Christian nimmt ein Bonbon.

Der Anwalt hat sich eine ganze Kiste aus Ebeltoft liefern lassen. Dort werden sie hergestellt. Die besten. Er hat gerade mit dem Rauchen aufgehört. Nicht freiwillig, aber der Arzt meinte, dass er aufhören muss, wenn er seine Zehen behalten will. Das war nicht leicht, und jetzt lutscht er diese Dinger. Wahrscheinlich mehr als hundert pro Tag. Vielleicht hundertfünfzig. Inzwischen hat sogar seine Kacke rot-weiße Streifen. Genau wie die dänische Flagge und die Bonbons. Nehmen Sie sich ein paar, gleich eine Handvoll. Er ist sich nicht sicher, ob es das wert ist, er fragt sich, ob es nicht besser ist, einfach diese verdammten Zehen zu verlieren. Viel genützt haben sie ihm bislang sowieso nicht.

Es gehört sich, an dieser Stelle zu lächeln, also lächelt Christian, auch wenn er langsam die Geduld verliert. Er spürt, wie sich Schweiß in seinen Achselhöhlen bildet. Der Anwalt dreht seinen Computerbildschirm hin und her, bis er zufrieden ist, dann klickt er ein paar Mal mit der Maus. Er zermalmt ein Bonbon zwischen den Zähnen, nimmt ein neues und schaut Christian an.

»Ich bin mir nicht ganz sicher, wie ich Ihnen das sagen soll.«

Christian lächelt weiter. Versucht, die Fassung zu bewahren.

»Oder doch, ich weiß es. Man hat Sie nach Strich und Faden verarscht. Ich habe den Papierkram durchgesehen und herausgefunden, wem das Haus gehört hat, bevor es zwangsversteigert wurde. Das war nicht das erste Mal, dass er diese Nummer abzieht.«

»Nummer?«, fragt Christian.

»Es ist nicht das erste Mal, dass er Bankrott anmeldet, ganz im Gegenteil.«

Christian ist sich nicht ganz sicher, ob er richtig versteht. Er versucht noch immer, das zu verarbeiten, was er gerade gehört hat.

»Also, ich habe mir Ihren Fall angesehen«, sagt der Anwalt, dem klar wird, dass er das Ganze ausbuchstabieren muss. »Vor vier Jahren kauft Frederik Malmbergs Firma, Tunida Invest, Ihr Haus von seiner Ex-Frau. Das Unternehmen zahlt dafür knapp fünf Millionen. Das ist eine hervorragende Art und Weise, Geld aus dem Unternehmen herauszuholen, während Herr Malmberg langsam an seinem geplanten Konkurs arbeitet. Das Haus ist nicht so viel wert. Es hat drei Jahre zuvor nur anderthalb Millionen gekostet und dann einfach herumgestanden. Ich glaube nicht, dass irgendwelche wertsteigernden Maßnahmen vorgenommen worden sind.«

»Ist das legal?«, fragt Christian.

»So ein Ding würde ich vielleicht selbst durchziehen. Natürlich würde ich es ein wenig eleganter, etwas verwirrender machen, am besten eine weitere Firma beteiligen, damit man einem nicht so leicht auf die Schliche kommt. Aber es ist völlig legal. Ist es richtig, so etwas zu tun? Nein, vielleicht nicht. Ist es moralisch verwerflich? Wahrscheinlich. Aber alles Geld stinkt mehr oder weniger, wenn man seine Nase nur weit genug hineinsteckt.«

»Kann ich den Verkauf widerrufen?«

»Genau das können Sie nicht. Sie haben die Immobilie bei einem Auktionshaus gekauft, das nicht haftbar dafür ist. Diese Leute verkaufen es einfach weiter. Setzen einen Schätzpreis fest und zwingen niemanden zum Kauf. Sie können lediglich eine bankrotte Firma verklagen, die längst geschlossen worden ist.«

Christian sitzt vor dem kleinen untersetzten Mann. Er weiß nicht, was er sagen soll.

»Sie können das Haus verkaufen. Sehen Sie zu, dass Sie es loswerden«, sagt der Anwalt.

»Indem ich einen anderen Idioten wie mich finde?«

»Allein schon weil Sie wissen, in welchem Zustand es ist, würden Sie sich damit strafbar machen. Was Sie verkaufen können, ist das Grundstück. Ich habe den Marktwert gecheckt, bevor Sie vorbeigekommen sind. Sie könnten 1,2 Millionen Kronen für das Grundstück bekommen, vielleicht 1,4 Millionen, wenn Sie das Haus selbst abreißen.«

»Dann hätte ich immer noch anderthalb Millionen Schulden bei der Bank. Und immer noch kein Dach über dem Kopf.«

»Oder Sie investieren in die Reparatur. Ich habe keine Ahnung, was das kostet. Wie viel getan werden muss. Aber wenn dieser Küchenbauer recht hat, wird Sie das realistisch geschätzt ein paar Millionen kosten.«

»Kann ich sonst gar nichts tun?«, fragt Christian und schaut den Anwalt an. Den Mann, von dem gesagt wird, er sei eine Schlange. Der angeblich in der Lage ist, das Gesetz in alle Richtungen zu biegen und zu beugen. Doch der Anwalt ist sich auch bewusst, dass Christian Polizeibeamter ist, deshalb fragt Christian erneut: »Irgendetwas, überhaupt irgendetwas?« Christian starrt den Anwalt an, als wolle er sagen: »Scheiß auf das Gesetz, fick es ordentlich durch und rette mich, verdammt nochmal!«

»Ich weiß, dass Sie mich für ein unehrliches Arschloch halten. Es steht mir nicht zu, das zu beurteilen, das überlasse ich anderen. Die Leute haben ein Recht auf ihre Meinung. Aber ich kann mit Fug und Recht behaupten, dass ich noch nie einen Klienten betrogen habe. Niemals. Ich könnte Ihr Geld einfach nehmen, aber wenn Sie keine Chance haben, will ich es nicht. Ich verzichte lieber. Für mich gibt es hier nichts zu tun.«

Christian geht wieder. Er hat gerade 8000 Kronen bezahlt, um zu erfahren, dass er am Arsch ist. Man hat ihn aufs Kreuz gelegt. Er musste sich über einen Tisch beugen und wurde von acht Matrosen ohne Gleitmittel gefickt. Christian steigt in sein Auto. Er sucht in der Polizeidatenbank nach dem ehemaligen Besitzer des Hauses, Frederik Malmberg, und liest, was es über ihn zu lesen gibt. Natürlich ist es illegal, natürlich ist es Machtmissbrauch, aber das ist Christian egal. Das Schlimmste, was passieren konnte, ist gerade passiert. Christian hat keine Angst. Er ist stinksauer.

Christian braucht nicht lange, bis er auf Frederik Malmbergs vier Konkurse stößt. Irgendwo zwischen Bankrott Nummer zwei und drei entdeckt er ein Foto, auf dem der Kerl eine Auszeichnung für den besten Jungunternehmer erhält. Frederik Malmberg grinst den Fotografen einer Lokalzeitung an. Er trägt ein Hemd und eine teure Krawatte und hält eine Statuette hoch.

Christian findet die aktuelle Adresse des Mannes. Er lebt mit seiner Ex-Frau in einem Haus in Frederiksberg. Juni Allé 5, eine der teuersten Adressen der Stadt. Christian kann nicht mehr klar denken. Er will es auch gar nicht. Er fährt durch die Stadt, hält sich ans Tempolimit, schaltet auf reinen Autopilot.

Er hat nur ganz kurz so etwas wie einen klaren Gedanken, als er seine Pistole aus dem Holster nimmt und ins Handschuhfach legt.

Christian parkt vor einem großen weißen Haus. Bleibt hinter dem Steuer sitzen. Womöglich hofft er, dass dieses Gefühl aus ihm herausfließt, nachlässt. Aber das tut es nicht. Es schwillt an. Er ist sich nicht sicher, wie lange er dort hockt. Vielleicht zehn Minuten, vielleicht eine Stunde. Kein lodernder Zorn. Nur kalte Wut. Er hat den Eindruck, seine Gedanken durch das Zielfernrohr eines Gewehrs zu sehen.

Dann sieht Christian den Mann durch das Gartentor herauskommen. Frederik Malmberg. Er trägt einen vornehmen Kamelhaarmantel und Lederschuhe, die sicherlich so viel kosten wie ein Gebrauchtwagen.

Christian hört, wie sich die Autotür öffnet. Er kann es ganz deutlich hören. Wie er den Kofferraum öffnet und dann auf den Mann zuläuft, der seine Zukunft, die Zukunft seiner Familie ruiniert hat. Er stellt sich vor, wie der Mann sich gerade noch umdrehen kann und Christian erblickt, bevor ihn der Baseballschläger trifft, den sie Little Niels abgenommen haben. Christian stellt sich vor, wie das Metall gegen den Schädel des Mannes kracht. Ein ganz klares Geräusch, wie ihn nur Aluminium, das auf den Kopf eines Menschen trifft, erzeugen kann. Und natürlich hört Christian nicht auf zu schlagen. Er schlägt immer weiter und weiter, bis der Mann aussieht wie ein aus dem Ruder gelaufener Kindergeburtstag. Ein explodiertes Pizzabuffet.

Christian streckt die Hand nach dem Türgriff aus, spürt das Metall an seinen Fingerspitzen. Wenn er die Tür öffnet, gibt es kein Zurück mehr. Das weiß er.

Frederik Malmberg geht den Bürgersteig entlang. Dann bleibt er auf einmal stehen, als spüre er Christians Blick. Er dreht den Kopf, nicht unähnlich einer Katze, die ein seltsames Geräusch gehört hat. Er steht ein paar Sekunden lang so da, bevor er weitergeht.

DANNY

ES IST DAS ERSTE MAL, dass Danny zu einer Dinnerparty eingeladen ist. Zugegeben, es ist nicht wirklich eine Party, sondern eher ein Abendessen. Oder ein warmes Essen, das andere Leute mit ihm teilen möchten.

Danny kauft einen Blumenstrauß. Das macht man so, denkt er und überlässt die Auswahl dem Mann im Blumenladen. Danny wurde schon mit Handschellen und Fußketten in Gerichtsgebäude eskortiert, während Passanten ihn anstarrten und kleine Kinder auf ihn zeigten. Dennoch hat er sich noch nie so unbeholfen und fehl am Platz gefühlt wie jetzt, wo er mit einem in durchsichtiges Zellophan gehüllten Blumenstrauß auf den Bus wartet.

Christian hätte ihn abgeholt. Kein Problem, ich bringe dich von Tür zu Tür. Als Danny das nicht wollte, hat Christian ihm den Weg sehr sorgfältig erklärt, als wäre er ein Kind, das sich leicht verlaufen könnte. Christian sagte, das Haus sei nicht schwer zu finden, nur eine Busfahrt und dann ein paar Seitenstraßen weiter. Die erste Straße nach dem Baumarkt. Ein großes rotes Haus. Danny folgt seinen Anweisungen. Er geht irgendwo in Kastrup an einer Straße entlang und sieht über sich ein Flugzeug, das eine weiße Linie durch den

Himmel zieht. Danny war noch nie in einem Flugzeug, und er war noch nie auf einer Dinnerparty. Er liest den Namen auf dem Briefkasten zweimal, bevor er das Gartentor öffnet.

Es handelt sich um eine mittelgroße rote Backsteinvilla. Wäre wahrscheinlich ziemlich imposant, wenn nicht der gesamte Garten umgegraben und das Fundament freigelegt wäre, sodass man den frischen Zement sehen kann. Christian hat ihm gesagt, dass sie das Haus vor sechs Monaten gekauft haben, aber immer noch nicht eingezogen sind. Sie müssen erst renovieren. Danny geht um das Haus herum, wie Christian es ihm aufgetragen hat, folgt einem ausgetretenen Pfad, überquert totes Gras und kommt an einer Planierraupe vorbei. Als er um die Hausecke biegt, sieht er Licht, das warm aus den Glastüren leuchtet. Christian und seine Frau stehen in der offenen Küche. Sie unterhalten sich. Die Frau lacht und hackt Gemüse auf einem Schneidebrett. Danny sieht die blonden Zwillinge. Sie rennen um den Esstisch herum, und als sie aufgefordert werden, damit aufzuhören, protestieren sie ein wenig, beruhigen sich jedoch schnell, setzen sich hin und bekommen jeweils ein großes Stück Gurke. Danny will kehrtmachen, hält aber die Blumen wie ein Schild vor sich, steigt die kleinen behelfsmäßigen Holzstufen hinauf und klopft an die Glastür. Danny weiß nicht genau, was er erwartet hat. Dass alle vor Schreck erstarren würden: Der gewalttätige Psycho ist da, und fort ist die gute Stimmung. Aber alle lächeln in seine Richtung. Christian macht zwei große, eifrige Schritte und öffnet die Tür, umarmt ihn und zerquetscht dabei fast die Blumen. Christian stellt Danny seiner Frau Katrine und den beiden kleinen blonden Mädchen vor. Sie blicken mit heiterer, offener Miene zu Danny auf.

»Willst du meine Zeichnungen sehen?«, fragt eine von ihnen.

»Meine auch«, sagt die andere. »Wenn er die von Freja sehen will, muss er auch meine anschauen.«

»Später«, sagt Katrine. »Ich bin sicher, Danny möchte deine Zeichnungen später gerne sehen, aber lasst den guten Mann doch erst einmal reinkommen.«

Sie nimmt Dannys Arm. »Es ist schön, dich kennenzulernen«, sagt sie und lächelt herzlich. »Endlich treffe ich jemanden aus Christians mysteriöser Vergangenheit.«

Danny lächelt zurück. Die Blumen werden in eine Vase gestellt, und Christian zeigt ihm die Küche. Im Rest des Hauses gibt es noch nicht viel zu sehen. Die Küche ist das Erste, was sie hergerichtet haben. Eigentlich haben sie sie gerade erst einbauen lassen. Brandneu und noch mit Plastikfolie auf den Schranktüren. Ein schönes Weißgrau, obwohl Christian sich etwas Luxuriöseres mit dunklem Holz und einem Weinkühler und einer eingebauten Espressomaschine gewünscht hätte. Aber das konnten sie sich nicht leisten, jetzt, da das ganze Haus eine Renovierung braucht. Also haben sie einfach beschlossen, mit ihrer neuen Küche zufrieden zu sein, schließlich ist sie sehr schön geworden. Heute Abend weihen sie die Küche ein und freuen sich, dass Danny dabei ist, wenn sie sie zum ersten Mal benutzen. Nun ja, mehr oder weniger. Die Lasagne wurde bei Katrines Eltern zubereitet, im Kofferraum des Autos hergebracht und ist gerade erst in den Ofen gewandert. Und wenn es ein bisschen merkwürdig riecht, liegt es daran, dass der Ofen noch nie benutzt worden ist. Darüber hätten sie eigentlich vorher nachdenken sollen. Danny sagt, dass man nichts riecht, obwohl ein Hauch von verbranntem Plastik in der Luft liegt.

Die Lasagne wird aus dem Ofen geholt, und die beiden kleinen Mädchen streiten sich darüber, wer am Tischende sitzen darf. Ihre Mama unterbricht sie.

»Natürlich sitzt unser Ehrengast am Kopfende des Tisches«, sagt sie, und die Mädchen nicken und lächeln und setzen sich gehorsam an die Längsseite. Danny nimmt auch Platz und wird angewiesen zu bleiben, wo er ist, während sie Salat in einer großen Schüssel, Baguettes und einen Rotwein, den Christian für einen besonderen Anlass aufgehoben hat, anrichten.

Das Essen ist köstlich, dennoch kann Danny es kaum genießen. Vielleicht, weil er das alles nicht gewohnt ist. Sie scheinen einander sehr zu mögen und hätten nie ein Monster an ihren Tisch einladen dürfen. Die kleinen Mädchen, die ihren großen, breiten Papa voller Bewunderung anschauen. Und Christians Frau, eine gut aussehende Blondine – und zwar echt blond, wenn Danny sich nicht irrt. Es fällt ihm schwer, sie nicht anzustarren. Sie ist wahrscheinlich nicht älter als er oder Christian, aber sie sieht erwachsen aus, richtig erwachsen. Sie könnte eine Lehrerin oder eine Sozialarbeiterin sein, eine von den Leuten, die früher versucht haben, sie zu retten.

Katrine fragt nach ihrer Kindheit, wie es war, im Viertel aufzuwachsen. Danny und Christian spielen ihr etwas vor. Erzählen ihr die *Light Version*, bei der sie wie lustige Schurken aus einem Kinderbuch klingen. Als hätte ihr größtes Vergehen darin bestanden, Äpfel zu klauen, bis der Nachbar mit hocherhobener Faust angerannt kam.

Nach dem Essen bringen die Kinder ihre Zeichnungen.

»Jetzt werden sie dich nicht mehr in Frieden lassen«, sagt Katrine und streicht den Mädchen über die blonden Haare, während Christian den Tisch abräumt. Die Zwillinge breiten einen ganzen Stapel Zeichnungen vor Danny aus. Er sagt, dass sie sehr beeindruckend sind, und errät, dass eine davon ein Pferd darstellt, aber erst nachdem die Mädchen wiehernde Geräusche von sich gegeben, herumgetänzelt und sich auf den Absätzen aufgerichtet haben.

»Wir gehen nur kurz auf eine Zigarette raus«, sagt Christian, und seine Frau nickt.

Christian klemmt sich eine abgetragene Fleecedecke unter den Arm, und Danny folgt ihm zur Terrassentür hinaus. Sie gehen hinab zum unteren Ende des Gartens, und Christian zeigt in die Ecke und sagt, dass dort das Spielhaus stehen wird, ein wirklich schönes Kinderspielhaus.

Er wirft die Decke auf ein paar Zementsäcke. Sie setzen sich hin und ziehen ihre Jacken enger um sich.

»Warte, bis du das probiert hast«, sagt Christian und holt ein kleines weißes Stäbchen aus seiner Innentasche. »Bessere Qualität gibt es nicht.«

Er zündet den kleinen, straff gerollten Joint an und reicht ihn Danny. Danny nimmt einen Zug, spürt das vertraute Gefühl in seiner Kehle. Er muss husten.

»Malana Cream«, sagt Christian. »Das einzig Wahre. Ein paar Vorteile muss der Job ja haben.«

Sie reichen sich den Joint hin und her, während sie zum Haus hinüberschauen. Der Lichtschein fällt durch die Terrassentüren in den Garten.

»Da habt ihr das große Los gezogen«, sagt Danny.

»Danke.« Christian lässt den Rauch langsam durch die Nase entweichen. »Ich würde alles für sie tun. Alles, was nötig ist, damit sie ein gutes Leben haben.«

Und während sie rauchen, beobachten sie Christians kleine Familie. Seine Frau gibt den Töchtern Anweisungen, während sie Kaffee und Kuchen auf den Tisch stellen.

»Ich hab mit dem Ekel gesprochen«, sagt Danny.

»Dem Ekel?«, fragt Christian und hustet.

»Du weißt schon, Carsten irgendwas.«

»Ja, Carsten Svendsen, auch bekannt als das Ekel.«

»Du klingst wie ein Polizist.«

Christian lächelt. »Das gehört zum Job. Was hat er gesagt?«

»Er hat behauptet, dass Malik angefangen hat zu dealen.«

»Glaubst du ihm?«

»Nein.«

»Gut. Richtig so. Er war eine Weile Informant für uns, aber nicht lange. Er hatte immer die irrsten Gerüchte auf Lager. Einige davon klangen wie Verschwörungstheorien und andere, als hätte er einfach nicht alle Tassen im Schrank.«

Als der Joint bis auf einen kleinen braunen Rest heruntergeraucht ist, sehen sie durch die Glastür, wie Katrine ihnen zuwinkt. Christian nimmt eine kleine Kelle, gräbt ein Loch, wirft den Joint hinein und bedeckt ihn mit Erde.

»In der Hoffnung, dass ein kleiner Jointbaum wächst«, sagt er und richtet sich mühsam auf.

»Ich spüre meine Beine nicht mehr«, sagt Danny.

»Ich hab's dir ja gesagt, das ist guter Shit. Malana Cream.«

Der Kuchen ist orangefarben. Es ist ein Karottenkuchen. Die Mädchen haben bei der Frischkäseglasur geholfen. Nach dem Joint schmeckt er so gut, dass Danny sich bremsen muss, um ihn nicht einfach in sich hineinzuschaufeln. Danny sieht zu Christian hinüber. Ihre Blicke treffen sich, und

Christian schaut schnell weg. Sie sind beide kurz davor, in Gelächter auszubrechen.

»Ihr Jungs«, sagt Katrine und schüttelt sachte den Kopf. Christian zuckt mit den Achseln und lächelt, als wolle er sagen: *Tja, du hast halt ein richtiges Schlitzohr geheiratet.*

Nachdem sie den Kuchen gegessen haben, ziehen die Mädchen ihre Jacken an, geben ihrem Papa einen Abschiedskuss und fahren mit ihrer Mama im Taxi weg. Christian übernachtet im Haus, damit er am nächsten Tag aufstehen und ein paar Stunden renovieren kann. Sie winken, sagen »Auf Wiedersehen, Onkel Danny« und versprechen ihm eine Zeichnung, wenn sie sich das nächste Mal treffen.

Nachdem die Mädchen gegangen sind, trinken sie noch Kaffee und reden erst über die alten Zeiten und dann über das Haus, das noch viel Arbeit erfordert. Christian beginnt um fünf Uhr morgens, werkelt ein paar Stunden und macht dann nach seiner Schicht weiter. Danny kann jederzeit kommen und ihm helfen. Christian könnte die Gesellschaft gebrauchen, und nicht zuletzt könnte Danny die polnischen Handwerker, die Christian manchmal beschäftigt, im Auge behalten. Das würde ihnen vielleicht Dampf unter dem Hintern machen. Sie lachen, und beide wissen, dass das nicht passieren wird. Danny ist einfach nicht diese Art von Freund.

Christian fragt, ob sie noch eine Flasche Wein öffnen sollen, aber Danny bemerkt, dass seine Lider schwer werden. Wenn sie weitermachen, brauchen sie bald chemische Hilfe. Eine Prise in die Nase und zwar etwas anderes als den Muntermacher, den sie vorhin geraucht haben. Christian lacht nur.

Christian begleitet Danny durch den Garten und ums Haus. Er bietet ihm zunächst an, ihn zu fahren, nimmt das Angebot jedoch zurück, als er fast über den Mülleimer fällt. Kein Problem, sagt Danny, er nimmt den Bus.

»Danny«, sagt Christian.

Danny nickt.

»Vielleicht solltest du nicht auf mich hören. Vielleicht rede ich nur Müll …«

»Du erzählst immer nur Müll, aber schieß los, ich höre.«

»Ich denke nur … wir haben keine verdammte Ahnung, was mit Malik passiert ist. Aber wenn er völlig freiwillig verschwunden ist. Wenn er untergetaucht ist …«

»Worauf willst du hinaus?«

»Dann reiten wir ihn vielleicht nur tiefer in die Scheiße, wenn wir zu intensiv nach ihm suchen. Dann wird vielleicht alles schlimmer.«

»Ich kann nicht einfach rumsitzen und …«

»Ivertssen hat dich aus dem Gefängnis geholt. Denk mal darüber nach. Denk einfach mal darüber nach, verdammt.«

Leider weiß Danny, dass das sehr viel Sinn ergibt.

Christian greift in seine Tasche.

»Das hätte ich fast vergessen.« Er holt eine kleine Plastikschachtel heraus.

»Wenn man einen Antrag macht, kniet man sich hin«, sagt Danny.

»Halt die Klappe, du Idiot. Das ist ein Mundschutz.«

Danny begutachtet das Teil von allen Seiten und sieht seinen Freund verwirrt an.

»Wenn du sonst nichts tun kannst, schlag auf einen Sandsack ein oder steig in den Ring. Das hat mir schon oft geholfen, nicht überzuschnappen. Ich nehm dich bald mal mit.«

Danny wendet sich um und geht.

»Bleib steif!«, ruft Christian ihm nach.

Danny reckt die Faust in die Luft. »Bleib steif!«, ruft er in die Dunkelheit.

NACH DER BUSFAHRT ist Danny wieder klarer im Kopf. Ein bisschen zu sehr. Wenn er betrunken bleiben will, muss er sofort etwas unternehmen. Er setzt sich auf einen Gartenstuhl und füllt sein Glas mit Wodka. Heute Morgen hat er bei Singh eine neue Flasche gekauft.

Er hebt feierlich das Glas und nickt der kleinen Dame in der Schneekugel zu. Die Flüssigkeit wärmt seine Kehle. Die Meerjungfrau schaut ihn skeptisch mit ihrem schiefen, liederlichen Blick an.

»Nein«, sagt er und nimmt noch einen Schluck. »Ich hab nicht geglaubt, dass alles noch genauso wie vorher ist. Menschen verändern sich. Ich weiß das. Sieh mich an. Ich bin ein leuchtendes Beispiel dafür, wie weit man kommen kann, wenn man nach den Sternen greift.«

Die Meerjungfrau wirkt nicht überzeugt.

Danny leert das Glas und ist gerade dabei, es wieder aufzufüllen, als es an der Tür klopft.

»Erwartest du jemanden?«, fragt er. Die Meerjungfrau antwortet nicht, und Danny steht auf. Wer auch immer ihn bei seinem Versuch stört, den Pegel zu halten, kriegt eine in die Fresse.

Es klopft noch einmal, und er macht die Tür auf. Die Nachbarin von oben steht auf dem Flur. Er erkennt sie zunächst nicht. Sie sieht ganz anders aus als gestern Abend. Sie ist nicht hübsch oder gut aussehend, sie ist wunderschön. Er kann die blauen Flecken, die der Volltrottel ihr verpasst hat, nicht sehen. Sie hat sie mit Make-up abgedeckt.

Sie trägt ein schwarzes Negligé, sehr knapp und fast durchsichtig.

Sie hat eine leere Kaffeetasse mit einem Bild von Goofy darauf in der Hand.

»Du hast nicht zufällig ein bisschen Zucker?«, fragt sie.

»Ich hab keinen Zucker«, sagt Danny.

»Wenn du mich hereinbittest, könnten wir nachschauen, ob du etwas anderes hast, das ich gebrauchen kann.«

Sie sagt den Text so perfekt auf wie in einem teuren und gut produzierten Porno. Sie lächelt suggestiv. Natürlich ist da ein ironischer Touch.

Danny sieht sie an. Sie hat viel mehr Klasse, als er sich je leisten könnte. Aber vielleicht ist genau der Preis das Problem. Er weiß ganz genau, warum sie hier ist. Das Leben ist kein Porno. Danny ist ein Idiot, ein kompletter Idiot, er ist ein Tier, doch wie alle Tiere hat er Instinkte. Und die Frau, die vor ihm steht, will sich vermutlich nur an den Leitwolf schmiegen. Sonst wäre sie nicht hier. Vielleicht fühlt sie sich zu gewalttätigen Männern hingezogen, viele Frauen tun das, in einem Rockerclub mangelt es nie an weiblicher Gesellschaft. Aber es ist wahrscheinlicher, dass sie befürchtet, der Trottel von gestern Abend könnte zurückkommen und sich an ihr rächen. Und vielleicht wird sich Danny beim nächsten Mal nicht mehr einmischen. Dies wäre also ihre Art, sich zu schützen. Wenn sie Danny ein wenig motiviert, wird er angerannt kommen, sobald der Trottel erneut auftaucht.

»Ich hab nichts, was du willst«, sagt Danny.

Sie schaut an ihm vorbei und sieht den Wodka auf dem Couchtisch.

»Das beurteile ich selbst«, sagt sie.

Der Geruch ihres kräftigen, süßen Parfüms steigt ihm in die Nase, als sie an ihm vorbeischlüpft. Natürlich hätte er sie mit dem Ellbogen aufhalten können, er hätte sie ohne Weiteres zurück in den Flur schleudern können, aber sein Widerstand ist gebrochen. Er hat es versucht, aber nach sechs Jahren Gefängnis hat er nicht den Hauch einer Chance.

Sie setzt sich an den kleinen Tisch.

»Hast du vor, weiter dumm rumzustehen, oder bietest du einer Dame ein Tässchen Wodka an?«

Sie hält ihm die Goofy-Tasse hin, und er macht sie voll.

»Ich bin Laura«, sagt sie.

Sie sitzen am Tisch. Sie rauchen seine Zigaretten. Sie trinken Wodka. Die junge Frau trinkt so schnell, als wäre es Wein oder Bier. Sie nippt nicht. Das gefällt ihm. Und ehe er sich versieht, ist es ihm eigentlich egal, warum sie hier ist.

»Toll, wie du dich eingerichtet hast«, sagt sie. »Sehr minimalistisch.«

»Ich hatte zu viel Zeug«, sagt Danny.

»Das einfache Leben«, sagt sie.

»Also hab ich alles weggeworfen«, sagt er.

»Dein ganzes Zeug …«

»Ich bin sehr reich«, sagt er.

»Sehr?«

»Ich hab Facebook erfunden.«

»Ich dachte mir doch, dass ich dich irgendwoher kenne«, sagt sie.

»Das einfache Leben«, sagt er, und sie stoßen an, Tasse gegen Glas.

Sie sprechen nicht über den Trottel von gestern. Sie sprechen nicht über Danny und seine Gefängnisstrafe. Eigentlich sprechen sie über nichts Bestimmtes. Ein bisschen über Vögel. Überfüllte Busse. Über Autos. Sie mag Autos. Nicht so sehr, wie sie aussehen, sondern eher, dass sie fahren können. Weit weg fahren. Manchmal träumt sie nur davon, in ein Auto zu steigen und zu fahren und nicht anzuhalten – ohne zu wissen, wo sie landen wird.

»Warum tust du es dann nicht?«, fragt er, während er ihnen noch mehr Wodka einschenkt.

»Ich habe kein Auto«, sagt sie.

»Du könntest ein gebrauchtes kaufen«, sagt er.

»Und keinen Führerschein.«

»Dann such dir jemanden, der dich fährt. Du kannst jemanden bitten, dich zu fahren.«

»Dich vielleicht?«, sagt sie und beugt sich ein wenig vor.

»Kein Auto. Kein Führerschein«, sagt er.

»Das macht nichts. Bald bauen sie diese selbstfahrenden Autos«, sagt sie und nimmt einen Schluck vom Wodka.

»Selbstfahrende Autos?«, fragt er.

Sie hat ziemlich viel darüber gelesen. Lange wird es nicht mehr dauern. Das ist die Zukunft. Sie freut sich auf die Zukunft. Sie vertraut den Menschen im Grunde nicht. Weder hinter dem Steuer eines Autos noch sonst irgendwo.

»Aber«, sagt Danny und hält inne. Seine Gedanken sind sehr langsam, doch es fühlt sich nicht unangenehm an. »Aber was ist, wenn man einfach nur in die Ferne fahren will, ohne Ziel. Einfach drauflos, einfach weg …«

»Das ist der Plan«, sagt sie.

Er schenkt wieder nach, obwohl er ihre Tasse und sein Glas gerade erst gefüllt hat. »Kann man das mit einem selbstfahrenden Auto auch machen?«, fragt er. »Drauflosfahren … ins Blaue?«

»Warum nicht?«

Er nimmt einen Schluck aus seinem Glas. Das nächste Argument ist ein weißes Kaninchen, dem er über einem offenen Feld hinterherrennt.

»Ich glaube, man muss da ein bestimmtes Ziel nennen. Wie bei einem Navi«, sagt er dann.

»Dann murmeln wir einfach irgendwas und sehen, wohin es uns fährt.«

Danny lacht.

»Wir nuscheln«, sagt er. »Brøndbyøster oder Belgrad, das Ding muss selber rausfinden, was gemeint ist. Wir nuscheln.«

»Abgemacht«, sagt sie und hebt die Tasse. Sie kippt den Rest Wodka hinunter und erhebt sich leicht schwankend.

»Ficken wir jetzt, oder hast du zu viel getrunken?«, fragt sie.

Danny hat nicht zu viel getrunken.

VORHÄNGE WÄREN JETZT großartig. Besser als warmes Brot und kaltes Bier. Die Sonne scheint durch das Fenster und auf Dannys allzu dünne Augenlider. Er setzt sich auf. Er ist allein auf der Matratze. Er lauscht, ob in der Wohnung über ihm Schritte zu hören sind. Nichts. Vielleicht ist sie nicht zu Hause. Er erwartet nicht, sie wiederzusehen. Sie hat das bekommen, was sie wollte: seine Aufmerksamkeit und ein wenig Schutz. Und wenn der Trottel wieder anfängt, sie zu schlagen, kann Danny sich nicht mehr einfach raushalten.

Danny ist nicht verbittert. Nicht zuletzt hat er jetzt eine gute Story, eine, die er erzählen kann, wenn er wieder im Knast hockt.

Da steht sie und fragt, ob ich ein bisschen Zucker habe.

Er steht auf, sucht nach einer Zigarette, findet aber keine. Nur einen kleinen Kippenberg auf dem Tisch. Sie haben alle seine Zigaretten geraucht und seinen ganzen Wodka getrunken. Nicht so schlimm. Danny geht Vorräte aufstocken.

Im Kiosk zeigt ihm Singh stolz, dass er jetzt auch Dosen mit Makkaroni in Tomatensoße hat, falls sich Danny etwas abwechslungsreicher ernähren möchte. Und einen Tequila mit einem kleinen roten Plastiksombrero, falls er den Wodka satthat. Singh scheint ein wenig enttäuscht zu sein, als Danny genau dasselbe wie beim letzten Mal verlangt.

Als Danny Singhs Kiosk mit Wodka, Ravioli und Zigaretten verlässt, blickt er auf sein Telefon.

Aisha hat im Laufe des Vormittags fünf Mal angerufen. Sie hat eine SMS geschickt. Danny drückt auf das Display, um die Nachricht zu lesen.

Es ist wichtig, schreibt sie. *Wegen Malik!*

Sie hat ihm auch eine Adresse geschickt. Eine pädagogische Hochschule in Frederiksberg.

Danny nimmt die U-Bahn nach Frederiksberg. Er kennt den Weg nicht genau, glaubt aber, dass er vom Bahnhof zu Fuß gehen kann. Als er die Rolltreppe hinaufkommt, erblickt er einen älteren Mann mit einer Strickkrawatte, der den *Wachtturm* verteilt. Danny geht zu ihm. Der Mann lächelt ein bisschen zu sehr, als er die Tätowierung an Dannys Hals sieht. Wahrscheinlich gibt es Bonuspunkte für die Rettung der kriminellsten Seelen. Bonusseele. Nächste Stufe: Levelboss-Seele. Danny beeilt sich, ihn nach dem Weg zu fragen, bevor der Mann von der ewigen Erlösung predigen und ihm eine Zeitschrift geben kann.

Dann steht Danny vor der Schule, ein großes rotes Backsteingebäude. Er schickt Aisha eine SMS, und zehn Minuten später kommt sie durch das Tor. Sie lächelt, eilt zu ihm hinüber und hakt sich bei ihm unter.

»Ich habe gute Neuigkeiten«, sagt sie. »Richtig gute, aber ich konnte es nicht auf deinen Anrufbeantworter sprechen oder in einer SMS schreiben.«

Sie zieht Danny mit sich. Beim Fortgehen blickt sie hastig über ihre Schulter. Sie möchte ein bisschen Abstand zur

Schule gewinnen, bevor sie noch mehr sagt. Kaum sind sie um die erste Ecke gebogen, packt sie Danny auf einmal so fest, dass er fast seine Zigarette fallen lässt.

»Er hat geschrieben«, sagt sie. »Er hat heute Morgen geschrieben.«

Aisha macht einen kleinen Hüpfer. Danny kann sich nicht erinnern, sie so glücklich gesehen zu haben, seit sie ihr den *My Little Pony*-Friseursalon beschafft hatten.

»Wer hat geschrieben?«, fragt Danny.

»Malik natürlich. Er hat geschrieben, dass es ihm gut geht, dass er aber untergetaucht ist und sich noch eine Weile verstecken muss.«

»Warum? Vor wem?«, fragt Danny.

»Das hat er nicht geschrieben. Aber wir sollen nicht nach ihm suchen. Auf keinen Fall.«

»Kann ich die SMS sehen?«

»Er hat mich gebeten, sie sofort zu löschen. Die Einzigen, denen ich davon erzählen durfte, waren meine Eltern. Das hat er geschrieben: Lösch die Nachricht sofort.«

»Aber du erzählst es mir.«

»Er darf nicht erfahren, dass du draußen bist. Wenn er es wüsste …«

Sie gehen eine Zeit lang schweigend nebeneinander her.

»Das ist gut, oder?«, fragt sie.

»Ja, das ist gut.« Danny zündet sich eine neue Zigarette an. Sie schnorrt eine von ihm, klammert sich an seinen Arm.

»Das ist gut«, sagt sie wieder, lächelt und hat Tränen in den Augen.

Danny wartet einen Augenblick, zieht es hinaus. Gönnt ihr den Glücksmoment.

»Woher weißt du, dass er es war?« Danny hasst es, die Frage zu stellen.

»Die Art, wie er geschrieben hat, die Worte, die er benutzt hat …«

»Welche Worte?«

»Ich weiß, dass er es war. Ich weiß es einfach!«

Danny nickt. Er glaubt ihr oder glaubt zumindest, dass sie überzeugt ist.

»Die Nummer war unterdrückt, aber ich weiß, dass er es war«, sagt sie.

»Wenn er anruft, sag ihm, dass ich ihm helfen möchte. Egal, was es ist.«

»Natürlich. Aber versprich, dass du es niemandem sagst. Das war ihm sehr wichtig.«

»Ich werde es niemandem sagen.«

Sie sind einmal um den Block gelaufen und wieder bei der Schule angekommen. Aisha überprüft ihr Make-up in einem Taschenspiegel und verspricht, Danny anzurufen, wenn sie etwas Neues hört. Sie geht zurück durch das Tor und dreht sich noch einmal um. Ihre Miene fragt: *Das ist gut, oder?* Und er nickt und lächelt. Das ist gut. Sie verschwindet durch das Tor.

Danny nimmt nicht den Bus, sondern geht stattdessen zu Fuß. Sein Kopf ist schwer von dem Wodka von gestern, und er war noch nie gut im Denken. Es geht darum, Fragen zu stellen und dann zu versuchen, sie selbst zu beantworten. Ohne wütend zu werden oder zu schreien. Danny muss ein wenig nachdenken. Und er glaubt, alles so langsam zu verstehen. Vielleicht ergibt es doch ein bisschen Sinn. Wenn Malik untertauchen würde, dann würde er es so vorsichtig anstellen, dass niemand wüsste, ob er weggelaufen ist oder ob ihn Außerirdische oder russische Agenten entführt haben. Verschwinden, ohne eine Spur zu hinterlassen. Was Danny nicht gefällt, ist, dass der Junge sich offenbar in irgendetwas reingeritten hat, und es muss wirklich ernste Scheiße sein, wenn er seiner Familie nichts davon erzählen kann. Erst viel später in einer SMS, die sofort gelöscht werden muss. Er lässt sie lieber im Ungewissen, als sich oder sie in Gefahr zu bringen. Danny hofft, dass Aisha nicht den gleichen Gedanken hegt.

Danny geht weiter. Er hofft, dass Malik ihn anruft. Dass Malik ihn um Hilfe bittet. Danny sieht sein eigenes Spiegelbild in einem Schaufenster. Nun, was geht, kleiner Scheißer, es ist Mittwoch oder so, und die Geschäfte stellen ihre Schilder raus, und überall um dich herum machen die Leute mit ihrem Leben weiter, Kinderwagen, Küsse, Schweiß im Schritt und Minzbonbons. Dieses ganze Alltagsleben, das nichts mit dir zu tun hat. Es war einfacher, als du noch etwas mit deiner Zeit anzufangen hattest. Als du nach deinem Freund gesucht hast. Was zum Teufel machst du jetzt?

SIE SITZEN IN CHRISTIANS Auto. Es ist später Nachmittag.

»Hast du es geschafft?«, fragt Christian. Danny hält die Schachtel mit dem Mundschutz hoch, sodass Christian sie sehen kann. Danny hat die Anweisungen befolgt, zumindest mehr oder weniger. Er hat das Teil in der Goofy-Tasse erhitzt, zwei Minuten in der Mikrowelle. Er war ein bisschen zu ungeduldig, als er ihn an seine Zähne anpassen wollte, hat sich dabei das Zahnfleisch ein wenig verbrannt, aber jetzt passt er.

Sie fahren in Amager los. Christians Club liegt am äußersten Ende von Østerbro, in der Nähe von Nordhavnen. Er hat Danny erzählt, dass er einer der ältesten Kickboxclubs des Landes ist. Und nachdem er sie alle ausprobiert hat, hält Christian diesen für den besten.

»Du siehst heute anders aus«, sagt Christian.

»Das muss an meiner Frisur liegen«, sagt Danny.

Christian wirft einen Blick auf Dannys Haar, das die gleiche Länge wie seine Bartstoppeln hat.

»Nein, ich glaube, daran liegt es nicht«, sagt Christian. »Du wirkst einfach entspannter. Irgendwas an dir ist anders.«

Danny zuckt mit den Achseln. Er hat Christian noch nichts von seiner neuen Nachbarin im Obergeschoss erzählt. Auch nicht von Maliks SMS. Er hat es sich überlegt, aber Christian ist Polizist, und vielleicht ist es besser für ihn, nichts davon zu wissen. Und Malik hat sich in der Nachricht an Aisha sehr deutlich ausgedrückt. Niemand darf etwas erfahren.

»Es liegt wahrscheinlich daran, dass du jetzt ein Dach über dem Kopf hast. Deine eigene Wohnung«, sagt Christian.

»Wahrscheinlich«, sagt Danny und nickt.

Christian trommelt ein wenig mit den Fingern auf das Lenkrad.

»Scheiße, ich kann's kaum erwarten, dir den Club zu zeigen«, sagt er. »Es ist der älteste Club der Stadt.«

Sie fahren durch ein enges Tor, und Christian parkt in einem schmalen Hof, der von kleinen Fabrikgebäuden umgeben ist.

Sie gehen die Hintertreppe hinauf. Mit den Schultern streifen sie den abblätternden roten Putz. Von oben sind Schritte zu hören, Leute springen oder hüpfen. Es riecht nach Schweiß auf dem Flur, als ob das gesamte Gebäude eine einzige große Achselhöhle wäre. Christian öffnet die Tür und lächelt Danny erwartungsvoll an.

Es ist kein feiner neuer Club. Ohne Sauna oder Spinde für Kleidung, jedoch mit allem, was nötig ist. Christian hat für Danny eine alte Trainingshose mitgebracht. Es ist kein Club, in dem sich die Leute darum sorgen, was sie anhaben. Es gibt nichts Dümmeres, als wenn die Leute am ersten Tag in voller Montur auftauchen, sagt Christian.

Nachdem sie sich umgezogen haben, gehen sie rüber zu den anderen. Boxsäcke, ein alter Boxring. An den Wänden hängen Poster von verschiedenen Turnieren, an denen der Club teilgenommen hat, und von Helden von Sugar Ray bis Ernesto Hoost.

Christian sieht einen Teenager und winkt ihn zu sich. Der Junge hat Akne und die zaghaften Anfänge eines Schnurrbarts. Er kann nicht älter als vierzehn Jahre sein.

»John meinte, dass ich heute am Training teilnehmen darf«, sagt der Junge hastig, als er zu ihnen kommt.

»Du passt auf dich auf, ja?«, sagt Christian.

»Ja. Also, dann ist es okay?«

»Das entscheidet John. Viel Spaß beim Training. Sehen wir uns am Dienstag?«

»Natürlich, Champ.«

Der Junge geht weg und sieht erleichtert aus. Er stellt sich in die Ecke und beginnt mit Schattenboxen.

»Dienstags trainiere ich die Jugendmannschaft«, sagt Christian. »Aber wenn es nach Said ginge, wäre er jeden Tag in der Woche hier. Er hat es zu Hause verdammt schwer.«

Es wird immer voller, zwei Frauen, der Rest Männer. Die Leute begrüßen sich mit einem Kopfnicken.

Christian reicht Danny eine Flasche Wasser. Er sagt, es ist Kickboxen der alten Schule, sprich siebzig Prozent klassisches Boxen und der Rest Beinarbeit. Wenn es zu anstrengend wird, muss es Danny nicht peinlich sein, eine Pause zu machen.

Dann betritt der Trainer den Raum. John. Es ist sein Verein. John ist ein untersetzter Mann Ende fünfzig, in Jeans und Crocs. Er riecht nach Tabak, sieht aber aus, als wüsste er, was er tut. Und falls Danny noch Zweifel hat, muss er sich bloß die Vitrine mit den Titelgürteln ansehen. John braucht seine

Stimme nicht zu erheben oder viel zu sagen, damit der Laden läuft. Eine einzige Bewegung seiner Hand, und alle fangen an, im Kreis zu laufen. Danny versucht mitzuhalten.

Danny ist schon völlig fertig, bevor das Aufwärmen vorbei ist. Eine Stunde im Hof ein paar Mal in der Woche bereitet einen nicht auf einen Marathon vor. Doch Danny läuft weiter, obwohl seine Lunge sich anfühlt, als wäre sie voller Glasscherben. Vielleicht, weil die jungen Leute so starren. Auf seine überdimensionalen Gefängnismuskeln und seine Amateur-Tätowierungen. Sie würden sich über nichts mehr freuen, als zu sehen, wie Danny zur Seite tritt, sich gegen einen Pfeiler lehnt und nach Luft schnappt, dessen ist er sich sicher. Er weigert sich, ihnen die Genugtuung zu geben. Lieber kotzt er oder fällt in Ohnmacht.

Sobald sie anfangen, mit Pratzen zu trainieren, ist es einfacher. Danny kann sich noch an viel erinnern. John lobt seine Schlagtechnik. Danny hat als Teenager eine Zeit lang geboxt. Christian hatte ihn damals auch schon mitgeschleift. Er hat vielleicht vier oder fünf Mal im Monat trainiert, mehr nicht. Beim Sparring fiel es ihm schwer, die Regeln zu befolgen. Und er hatte Schwierigkeiten damit, zu den Trainingszeiten aufzutauchen. Er fand es wirklich toll, wenn sie die Handschuhe anhatten, aber der Rest war scheiße. Danny interessierte sich mehr für Geld, Frauen und den Rauch in seiner Lunge.

Nach einer Stunde beginnt das Sparring. Zwei im Ring, der Rest auf den Matten. Danny hätte lieber noch eine Weile mit den Pratzen geübt. Oder ein Bier getrunken. Doch Christian möchte, dass er das volle Programm absolviert. Danny ist sich nicht sicher, ob das eine gute Idee ist, aber Christian hat ihm einen Mundschutz gegeben.

Danny wird Nassim zugeteilt, der gerade neunzehn Jahre alt geworden ist. Die neue Hoffnung des Clubs. Er könnte es sehr weit bringen. Er wiegt zwanzig Kilo weniger als Danny, aber jeder Zentimeter besteht aus drahtigen Muskeln. Er sieht nicht im Mindesten erschöpft aus. Christian hilft Danny beim Binden der Handschuhe, die so ranzig riechen, dass ihm die Augen tränen.

Sie treten in den Ring. John geht die Regeln durch, es sind dieselben, die man vor einem Boxkampf im Fernsehen hört. Beißen und Kopfstöße sind verboten. Danny denkt, dass John das hauptsächlich seinetwillen macht. Auch keine Lowkicks oder Takedowns. John fragt Danny, ob er alles verstanden hat, und das hat er.

Die Glocke läutet. Christian lächelt Danny zu und nickt, als wolle er sagen: »Jetzt geht's los, Kumpel, ist das nicht toll?« Er strahlt, als hätte er Danny zu Weihnachten ein nagelneues Feuerwehrauto aus Metall geschenkt.

Danny und Nassim gehen in die Mitte des Rings. Gruß durch Antippen mit den Handschuhen. Zu Beginn hält Danny Nassim mit Jabs auf Distanz, kurze linke Geraden, nichts Kompliziertes, doch sie hindern Nassim daran, nah an ihn heranzukommen. Sie boxen keine zwölf Runden. Es ist nur Sparring, und Danny versucht lediglich, sich Nassim möglichst vom Leib zu halten. Danny kann seinen Gegner nicht täuschen. Das weiß er. Nassim liest ihn, er hat einen wachen Blick, und jede Bewegung, die Danny macht, verrät ihm, wie er darauf reagieren soll. Training ist etwas ganz anderes als die Straße. Es ist wie Badminton gegen Tennis. Nein, wie Badminton gegen jemanden, der dich mit einem Tennisschläger halb totschlägt. Danny trägt 16-Unzen-Handschuhe, die ihn lediglich behindern.

Nassim ist flink und wendig, Danny nicht. Er ist müde, und der Mann vor ihm wird wahrscheinlich mit der nächsten Gruppe weiter trainieren, sobald sie fertig sind, zum Abschluss noch 200 Liegestütze machen und dann nach Hause gehen und seine Freundin acht Stunden lang durchficken, ohne eine Pause einzulegen. Und das Einzige, wovon Danny jetzt träumt, ist Singhs billiger Wodka.

»Jetzt macht schon! Boxt!«, schreit John, weil sie immer noch keinen Körperkontakt hatten. Nassim rückt näher. Zielt auf den Kopf. Danny weicht aus und landet einen Schlag in die Lebergegend, gut und hart, er legt all seine Kraft hinein, und Nassim schnappt nach Luft. Das war riskant und dumm, er hat die Fäuste runtergenommen und ist auf den Körper losgegangen, aber es war offenbar auch das Richtige.

Dann läutet die Glocke. Beide zurück in ihre jeweiligen Ecken. John spricht mit Nassim, und Christian kommt rüber zu Danny.

»Du bist verdammt gut«, sagt er. »Nicht viel Technik, aber eine Menge Herz. Schön, das zu sehen, Mann.«

Danny keucht »Ah, ah, ah, ah«. Und Christian sagt: »Ist das nicht toll?« Danny schafft es nicht zu antworten, bevor die Glocke wieder ertönt.

Sie bewegen sich durch den Ring. Nassim lächelt, und Danny gefällt das nicht. Es ist kein falsches Lächeln, das ein mangelndes Selbstwertgefühl verdecken und den anderen einschüchtern soll. Es ist ein echtes Lächeln. Denn Nassim hat ihn studiert und eine kleine Pause eingelegt, in der der Wettkampf-Computer in seinem Kopf seine Berechnungen angestellt hat. Nassim weiß jetzt genau, wozu Danny fähig ist, und noch wichtiger, wozu er nicht fähig ist. Nassim ist jetzt nicht mehr so vorsichtig, denn das ist nicht nötig. Er tänzelt, und der Rest des Kampfes ist reine Demütigung. Danny beugt sich vor, um sein Zwerchfell zu schützen, und hält die Arme schützend vors Gesicht. Das hilft ein wenig, aber Nassim trifft, immer und immer wieder. Als Nassim ihn in die Seite boxt, muss Danny die Deckung fallen lassen, und sofort ist Nassim wieder da. Keine sauberen Schläge, und Nassim schickt ihn nicht zu Boden, doch er trifft ihn. Sie boxen noch drei Runden. Und zwischen jeder Runde schaut John zu Christian hinüber, als wolle er ihn fragen, ob es nicht Zeit ist, das Handtuch zu werfen. Aber Christian lächelt nur, und die Glocke läutet wieder.

Als sie fertig sind, haben sie nicht länger als zehn Minuten im Ring gestanden. Nassim geht zu Danny hinüber, klopft ihm auf die Schulter und sagt: »Du bist verdammt cool. Sag mir Bescheid, wenn du wieder mal kämpfen willst.«

Danny nickt und hätte etwas wirklich Cooles gesagt, wenn er wieder zu Atem gekommen wäre und sich nicht nur darauf gefreut hätte, nach Hause zu kommen und Blut zu pissen.

Christian und Danny gehen die Hintertreppe hinunter, sie streifen den abblätternden Putz mit den Schultern, dass er herunterrieselt. Sie müssen über eine rothaarige Katze steigen, die auf einer der Stufen liegt. Christian sagt, dass sie Pjevs heißt und John gehört. Danny ist das völlig schnuppe.

Sie steigen ins Auto. Christian steckt den Schlüssel ins Zündschloss, dreht ihn aber nicht um.

»Du hättest ihn locker erledigen können«, sagt er.

»Nun, ganz offensichtlich nicht.«

»Du hättest es geschafft, wenn du dich nicht an die Regeln hättest halten müssen.«

»Da bin ich mir nicht sicher«, sagt er.

»Natürlich. Was hättest du gemacht?«

Danny ist solche Fragen nicht gewohnt. Normalerweise denkt er über so etwas nicht nach. Wenn es zu Gewalt kommt, denkt er überhaupt nicht mit dem Kopf.

Christian schaut ihn erwartungsvoll an.

»Sonst reagiere ich immer spontan.«

»Ein Naturtalent.«

»Denkst du, ich könnte bei *Denmark's Got Talent* auftreten?«

»In der Kategorie ›Gewalt‹? Definitiv.«

Sie lachen.

»Mal im Ernst. Was hättest du getan?«, fragt Christian. Offenbar will er noch ein bisschen darauf rumreiten.

»Ich hätte ihm auf den Fuß getreten und ihm dann den Ellbogen seitlich gegen den Kopf gerammt. Bei einem sauberen Treffer wäre er sofort ausgeknockt gewesen. Wenn nicht, wäre er aber auf jeden Fall zu Boden gegangen, und ich hätte mit seinem Kopf Fußball gespielt.«

»Aber du hast es nicht getan.«

»Nein, wie es aussieht, nicht.«

Christian nickt und öffnet den Mund, um noch etwas zu sagen, nickt dann allerdings wieder nur. Er sieht Danny ein bisschen zu lange an, wie in einem dieser romantischen Filme, in denen das Paar sich gleich küssen wird.

»Ich bin so verdammt stolz auf dich, Mann«, sagt Christian.

DAS AUTOFENSTER IST KALT. Herrlich kalt. Danny legt seinen Kopf gegen das Glas. Christian fährt ruhig durch die Stadt, nicht schnell und nicht langsam, fährt über die Ampeln, bevor sie umschalten. Er bremst nicht plötzlich und wechselt den Gang, ohne dass man es merkt. Als säßen seine Kinder auf dem Rücksitz. Und vielleicht nimmt er wirklich Rücksicht auf Danny, weil dieser gerade einige Schläge auf den Kopf abbekommen hat und bei ihm jene sehr tiefe Basstrommel im Hinterkopf pocht, die immer nach ein paar heftigen Treffern einsetzt. Oder vielleicht fährt er immer so, wenn er nicht beweisen will, dass er noch derselbe Mensch ist, der er einmal war.

Sie fahren die Amagerbrogade entlang und nähern sich Dannys Straße.

»Setz mich einfach hier ab«, sagt Danny.

»An der Ecke?«

»Ja, am Kiosk.«

»Ich fahr dich gern bis zur Tür.«

»Nein, hier passt.«

Christian hält an.

»Ich muss noch ein paar Sachen einkaufen«, sagt Danny.

Christian wirft ihm einen besorgten Blick zu. Eine Handvoll MDMA ist auch eine Sache, und Christian weiß, dass verletzte männliche Egos leicht überreagieren können. Wenn es nach ihm ginge, würde er Danny wahrscheinlich den ganzen Weg bis in seine Wohnung, in sein Bett folgen, ihn zudecken und ihm Pu der Bär vorlesen.

»Nur ein paar Sachen aus dem Kiosk«, sagt Danny. »Milch und Zigaretten, so was.«

Christian lächelt. Natürlich braucht Danny Sachen. Ganz normale Menschen brauchen Sachen. Es gibt viele Sachen in ihrem Leben.

»Du könntest wahrscheinlich eine Menge Geld sparen, wenn du in einen Supermarkt gehen und nicht nur für einen Tag einkaufen würdest.«

»Scheiße, bist du verantwortungsvoll geworden.«

»Wir haben ein Biokisten-Abo.«

»Nicht zu fassen.«

»Ich könnte dir helfen, eine Einkaufsliste zu schreiben.«

»Oder du könntest einfach deine Waffe nehmen und mich erschießen.«

»Ich mein's verdammt ernst. Ich helfe dir gern dabei, dein Leben zu organisieren.«

»Daran zweifle ich keine Sekunde. Aber ich hab mir vorgenommen, die kleinen lokalen Unternehmen zu unterstützen. Der Kiosktyp muss auch seinen Lebensunterhalt verdienen.«

Christian lacht. »Schon gut, schon gut.«

Singh hat eine neue Lieferung mit billigem Wodka und Ravioli erhalten. Danny kauft beides.

Singh schaut ihn ein wenig zu lange an. Dannys Gesicht muss ziemlich ramponiert oder zumindest geschwollen aussehen. Aber als guter Kioskbesitzer stellt Singh keine Fragen. Danny könnte mit einem Pfeil im Schädel reinkommen, und der Mann wäre wohl nur erstaunt, wenn er lange, dünne Damenzigaretten mit Goldfiltern verlangen würde.

Danny ist gerade wieder in seiner Wohnung angekommen, als es an der Tür klopft. Laura steht im Flur. Sie schubst ihn zur Seite. Als sie unter dem Licht der nackten Glühbirne stehen, schaut sie ihn überrascht an.

»Was ist mit deinem Gesicht passiert?«, fragt sie.

»Ich bin allergisch«, sagt er.

»Gegen was?«

»Boxhandschuhe.«

Sie sagt, dass sie oben eine Tüte mit gefrorenen Erbsen und irgendeine Creme hat, die helfen könnte. Er sagt, es sei ihm egal.

Heute gehen sie vorsichtiger zu Werke. Vielleicht, weil Danny ein einziger großer Bluterguss ist. Sie finden einen Rhythmus. Das fühlt sich gut an. Danach liegen sie im Bett und rauchen zusammen eine Zigarette. Er streichelt die Innenseite ihrer Schenkel. Sie hat ein langes Muttermal.

»Ich weiß«, sagt sie, »es sieht aus wie die Insel Langeland.«

»Es ist schön.«

»Nein, verdammt, das ist es nicht. Ich hab darüber nachgedacht, es entfernen zu lassen.«

»Das wäre schade.«

»Und warum genau sollte es schade sein?«

»Es macht dich zu was Besonderem. Du bist die Frau mit dem Langeland-Muttermal. Wenn du es entfernen lässt, könntest du jede beliebige Frau sein.«

»Du hast einen Knall«, sagt sie und lacht.

Sie trinken und rauchen Zigaretten. Laura holt einen Joint und ein bisschen Koks aus ihrer Wohnung. Sie rennt nackt hinauf und kommt kichernd wieder herunter, als ob es sehr unanständig und gefährlich wäre, nackt herumzulaufen. Doch Danny vermutet, dass sie die Einzigen im Gebäude sind. Das Koks schenkt ihnen ein paar zusätzliche Stunden, bevor sie von der Müdigkeit und dem Schnaps übermannt werden. Danny erzählt ihr von Malik, seinem besten Freund, der verschwunden ist, sich aber endlich gemeldet hat. Er muss seine Sorgen, aber auch seine Erleichterung mit jemandem teilen, denn sein Freund ist irgendwo da draußen, er steckt vielleicht bis zum Hals in der Scheiße, im Moment jedoch scheint er außer Gefahr. Danny würde alles für ihn tun, sagt er zu Laura. Alles. Er hofft, dass Malik ihn anruft. Laura nickt und sagt, dass sie es versteht. Man soll seinen Freunden helfen. Das ist das Anständige. Er ist ein guter Freund. Und Danny lacht, weil man ihn schon vieles genannt hat, aber »gut« noch nicht.

DIE WERKSTATT BEFINDET sich in Bispebjerg. Immer noch im Nordwesten, aber am anderen Ende des Viertels. So weit weg, dass es genauso gut eine andere Welt sein könnte. Danny muss zweimal umsteigen, und er braucht fast eine Stunde, um dorthin zu gelangen.

Er hat heute Morgen mit seiner Sachbearbeiterin gesprochen. Sie klang, als hätten sie bei einem Wettbewerb gewonnen, als sollten sie beide vor Freude auf und ab springen, während sie ihm die erstaunliche Nachricht überbrachte: Sie hat ihm einen Job in einer Fahrradwerkstatt besorgt. Oder besser gesagt: einen Ausbildungsplatz. In einer betreuten Werkstatt. Dann senkte sie ihre Stimme, als müsste er sich auf schlechte Nachrichten gefasst machen, jetzt, wo er gerade die gute Nachricht erhalten hatte. Keine Rosen ohne Dornen. Sie sagte, er kann leider nicht sofort anfangen, sondern muss ein paar Wochen warten. Er ist der Erste auf der Warteliste, dafür hat sie gesorgt, aber es muss erst noch ein Platz frei werden.

Bis es so weit ist, soll er zur Werkstatt fahren. Den Chef kennenlernen. Sich herumführen lassen. Knud treffen.

Danny geht an kleinen Industrieanlagen vorbei. Niedrige

gelbe Holzbaracken. »Werkstatt« steht auf einem Schild. Sonst nichts, nur »Werkstatt«.

Im Hof stehen alle möglichen Fahrräder: Rennräder, Mountainbikes und eine Menge dreirädriger Behindertenräder. Junge und ältere Männer, deren Hände und Arme bis zu den Ellbogen mit braunem Kettenöl verschmiert sind, sind in ihre Arbeit vertieft. Sie alle scheinen sehr beschäftigt zu sein und ihren Job sehr ernst zu nehmen. Ihre Blicke sind konzentriert wie die einer Boxencrew während eines Autorennens. Ein fetter Achtzehnjähriger in einem Overall kommt zu ihm herüber.

»Suchst du Knud?«, sagt der Junge.

»Wer von denen ist Knud?«

Der Junge zeigt auf einen flachen Schuppen. Die Fenster sind so verdreckt, dass man nicht hineinsehen kann. Danny geht hin und klopft.

»Herein«, ruft jemand von drinnen.

Danny betritt ein kleines Büro, das wie die Männer im Hof völlig mit Öl überzogen zu sein scheint. Ein untersetzter Mann Ende fünfzig sitzt hinter einem alten, dunklen Schreibtisch. Er hat einen großen, klobigen Laptop vor sich, und neben ihm liegt ein noch älteres Mobiltelefon mit einer ausziehbaren Antenne. Seine Arme sind mit verblassten Tätowierungen übersät, die kaum mehr als blaue Flecken zeigen.

»Du bist also unser neuer Superstar«, sagt der Mann hinter dem Schreibtisch.

»So würde ich das nicht ausdrücken.«

»Ich hab keine Lust, dir ein Bier anzubieten und eine Zigarette mit dir zu rauchen, nur damit du denkst, ich wäre cool und bodenständig und verständnisvoll.«

»Okay«, sagt Danny.

»Und dann haben wir hier auch noch Regeln«, sagt der Mann.

»Ja?«

»Es ist mir egal, wenn du einen Kater hast. Kein Kommentar. Aber wenn du hier zugekokst auftauchst, fliegst du sofort.«

»Also Koks am Wochenende und Schnaps unter der Woche?«, fragt Danny.

»Meinetwegen fickst du in deiner Freizeit eine Robbe. Es ist mir völlig egal, solange du auftauchst und deine Arbeit machst.«

Er blickt Danny in die Augen.

»War's das?«, fragt Danny.

»Fast«, sagt der Mann und starrt ihn immer noch an. »Du hältst mich für ein Arschloch, oder?«, sagt er.

»Nicht unbedingt ein Arschloch«, sagt Danny.

»Du denkst, dass ich einer von diesen Typen bin, die sich einbilden zu wissen, wie es ist, im Knast zu hocken, nur weil ich mal wegen Hehlerei zu ein paar Monaten im offenen Vollzug verknackt worden bin. Und dass ich jetzt verdammt stolz darauf bin, mir hier draußen etwas aufgebaut zu haben. Dass ich mir jeden Tag auf die Schulter klopfe. Lieg ich da falsch?«

»Da wärst du nicht der Erste.«

»Ich hab einem Mann mit einer Schrotflinte ins Gesicht geschossen. Aus beiden Läufen gleichzeitig. Danach war kein Gesicht mehr da.«

Danny nickt. Er hat noch immer keinen Respekt vor dem Kerl, doch er hat seine Aufmerksamkeit geweckt.

»Ich hab zwölf Jahre gesessen. Das war, bevor die Biker-Gangs Franchiseunternehmen geworden sind. Wir haben noch daran geglaubt. Freiheit. Jetzt wollen die Gangs, dass du einem verdammten Mutterclub die Treue schwörst, der Tausende von Kilometern entfernt in einem anderen Land sitzt. Es ist zu einem Geschäft geworden, wie 7-Eleven oder die Mormonen, nur mit mehr Gewalt und Drogen. Damals ging's um Freiheit und darum, dass sie uns niemand nehmen durfte. Nicht andere Gangs, nicht die Polizei, niemand.«

»Es klingt nicht so, als würdest du irgendwas bereuen.«

»Ich bereue, zwölf Jahre vergeudet zu haben. Denn es geht nicht um diesen Trottel, den ich erschossen hab. Hier geht's um mich. Und hier geht's um dich. Du kannst dir verzeihen oder nicht. Aber du bleibst derselbe, du kannst dir selbst nicht entkommen.«

»Weise.«

»Ach, halt die Fresse. Du kannst ein paar Tage zur Probe kommen, und wenn es nicht dein Ding ist, erfinde ich eine Ausrede für deine Sachbearbeiterin. Es gibt eine lange Warteliste von Leuten, die Fahrradschaltungen einstellen wollen, also hab ich keinen Bock, meine Zeit mit Idioten zu verschwenden, die nicht hier sein wollen.«

Danny nickt und ist entlassen. Knud meldet sich, wenn ein Platz frei wird. Danny geht an den Männern im Hof vorbei und zum Tor hinaus. Es besteht kein Zweifel, dass Knud ein Arschloch ist, aber vielleicht ein nicht ganz so großes wie viele andere, denen Danny schon begegnet ist.

WIE EIN KLEINER Dildo oder ein halbherziger Versuch, ihn auf den elektrischen Stuhl zu setzen. So fühlt es sich an, als das Telefon in Dannys Tasche vibriert. Nach sechs Jahren ohne Handy hat er sich immer noch nicht daran gewöhnt. Danny holt das Telefon aus der Tasche. Eine SMS von Laura. Er kann sich nicht erinnern, ihr seine Nummer gegeben zu haben, aber seine Erinnerungen an die letzten paar Nächte sind verschwommen. Zuerst versteht er ihre Nachricht nicht, dann wird ihm klar, dass es sich um eine Einkaufsliste handelt. Mehl, aber nicht die billige Scheiße. Tomaten. Parmesan. Butter und noch ein paar andere Sachen. Keine Erklärung, nur der Hinweis: Leg alles vor die Tür.

Seine erste Reaktion ist, die Nachricht einfach zu ignorieren, denn das hat er immer getan, wenn ihn eine Frau um etwas gebeten hat. Reiner Instinkt. Doch seine Neugier ist geweckt, und er ist sich nicht mehr sicher, ob sein Instinkt ihm die besten Ratschläge gibt.

Für die Einkäufe braucht er über eine Stunde. Er muss immer wieder auf die Liste schauen und mit dem vergleichen, was er bereits in den Korb gelegt hat. Er steht eine Ewigkeit lang da und starrt auf den Salbei, bis eine Frau mittleren Alters ihm lächelnd einen Bund aus dem Regal reicht.

»Der hier ist schön«, sagt sie.

Danny stellt die Tüte vor Lauras Tür, wie sie ihn gebeten hat. Er klopft einmal und geht dann hinunter in seine eigene Wohnung. Er legt sich auf die Matratze, er hat die letzten zwei Nächte kaum geschlafen. Das ist Lauras Schuld, aber er hat nichts dagegen. Er schläft sofort ein mit dem Gefühl, bekifft auf einer Luftmatratze in einem mit Wodka gefüllten Swimmingpool zu treiben. Er ist sich nicht sicher, wo er ist, als er aufwacht. Seit er rausgekommen ist, hat er nicht mehr so tief geschlafen. Er geht ins Badezimmer. Er muss sich beim Duschen über die Toilette beugen. Der Duschkopf ist winzig klein und mit Kalkablagerungen bedeckt. Er hat kein Handtuch, also trocknet er sich mit einem T-Shirt ab. Dann setzt er sich an den Cafétisch und trinkt Wodka und raucht eine Zigarette, als es an der Tür klopft.

Es ist Laura.

»Hast du Hunger?«, fragt sie und hält ihm einen Topf hin.

Danny nimmt ihn.

»Bleib, wo du bist. Halt die Tür auf«, sagt sie und eilt die Treppe hoch. Als sie wieder herunterkommt, hat sie eine Flasche Wein und einen Korb dabei, gefüllt mit Tellern, Besteck, Servietten und Gläsern.

»Eine Wohnung muss eingeweiht werden«, sagt sie, während sie den Tisch deckt. Sie bittet Danny, sich hinzusetzen.

Laura gießt den Rotwein in zwei Gläser mit langen Stielen und reicht Danny eines davon. »Mir ist aufgefallen, wie sehr du Ravioli magst«, sagt sie und deutet mit einem Kopfnicken in Richtung der beiden Dosen auf der Fensterbank. »Also dachte ich, du solltest mal probieren, wie sie eigentlich schmecken sollten.«

Sie nimmt den Deckel vom Topf, und der Duft steigt ihm sofort in die Nase. Sie verteilt eilig die Nudeln auf den Tellern und sagt, sie müssten jetzt gegessen werden, nicht in zehn Minuten, sonst seien sie zu weich. Die Ravioli schwimmen nicht in einer mit Mehl verdickten Tomatensoße, sondern sind nur mit Butter und Salbei zubereitet. Sie sind ein bisschen größer als die, die Danny aus den Dosen kennt, und alle sehen unterschiedlich aus. Laura hat keine Nudelmaschine, also hat sie sie von Hand gemacht. Aber sie meint, dass ihr das lieber ist, ihr gefällt die Vorstellung, wie eine alte italienische Mamma auf einer kleinen Insel mit Blick auf das Mittelmeer Teig zu rollen.

Danny nimmt einen Bissen von einer Ravioli, und sie schmeckt erstaunlich, vielleicht die beste, die er je probiert hat. Nicht wie das Dosenfutter, das er gewohnt ist. Nicht einmal annähernd wie das, was er normalerweise isst. Es ist, als würde man Tiger und Orangen vergleichen. Danny isst die nächsten beiden, ohne aufzuschauen. Dann versucht er, sich zu beherrschen. Er schaufelt sie nicht einfach in sich hinein.

Laura lacht. »Nur zu. Ich hab eine Menge gemacht.«

Danny hält sich nicht zurück. Sie stoßen auf seine neue Wohnung an, die hiermit eingeweiht worden ist, und auf die alten italienischen Mammas in einem Haus mit Meerblick.

Als sie den Topf leer gegessen haben, gehen sie zur Matratze hinüber. Das Zimmer ist so klein, dass es nicht nach einer bewussten Entscheidung aussieht, eher nach einem zufälligen Schritt nach rechts. Sie ziehen sich gegenseitig aus. Sie haben Sex. Nichts Ausgefallenes oder Anstrengendes. Sie sind beide ein bisschen zu vollgefressen, in erster Linie rollen sie nur herum. Sie schmiegen sich ein wenig aneinander. Als sie danach auf dem Rücken liegen, vergleicht sie Laura mit Seekühen. Sie seien beide wie sanfte, schöne, geile Seekühe. Danny zündet sich eine Zigarette an. Sie wandert hin und her.

»Ich kann die letzten beiden Dosen als Briefbeschwerer benutzen oder Polizisten damit bewerfen«, sagt Danny.

»Solange du sie nicht isst, bin ich froh.«

»Du bist eine verdammt gute Köchin. Echt gut.«

»Ich hätte gerne als Köchin in einem Restaurant gearbeitet.«

»Was hat dich davon abgehalten?«

»Lauter Vollpfosten. Ich hab echt einen beschissenen Männergeschmack.«

»Solche wie ich.«

»Dich hab ich noch nicht ausgewählt. Du bist noch in der Probezeit.«

»Und der Typ, dem ich oben begegnet bin?«

»Langsam erkennst du ein Muster … und ja. Ich hab mich noch gar nicht bedankt.«

»Oh, ich denke doch«, sagt Danny und kneift in ihren Po.

Sie gibt ihm eine spielerische Ohrfeige, lacht und tut so, als wäre sie beleidigt.

Danny wacht mitten in der Nacht auf. Laura liegt neben ihm. Er kann ihren ruhigen Atem hören. Sie hat den größten Teil der Bettdecke zwischen ihre Knie geklemmt.

»Fahrräder«, sagt er laut. »Verdammte Fahrräder.«

Danny hat im Gefängnis gelernt, diese beschissenen Hochstühle zusammenzubauen, also kann er natürlich auch lernen, ein paar Fahrräder zu reparieren, wenn es sein muss. Trotzdem ist es immer noch wesentlich schwieriger, als einen Geldtransporter zu überfallen. Dafür kann weniger schiefgehen.

Danny streckt die Hand aus und legt sie auf Lauras Oberschenkel, an die Stelle, wo er ihr Muttermal vermutet. Er lächelt.

»Verdammte Fahrräder«, wiederholt er. Es könnte viel schlimmer sein.

MALIK

FRANK HANSEN ÖFFNET seine alte, braune, zerkratzte Lederaktentasche, mit der er wie ein Schullehrer aus den Achtzigerjahren aussieht. Erst die eine Metallschnalle, klick, dann die nächste. Die ganze Klasse schaut ihren Dozenten an, als dieser den Brief herausnimmt und ihn glatt streicht.

»Das ist ziemlich ungewöhnlich«, sagt er. »Aber das Leben hält manchmal Überraschungen bereit. Sogar für Zahnärzte.«

Dann liest er der Gruppe den Brief vor. Den Brief von Anna, den Malik verfasst hat. Malik genießt es, seine eigenen Worte zu hören. Er hat versucht, so bewegend und überzeugend wie möglich zu schreiben. Er stützte sich dabei hauptsächlich auf Erlebnisse aus Annas Leben. Ihre Kindheit. Ein Verrat nach dem anderen. Wie ihre Zähne immer schlechter wurden und der Vater nur sagte: *Steck dir einen Finger in den Mund und reib sie. So hat man das früher auch gemacht.* Sonst hatte ihr Vater wenig Interesse an ihrer Erziehung. Malik deutet den Missbrauch an, geht aber nicht ins Detail. Mitleid und Abscheu sind Nachbarn, die sich einen Balkon teilen.

Als Frank Hansen den Brief zu Ende gelesen hat, schaut er sich um.

»Macht damit, was ihr wollt«, sagt er. »Ihr könnt euch davon beeinflussen lassen oder ihn völlig ignorieren. Es liegt an euch.«

Nach dem Mittagessen sollen sie die Person auswählen, die eine kostenlose zahnärztliche Behandlung erhalten soll. Dann weist er sie an, in ihren Büchern den Abschnitt über Zahnschmelzverfärbungen bei älteren Patienten zu lesen.

Nach dem Ende der Vorlesung bittet der Dozent Malik, noch einen Moment zu bleiben. Die anderen Studenten sind bereits auf dem Weg in die Kantine. Angeblich gibt es Lasagne. Das Essen in der Kantine ist normalerweise nicht besonders gut, doch die Lasagne war immer okay.

»Das war ein guter Brief«, sagt Frank Hansen, während er seine braune, lederne Aktentasche packt.

Malik nickt nur.

»Aber irgendwas scheint mir faul zu sein …«

»Ja?«

»Sie hat die Mittelschule nicht abgeschlossen. Sie hat ein halbes Jahr vorher abgebrochen.«

»Ja, ich glaube, das hat sie geschrieben.«

»Und doch beherrscht sie die Interpunktion perfekt. Das sieht man heutzutage nur noch selten.«

»Ja, da haben Sie wohl recht.«

»Selbst in deinem Jahrgang fällt mir nur eine Person ein, die die Zeichensetzung so gut beherrscht.«

Malik beißt sich in die Wange. Frank Hansen blickt lächelnd auf seine lederne Aktentasche herab. »Das wird eine schwierige Aufgabe, die ich normalerweise keinem Schüler überlassen würde. Aber ich bin sicher, du wirst gute Arbeit leisten.«

In der folgenden Woche beginnen sie mit dem Eingriff. Zuerst erfolgt eine ausführliche Untersuchung von Annas Zähnen, dem Zahnfleisch und dem Kiefer. Neue Röntgenbilder. Ihre Zähne sind in genauso schlechtem Zustand, wie es in ihrer Krankenakte steht, fast noch schlechter.

Malik und Anna tun so, als hätten sie sich noch nie zuvor gesehen. Als sie in der Klinik für einen kurzen Moment allein sind, umarmt sie ihn.

Die Klasse diskutiert hin und her. Am Ende beschließen sie, sämtliche Zähne zu entfernen. Keine leichte Entscheidung, aber die richtige. Sie wird das ästhetischste und dauerhafteste Ergebnis bringen. Dann werden sie ihr Implantate in den Kiefer bohren. Ihr schöne, neue Keramikzähne verpassen. Ein langer Prozess, der in mehreren Schritten durchgeführt und erst nach vielen Monaten abgeschlossen sein wird.

Malik wählt die Farbe aus. Nicht Hollywood-Weiß, aber ein paar Schattierungen weißer als normale Zähne. Die Auswahl der Form und der Größe der neuen Zähne nimmt viel Zeit in Anspruch. Normalerweise würden sie einen Abdruck ihrer vorhandenen Zähne nehmen und diesen verwenden, um sie nachzubilden. Doch von den Stümpfen ist nicht mehr viel übrig. Annas Mund stellt ein kleines Rätsel dar.

Malik feilt die neuen Keramikzähne. Nachmittags und abends, wenn der Rest der Gruppe freihat, sitzt er mit der Lupe vor dem Auge da und beseitigt die kleinen Unebenheiten. Mikroskopische Unterschiede von Zahn zu Zahn. Sie müssen wie echte Zähne aussehen. Sehr weiße, fast perfekte, aber trotzdem echte Zähne.

Eines Tages taucht Anna nicht zur Behandlung auf. Sie rufen sie an, doch sie geht nicht ans Telefon. Erik ruft ein

Taxi. Malik eilt auf die Straße hinab und wartet auf die Ankunft des Taxis. Er liest ihre Adresse aus ihrer Krankenakte vor. Der Fahrer nickt. Sie fahren langsam durch die Stadt, zu langsam für Maliks Geschmack. Als sie ihre Wohnung erreichen, bittet Malik den Fahrer, den Motor laufen zu lassen. Es ist ihm egal, Erik zahlt. Er läuft die Treppe hoch und klingelt. Dann klopft er. Dann klingelt er wieder. Ist kurz davor aufzugeben, als er das Geräusch von Schritten in der Wohnung hört. Er drückt auf den Klingelknopf, bis sich die Tür öffnet.

Sie ist blass und hat dunkle Ringe unter den Augen. Sie blickt ihn verzagt an und lässt ihn dann in die kleine Wohnung, in der Chaos herrscht, überall liegen Saftkartons und leere Suppenschüsseln – das Einzige, was sie im Moment essen kann.

»Ich kann das nicht«, sagt sie. »Es ist so verdammt schwer.«

»Ich weiß, aber alle Veränderungen tun weh.«

»Du klingst wie Oprah.«

»Ja, das hört sich wahrscheinlich lächerlich an. Aber ich glaube nicht, dass das Ganze falsch ist. Es ist eine Veränderung, eine riesige Veränderung.«

»Kann ich nicht einfach ein Gebiss haben?«

»Ja. Eins aus Plastik mit Vampirzähnen. Und das kannst du dir dann über deine perfekten, neuen Zähne stülpen.«

»Ist das dein Ernst? Werden sie wirklich perfekt sein?«

»Ja.«

»Aber ich glaube, ich schaffe es nicht …«

»Doch, das wirst du. Ich weiß, dass du es kannst. Du bist so kurz davor, so unglaublich kurz davor.«

Sie packt schnell eine Tasche, und sie eilen zum Taxi. Sie trägt ihr Make-up auf, während sie durch die Stadt fahren.

Malik drückt ihre Hand unter der OP-Decke ganz leicht, bevor sie anfangen.

Malik will nicht, dass sich die Behandlung hinzieht. Oder länger dauert als nötig. Er ist sich bewusst, dass es schwer für sie ist. Aber genießt er es ein bisschen zu sehr? Natürlich nicht ihre Schmerzen, dessen ist er sich fast sicher. Aber seine neue Rolle als inoffizieller Leiter des Zahnärzteteams hasst er definitiv nicht. Oder die Art, wie sie ihn ansieht. Das Vertrauen, das sie in ihn setzt, auch das stört ihn gewiss nicht. Hätte er das Ganze einfacher gestalten können? Hätte er weniger perfektionistisch sein können? Geschieht das alles seinetwegen oder ihretwegen?

Das fragt er sich selbst. Er hat noch nie eine Frau wie sie gekannt. Sie schreiben sich fast jeden Abend SMS, und er erinnert sie daran, wann sie am nächsten Tag erscheinen muss. Oder er schickt ihr ein paar aufmunternde Worte. »So nah dran!«, schreibt er. »Ja, Oprah«, antwortet sie mit einem Smiley.

Manchmal rufen sie sich mitten in der Nacht an und reden stundenlang. Sie erzählt ihm von sich. Während er früher nur die Schlagzeilen erfuhr, hört er jetzt die ganze Geschichte. Er ist ihr Psychologe, ihr Vertrauter und ihr Zahnarzt in einem. Manchmal erzählt Malik ihr auch von sich. Das hat er noch nie getan. Er erzählt ihr von dem Restaurant, das zweifellos schließen wird, und dass es wahrscheinlich das Ende seines Vaters bedeutet. Er erzählt ihr von seiner Kindheit im Viertel, von Danny, der seit fünf Jahren im Knast sitzt, und von Christian, mit dem er sich ab und zu trifft. Wie er und Christian einander gegenübersitzen, zwei Kriegsveteranen, die beide denken: Wir haben das Viertel überlebt. Wir haben

Danny überlebt. Als wären wir mit dem gefährlichsten Tier im Wald befreundet gewesen. Ein Grizzly bleibt ein Grizzly, auch wenn man ihn mit der Hand füttern kann.

Schließlich ist die Behandlung abgeschlossen. Er hat gute Arbeit geleistet. Nein, sie ist nicht nur gut, sie ist verdammt großartig. Anna weint Freudentränen. Sie ist ausgelaugt und müde, aber glücklich. Sie lächelt mit weit geöffnetem Mund wie für eine Zahnpastawerbung. Dann geht sie mit ihren perfekten, neuen Zähnen zur Tür hinaus. Malik ist stolz und glücklich. Er quält sich durch die folgende Vorlesung über Zahnspangen und Headgears für Schulkinder.

Erik beugt sich zu Malik hinüber. »Wir sollten ausgehen und feiern«, sagt er.

Sie schwänzen die übrigen Kurse.

Erik wählt die Bar. Keines der billigen Studentencafés, die Malik vorgeschlagen hätte. Nein, eine richtig teure Hipster-Bar mit richtig teuren Hipster-Bieren für siebzig Kronen pro Flasche. Hier gibt es Sprossenbier und Bier mit Sanddornaroma.

»Mein Freund ist ein Held«, sagt Erik zum Barkeeper. »Mein Freund hat gerade einer jungen Frau das Leben gerettet.«

Sie trinken. Scheiße, sie sind glücklich. Malik freut sich über den Erfolg. Er ist stolz auf sich. Und Erik ist stolz auf Malik. Du hast es verdammt nochmal geschafft. Die Freude dauert weniger als eine Stunde, bis Malik einfällt, dass er Anna nicht wiedersehen wird. Dafür gibt es keinen Grund, bis sie in sechs Monaten zu einer Nachsorgeuntersuchung mit der ganzen Klasse zurückkommen muss. Malik ist fertig. Er kann seinen Umhang und sein Schwert einpacken. Erik versucht, ihn aufzumuntern, indem er noch stärkeres Bier bestellt. Belgisch, vierzehn Prozent. Malik lächelt gezwungen, während er das dickflüssige, dunkle, süße Bier hinunterkippt.

»Ruf sie doch einfach an«, sagt Erik.

Malik nickt.

»Ruf sie an und sag ihr, dass du ihre Zähne noch einmal untersuchen musst. Am besten in ihrem Schlafzimmer.«

Malik will lachen, obwohl er weiß, dass das nicht passieren wird. Er hat nun die Wahl: Will er sich selbst noch in die Augen sehen können, oder ist er ein ekliger Typ, der das Vertrauen, das eine Patientin zu ihm aufgebaut hat, ausnutzt, um sie flachzulegen?

»Übrigens«, sagt Erik. »Ich hab's verdammt nochmal geschafft.«

»Was hast du geschafft?«, fragt Malik.

»Mein Papa will seinen Geburtstag in deinem Restaurant feiern. Fünfzig Leute, vielleicht mehr. Mit allem Drum und Dran. Fahr so viele Gerichte auf, wie du kannst. Champagner und das volle Programm.«

»Fünfzig? Das ist eine große Gesellschaft.«

»Hab ich das nicht erwähnt? Mein Vater lädt immer sowohl Familienmitglieder als auch Arbeitskollegen ein. Dann kann er alles von der Steuer absetzen.«

»Fünfzig Leute?«

»Ja, mindestens. Wahrscheinlich eher sechzig.«

MALIK BEGINNT MIT den Vorbereitungen. So viele Gäste hatte das Restaurant noch nie. Einmal waren es fünfzehn, in der Küche brach daraufhin die Hölle los, und Abebe musste am nächsten Tag freinehmen. Sich mit geschlossenen Augen auf das Sofa legen. Fünfzig bis sechzig Gäste sind keine Herausforderung, sondern ein Problem. Aber auch genau das, was das Restaurant retten könnte. Nicht auf lange Sicht, sondern in diesem Quartal. Ja, man muss Wasser aus dem Kanu schöpfen, wenn ein Loch im Boden ist. Und wenn alternativ nur das Ertrinken bleibt, dann schöpft man gefälligst wie verrückt, verdammt nochmal.

Malik informiert sich online. Er liest alles, was er über das Veranstalten großer Partys und Catering findet. Wenn er seinen Browser öffnet, schlägt Google von Martha Stewart inspirierte Tischdekorationen vor anstatt Pornos. Malik bittet Finn, den halsabschneiderischen Metzger, um Rat. Malik schreibt Listen. Malik entwirft einen Plan. So kann er seinen Vater retten. So muss er nicht an Anna denken. Jede Nacht vor dem Einschlafen starrt er auf ihre Nummer in seinem Handy.

Malik findet heraus, dass sich alles nur um die richtige Vorbereitung dreht. Vorbereitung und Präsentation. Neunzig Prozent des Essens müssen fertig sein, bevor die Gäste durch die Tür kommen. Je mehr kaltes Essen, desto besser. Malik notiert Rezepte. Dinge, die am Vortag und in großen Mengen leicht zuzubereiten sind. Und mit billigen Zutaten. Wenn das Essen nicht exotisch oder afrikanisch genug wirkt, können sie es auf einem Palmenblatt servieren. Malik ist es eigentlich egal, wo das Gericht herkommt, solange im Hintergrund der Soundtrack von *Der König der Löwen* läuft.

»Präsentation«, schreibt Malik auf seine Liste.

Die Teller müssen die Küche schnell und präzise wie am Fließband verlassen. Er muss diese Plastikflaschen mit Öl in verschiedenen Farben besorgen. Er muss Kräuter kaufen, und es ist egal, wonach sie schmecken, solange sie gut aussehen. Vorbereitung und Präsentation.

Sie müssen Wein in großen Mengen bei einem Großhändler beschaffen, der nicht an Privatkunden verkauft, damit Eriks Vater den Großhandelspreis nicht in Erfahrung bringen kann. Der Wein muss ein wenig schwerer und süßer sein als das, was guter Geschmack verlangt, denn die Leute haben keinen sehr guten Geschmack. Zumindest nicht so gut, wie sie denken.

Eriks Vater will vorbeikommen und das Essen vorher probieren. Also vereinbaren sie einen Termin, den Eriks Vater dann jedoch absagt, weil er ein wichtiges Treffen in Düsseldorf hat. Er schreibt in einer SMS, dass er seiner Frau und seinem Sohn vertraut und dass sie gern alles per E-Mail absprechen können. Und das tun sie auch: einen Preis pro Person mit der Möglichkeit, später noch Extras hinzuzufügen. Jeder Gast soll verschiedene Optionen zur Auswahl haben. Der Wein soll fließen. Die Extras und der Wein werden dem Restaurant den Profit bescheren. Das geht deutlich aus Maliks Berechnungen hervor. Wenn die Leute etwas getrunken haben, erscheint plötzlich alles nicht mehr so teuer, da zahlt man gern 82 Kronen für ein paar Garnelen in Öl und Knoblauch. Auf einem Palmenblatt. Und die Leute trinken mehr Wein, als sie denken. So funktioniert das Geschäft. Das lernt Malik von Finn, dem Metzger.

Möchten Sie zu Ihrem Kaffee einen kleinen Brandy? Oder vielleicht einen Armagnac?

Und du hast gerade 5000 Kronen verdient.

Sie stellen eine zusätzliche Kellnerin für die Nacht ein. Ein Mädchen, das Erik kennt und mit dem er möglicherweise geschlafen hat. Sie ist süß und blond.

Der Weinkeller ist gefüllt. Im Kühlschrank stapeln sich Plastikwannen mit Lebensmitteln. Ein paar Tage zuvor hat Malik die Mikrowelle zerlegt, um das metallische *Pling* auszuschalten, das sie immer von sich gibt, sobald sie fertig ist. Er hat Angst, dass man es im Gastraum hört.

Abebe rührt in einem großen Topf. Malik hat viel Zeit damit verbracht, Abebe zu vermitteln, dass das, was er da drüben bei den Kochplatten tut, das Wichtigste ist. Verkostung und Kontrolle des Essens. Abebes ausgefallenes Fleischgericht, das serviert wird, während all die kleinen Gerichte noch auf dem Tisch stehen, die afrikanischen Tapas, ist ohne Zweifel der Hingucker. Das werden die Gäste bemerken.

Authentisch äthiopisch. Darüber werden die Leute danach sprechen.

Bevor die Gäste eintreffen, gibt Malik den beiden Kellnerinnen Anweisungen. Er erklärt ihnen den Ablauf. Er schärft ihnen ein, genau zuzuhören, was Abebe sagt, und stets mit Ja oder Nein zu antworten. Aber Anweisungen nur von Malik selbst entgegenzunehmen.

Die ersten Gäste kommen zwanzig Minuten zu früh. Doch auch darauf ist Malik vorbereitet. Er hat bereits zwei Flaschen Rosé geöffnet.

Als alle sitzen und acht Flaschen geleert haben, macht sich Abebe bereit, das Essen zu präsentieren.

Er trägt ein neues weißes Hemd. Frisch geschnittener Afro, glänzende Schuhe.

Obwohl Abebe inzwischen wirklich gut Dänisch spricht, hat Malik seinen Vater überzeugt, die Präsentation auf Englisch zu halten, und ihm gesagt, dass nicht jeder in der Gruppe Dänisch kann. Malik weiß, dass gebrochenes Dänisch albern klingt, während Englisch mit afrikanischem Akzent die Gäste an Nelson Mandela oder *Black Panther* denken lässt.

Malik hört aus der Küche zu. Worte waren schon immer die Stärke seines Vaters. Und als Abebe den Mund öffnet, wird es im Restaurant still. Abebe erzählt von einer Kindheit voller Farben und Gewürze. Über festgestampfte gelbe Erde und seine Mutter, die aus allem etwas Leckeres zaubern konnte. Über die Seele Afrikas, die vielerorts verschwunden ist, aber im Gaumen und im Magen fortdauert. Als Abebe seine Rede beendet hat, applaudieren die Gäste. Und die Mikrowelle gibt nicht das leiseste *Pling* von sich, als die erste Portion Garnelen fertig ist. Es läuft wie am Schnürchen.

Es gibt Momente, in denen ist Malik in seinem Element. Das ist alles Mathematik. Wie eine militärische Operation, wie Ingenieurskunst. Und auch wenn das Essen nicht herausragend ist, sieht es gut aus und enthält genug Salz und Knoblauch und was sonst noch nach etwas schmeckt. Malik erinnert die beiden Kellnerinnen immer wieder daran, die Gläser zu füllen und dafür zu sorgen, dass die Gäste einen gewissen Pegel halten. Je betrunkener sie sind, desto besser schmeckt das Essen.

Malik verlässt die Küche ein paar Mal, wenn im Essbereich zusätzliche Hände gebraucht werden. Er lächelt, lächelt und lächelt.

So betrunken hat Malik wohlhabende Weiße noch nie gesehen. Er bemerkt, dass sie alles, was sie sagen, für lustig halten. Je mehr sie trinken, desto charmanter kommen sie sich vor. Malik lacht, auch wenn das, was sie sagen, albern oder dumm ist oder einfach keinen Sinn ergibt. Und nein, man kann hier nicht mit afrikanischen Holzmünzen bezahlen, haha.

Einer der weiblichen Gäste gibt Malik einen Klaps auf den Hintern, und er geht zurück in die Küche.

Erik schleicht sich zu ihm rüber, stibitzt eine Garnele von einem Tablett und leckt sich das Knoblauchöl von den Fingern.

»Es ist ein Riesenerfolg«, sagt Erik. »Ich weiß, sie sind dumm und betrunken, aber sie sind glücklich.«

»So soll es sein«, sagt Malik, während er das Dessert zurechtmacht.

»Wakanda über alles«, sagt Erik lachend.

Es fühlt sich viel länger an als ein paar Stunden, doch schließlich gehen die ersten Gäste. Malik hat bereits Taxis bestellt. Dann setzt er sich an die Kasse, die keine Kasse ist, sondern eine Excel-Tabelle auf seinem Computer. Malik hat alles genau festgehalten. Nicht nur mit einem Haufen Papiernotizen. Nein, auf dem Computer. Er will Eriks Vater nicht betrügen, aber noch weniger will er, dass dem Restaurant etwas entgeht. Das ist ihre Rettung, also hat er jedes Mineralwasser und jede noch so kleine Schüssel mit Oliven notiert. Genau 58 676 Kronen. Und das ist keine Schätzung, denn so funktioniert Maliks Gehirn nicht. Er hat in vielen Situationen kein Vertrauen in sich selbst. Wenn es jedoch um Zahlen und Präzision geht, weiß er, dass sogar der eifrigste Buchhalter von Deloitte zum selben Ergebnis kommen würde. 58 676. Er schaut sich die Zahl an. Nicht übel, sagt er zu sich selbst. Ein Mann springt vom Dach eines Hochhauses, und bei jedem Stockwerk, an dem er vorbeifliegt, sagt er: »So weit, so gut.« Als Malik diesen Witz zum ersten Mal als Zehnjähriger von einem auf einer Bank sitzenden Alkoholiker erzählt bekam, dachte er: wie schade. Er fand, dass es eine traurige Geschichte war, weil er das Ende bereits kannte. Als Erwachsener ist ihm klar geworden, dass sich die Lage nicht groß ändern würde. Vielleicht hat es keinen Sinn, ein bisschen mit den Armen zu wedeln, aber warum es nicht wenigstens versuchen?

Malik druckt die Rechnung auf dem guten dicken Papier aus. Abebe steht wieder am Herd. Er hat zehn Plastikschüsseln auf der Edelstahlablage gestapelt und will den guten Eintopf einfrieren, der übrig geblieben ist.

»Bitte schön, Baba«, sagt Malik stolz und hält ihm das bedruckte Blatt hin. Er möchte, dass Abebe die Summe selbst liest.

Abebe dreht sich um und schaut ihn verwirrt an.

»Die Rechnung, Baba.«

»Das wird nicht nötig sein«, sagt Abebe und schöpft weiter braunen Eintopf in die Plastikschüsseln. »Das haben wir schon erledigt.«

»Du hast was?«

»Habe ich es dir nicht gesagt? Eriks Vater hat vor ein paar Tagen angerufen. Er war nicht besonders begeistert von der Idee mit den *Extras*. Er wollte einen festen Preis vereinbaren.«

Das Brummen des Neonlichts in der weiß gekachelten Küche wird so laut, dass Malik kaum noch etwas anderes hören kann. Er hält die Rechnung immer noch in der Hand.

»Was habt ihr vereinbart?«, fragt Malik und muss sich beherrschen.

»Nun, zuerst wollte ich 25 vorschlagen. Aber dann habe ich es mit 27 000 versucht, und er hat zugesagt.«

Malik ist froh, dass sein Vater ihm den Rücken zuwendet. Er könnte seine Gefühle nicht verbergen, wenn er Abebe jetzt in die Augen sähe. Malik senkt den Blick und sieht den Boden auf sich zurasen. Wie lächerlich ihm doch jetzt das Wedeln mit den Armen erscheint.

Als alle Gäste weg sind, entschuldigt er sich. Er sagt, er fühle sich nicht gut, vermutlich wegen der Hitze in der Küche. Er werde morgen früh zurück sein und aufräumen, bevor das Restaurant öffnet. Dann geht er. Er nimmt die Hintertür, um zu vermeiden, den letzten Gästen zu begegnen, die draußen rauchen, und um Erik aus dem Weg zu gehen. Malik hat eine halbe Flasche Brandy in seine Tasche gesteckt. Nicht den guten, sondern den, den sein Vater auf die Pfannkuchen gießt. Malik fängt an, daraus zu trinken, während er die Treppe zu seiner Wohnung hinaufgeht.

Malik setzt sich auf sein Bett. Er trinkt den Brandy. Er starrt auf die Nummer in seinem Telefon. Anna mit den perfekten Zähnen, die er gemacht hat. Er will sie anrufen. So könnte der Vorwand lauten: *Ich bin unglücklich und möchte meinen Vater erwürgen. Möchte seinen Kopf in den Topf drücken und ihn in der dicken, braunen Soße ertränken.* Malik leert die Flasche. Malik schaut wieder auf das Telefon. Er ist froh, dass der Akku leer ist.

DANNY

LAURA IST NOCH im Bett, als Danny aufwacht. Sie streckt sich im Schlaf. Danny schließt leise die Tür hinter sich. Er versucht, sie nicht zu wecken.

Er geht zur Bäckerei und kauft zwei Brötchen, zwei Croissants, Butter und ein kleines Päckchen Käse. Drei Scheiben in Plastik. Laura mag diesen Käse, obwohl er nach nichts schmeckt. Danny weiß nicht, wann sie es ihm gesagt hat. Komisch, dass sie darüber gesprochen haben, aber irgendwann haben sie es offenbar getan. Er kauft auch einen Becher Kaffee zum Mitnehmen.

Danny setzt sich auf eine Bank gegenüber von zwei Bäumen in einer Seitenstraße der Amagerbrogade. Er klopft ein paar Mal mit der Hand auf die Tüte mit dem Brot, zündet sich eine Zigarette an und nippt an dem noch zu heißen Kaffee. Er will die junge Frau in seinem Bett ausschlafen lassen.

Dann merkt er, dass das Telefon in seiner Tasche vibriert. Vielleicht ist Laura doch aufgewacht. Vielleicht will sie ihn daran erinnern, etwas zu kaufen, vielleicht den verfluchten Käse in der Plastikverpackung. Er lächelt, während er das Handy aus der Tasche zieht, erkennt jedoch die Nummer auf dem Display nicht. Das Telefon vibriert weiter. Danny zögert erst, dann geht er ran.

»Ja?« Er würde nicht im Traum daran denken, seinen Namen auszusprechen.

»Ich bin's, Carsten.«

Danny braucht ein paar Sekunden, um Carsten als das Ekel zu identifizieren.

»Du hast mich gebeten, etwas über deinen Freund rauszufinden, und das hab ich«, sagt das Ekel.

»Über Malik?«

»Ja, verdammt.«

Danny schüttet sich heißen Kaffee auf die Hand, aber er spürt es kaum.

»Was hast du rausgefunden?«, fragt er.

»Das kann ich dir am Telefon nicht sagen«, sagt das Ekel mit gedämpfter Stimme.

Danny kennt das Ekel und glaubt nicht eine Sekunde lang daran, dass er mit der Zeit vorsichtiger geworden ist. Der Idiot will die Situation wahrscheinlich nur ausnutzen und Danny dazu bringen, ihm Drinks zu spendieren, während er dramatische Pausen einlegt und es genießt, etwas zu wissen, was Danny nicht weiß. Es genießt, seine volle Aufmerksamkeit zu haben.

»Spuck's aus!«, sagt Danny.

»Ich weiß nicht …«

»Weißt du noch, wie ich bin, wenn ich wütend werde?«

»Da ist eine Kifferbude in Nørrebro«, sagt das Ekel hastig.

»Es gibt viele Kifferbuden in Nørrebro.«

»Bei Kamal. Kennst du …«

»Ja, natürlich«, sagt Danny.

Kamals Bude liegt am Rand von Nørrebro und existiert schon seit vielen Jahren. Sie ist eine der wenigen, die nicht zu einer bestimmten Gang gehören. Eine Art Schweiz unter den Kifferbuden, und vielleicht ist das der Grund, warum sie bislang von Razzien verschont geblieben ist und einige Male Schauplatz von Friedensverhandlungen war. Hier weiß jeder, dass er sich anständig aufzuführen hat. Danny hat dort lebenslanges Hausverbot.

»Also, ich war dort, um ein bisschen Bizness zu machen«, sagt das Ekel.

»Ein bisschen Bizness?«

»Ja, oder besser gesagt, hatte ich das gehofft, aber letztlich bin ich nur in einer Lounge gehockt, hab Joints geraucht und Videos auf dem Handy geguckt.«

»Und?«

»Und dann sind ein paar schwere Jungs aufgetaucht, die hatten schon ordentlich vorgeglüht. Kamal hätte sie am liebsten wieder rausgeschickt. Die Typen waren grenzwertig, aber ihre Taschen waren prall gefüllt. Sie hatten viel Schotter zum Partymachen und die Lounge ganz für sich.«

»Abgesehen von dir.«

»Ja, abgesehen von mir.«

»Eine kleine weiße Kartoffel, die sich um ihren eigenen Kram kümmert.«

»Exakt. Also sitze ich einfach da und frage mich, wie ich mit ihnen ins Gespräch kommen kann.«

»So langsam könntest du mal zum Punkt kommen.«

»Okay, ja, sie haben ziemlich viel getrunken, haben Sushi in sich reingeschaufelt, dazu gab's Champagner und Grey Goose. Dann haben sie nach Koks gefragt. Nicht gerade

Kamals Spezialität, aber er hatte trotzdem was da. Sie wollten wieder nüchtern werden, um was zu rauchen, also haben sie sich zwei Lines reingezogen. Nicht mehr und nicht weniger. Und dann wollten sie den besten Stoff, den Kamal dahatte.«

»Komm zum Punkt, verdammt nochmal!«

»Na ja, diese Typen haben den wirklich starken Shit genommen. Sogar von meinem Platz aus konnte ich riechen …«

»Komm zum Punkt, Carsten!«

»Sie fingen an, über Malik zu reden. Einer von ihnen ist auch im Viertel aufgewachsen. Ich kannte ihn nicht persönlich, aber ich erinnere mich an ihn.«

Wären Danny und das Ekel im selben Raum, würde Danny ihm jetzt an die Gurgel gehen. Vielleicht kann das Ekel das spüren, denn er fährt hastig fort.

»Sie haben über Malik geredet, und einer von ihnen meinte, es wäre verdammt seltsam, dass er verschwunden ist. Und der andere meinte, dass das gar nicht so seltsam ist, wenn man bedenkt, dass Malik Bilals Ex bumst.«

»Und damit ist Bilal gemeint, *der* Bilal aus Nørrebro? Ahmeds Vertreter?«

»Ja, verdammt.«

»Malik ist also mit Bilals Ex-Freundin durchgebrannt, bevor Bilal sie erwischt hat? Willst du mir das erzählen?«

»Ich erzähle dir gar nichts. Ich wiederhole nur, was ich gehört hab.«

»Was haben sie noch gesagt?«

»Sie haben über BMWs geredet.«

»Aber sonst nichts über Malik?«

»Nein.«

»Okay«, sagt Danny.

»Legen wir bald los?«, fragt das Ekel. »Du sagtest etwas von einem Raubüberfall.«

»Bald«, sagt Danny. »Das größte Ding ever.«

»Das größte?«, wiederholt das Ekel.

Danny flüstert in sein Telefon: »Diamanten.«

Danny bleibt eine Weile auf der Bank sitzen und weiß nicht, was er denken oder fühlen soll. Er ist in beidem nicht sehr gut. Er steht auf und vergisst beinahe die Tüte mit dem Brot. Er weiß, dass es lächerlich ist: Vor zehn Jahren hat er dem Ekel nicht vertraut und sollte ihm auch jetzt nicht vertrauen.

Als Danny nach Hause kommt, sitzt Laura auf dem Fensterbrett, trinkt Pulverkaffee und raucht eine Zigarette. Sie trägt einen seiner Kapuzenpullis. Das ist alles, was sie anhat. Sie gießt für Danny heißes Wasser und Kaffeepulver in eine Tasse und rührt um.

Sie sitzen am Tisch. Sie freut sich über den Käse, der nach nichts schmeckt, und vor allem darüber, dass er sich daran erinnert hat.

»Du bist so still«, sagt sie, als sie eine Zeit lang schweigend dagesessen haben.

»Ich bin nüchtern.«

»Niemand ist perfekt«, antwortet sie und wirft ein kleines Stück Croissant nach ihm. Es trifft seine Brust und fällt auf den Tisch.

»Stimmt was nicht?«, fragt sie.

Danny erzählt ihr, was das Ekel ihm am Telefon erzählt hat. Über Malik, seine angebliche Freundin und Bilal.

Laura scheint darüber nachzudenken. »Und du glaubst, dass dieser Typ … Bilal hinter den beiden her ist?«, fragt sie dann.

»Ich weiß nicht, was ich denken soll. Ich traue dem Ekel nicht, aber …«

»Du musst es herausfinden.«

»Yeah.«

»Was zum Teufel machst du dann hier? Geh deinen Freund suchen. Das ist das Wichtigste.«

DANNY KLINGELT BEI Erik Sundstrøm, Maliks Freund mit der teuren Wohnung in der Innenstadt. Niemand antwortet. Er setzt sich in das Café auf der anderen Straßenseite und bestellt eine Tasse Kaffee, die er langsam trinkt, während er die Eingangstür von Eriks Haus beobachtet. Als nach fünfundvierzig Minuten nur noch ein bisschen Schaum in der Tasse ist, sieht er Erik die Straße entlangkommen. Er hat eine McDonald's-Papiertüte in der Hand. Und obwohl die Sonne nicht scheint, trägt er eine Sonnenbrille und geht ein wenig unsicher wie jemand, der unter einem schlimmen Kater leidet. Er schließt die Eingangstür auf. Danny gibt ihm einen kleinen Vorsprung. Der Typ steigt die Treppe hoch, und jeder Schritt muss in seinem Zustand die reinste Qual sein. Dann überquert Danny die Straße und drückt auf den Klingelknopf. Das erste Mal: Vielleicht will jemand Flugblätter einwerfen. Das zweite Mal: Könnte der Briefträger sein. Es braucht mehr, um den Typen von seinem Big Mac aufzuscheuchen, also klingelt Danny erneut. Er schaut zu Eriks Fenstern hinauf, aber niemand streckt den Kopf heraus. Dann hört Danny das statische Rauschen der Gegensprechanlage.

»Hallo.«

»Hier ist die Polizei.«

»Müssen wir wirklich …«

»Öffnen Sie die Tür!«, sagt Danny. Er hat diese Worte selbst schon so oft gehört, dass er den Spruch hervorragend imitieren kann.

Erik murmelt etwas, das Danny nicht so richtig versteht. Es klingt wie ein halbherziger Protest. Dann summt der Türöffner.

Erik wartet an der Wohnungstür.

»Haben Sie Ihren Partner nicht mitgebracht?«

»Nein, und das Ganze muss nicht sehr lange dauern. Gehen wir rein.«

»Aber wenn es doch nicht lange …«

»Nur ein paar Minuten.«

Erik zuckt mit den Achseln und sieht resigniert aus. Danny folgt ihm in das Wohnzimmer. Erik hat es geschafft, den Burger auszupacken. Er liegt angebissen auf dem Couchtisch.

Danny setzt sich in den Sessel.

»Wie viel Geld hast du Malik geliehen?«, fragt Danny.

Erik schaut zuerst ein wenig überrascht und sammelt sich dann.

»Die Frage habe ich schon beantwortet: keins. Und ich habe der Polizei nichts mehr zu sagen.«

»Ich bin nicht die Polizei.«

»Ich habe die Marke Ihres Partners gesehen …«

»Ja, der ist bei der Polizei. Aber ich nicht.«

»Sie sagten doch gerade …«

»Das nennt man eine Lüge.«

»Ich hab dir einen Scheißdreck zu sagen.«

Danny mustert den Kerl. Unwillkürlich muss er grinsen. Die Welt ist wieder einfach, durchschaubar und vollständig vertraut.

»Bist du sicher?«, fragt Danny.

Erik schluckt.

»Bist du dir ganz sicher?«

»Ja.« Erik schaut ihm in die Augen. Danny ist fast beeindruckt.

»Als Erstes werde ich dir alle Finger brechen. Nicht einen oder zwei, sondern alle. Und zwar so richtig. Nicht nur knack, knack, sondern richtig heftig. Sie werden in alle Richtungen zeigen.«

Erik atmet tief ein. »Folter wird nicht funktionieren. Alle Untersuchungen zeigen, dass …«

»Einen Versuch ist es wert, find ich.« Danny stützt sich mit den Händen auf die Armlehnen und tut so, als wolle er vom Sessel aufstehen.

»80 000«, sagt Erik schnell.

Danny lehnt sich zurück. »Und hat er es dir in Raten zurückgezahlt oder …«

»Nein, er hat's mir wenig später zurückgegeben. Den vollen Betrag. Ich hab gleich gemerkt, dass ich nicht fragen sollte, woher das Geld kam.«

»Und du dachtest, das geht die Polizei nichts an?«

»Ja.«

»Gut gedacht. Jetzt glaub ich dir allmählich.« Danny macht es sich auf dem Sessel bequem.

»War's das?«, fragt Erik.

»Nein, das war nur zum Aufwärmen. Malik hatte eine Freundin. Erzähl mir von ihr.«

»Davon weiß ich nichts.«

Danny beugt sich ein wenig vor. Nur ein wenig, als würde er gleich wieder aufstehen.

»Ehrlich. Ich hab ihn schon ewig nicht mehr gesehen. Er könnte eine Freundin gehabt haben, er könnte vierzehn gehabt haben, einen ganzen Harem, aber …«

Erik beginnt zu hyperventilieren.

»Entspann dich, ich brech dir nur die Finger, wenn du lügst. Und du lügst doch jetzt nicht, oder?«

»Nein.«

»Hast du ihn nicht mal mit einem Mädchen gesehen?«

Erik blinzelt ein paar Mal. Er ist leicht zu durchschauen.

»Jemand, den du kanntest?«, fragt Danny.

»Ich weiß nicht, ob sie zusammen waren oder … ich weiß es nicht.«

»Raus damit«, sagt Danny.

Erik erzählt ihm von einem Mädchen, das sie im Rahmen ihres Kurses behandelt haben. Einige Monate nach den Eingriffen war Erik vor einem Café Malik und dem Mädchen begegnet. Er hat nie herausgefunden, ob sie was miteinander hatten. Ob Malik das hässliche Entlein, das sich mit den neuen, weißen Zähnen in einen schönen Schwan verwandelt hatte, gebumst hatte oder ob er nur aus Gewissenhaftigkeit mit der Patientin in Kontakt geblieben war. Erik wusste es nicht und hat es auch nie herausgefunden. Malik war kein Typ, den man über so etwas ausquetschen konnte. Aber falls Malik eine Freundin hatte, würde Erik auf sie tippen.

»Warum zum Teufel hast du uns das nicht gesagt, als wir das letzte Mal hier waren?«

»Malik ist verschwunden, und dann taucht ihr beide auf

und sucht nach ihm. Polizei hin oder her, ihr seht nicht gerade nach guter Gesellschaft aus.«

Danny widerspricht ihm nicht. Der Mann hat recht.

»Was wirst du mit ihm machen, wenn du ihn findest?«, fragt Erik.

»Was ich mit ihm machen werde?«

»Ja.«

»Gar nichts. Ich werde ihm helfen. Was auch immer dazu nötig ist.«

»Du tust ganz schön viel für deine Freunde.«

»Du hast ja keine Ahnung.«

Erik sieht aus, als würde er nachdenken.

»Ich muss dir was zeigen«, sagt er dann. »Ich weiß nicht, ob es etwas zu bedeuten hat, aber …«

Erik steht auf und geht zu seinem Computer, der auf einem kleinen Schreibtisch steht. Ein großer, lauter Gaming-Computer. Er schaltet den Monitor ein. Ein Spiel läuft noch, irgendetwas mit Schwertern und Menschen in Rüstungen. Erik drückt ein paar Mal auf die Tastatur, und eine Pornoseite erscheint.

»Ich dachte gleich, ich hätte sie schon einmal irgendwo gesehen«, sagt Erik und drückt eine andere Taste.

Der Film beginnt. Produziert in Dänemark, mit einer Handkamera aufgenommen. Die Umgebung wirkt wie ein mehr oder weniger erfolgreich zu einem SM-Raum umfunktionierter Keller. Im Hintergrund sieht Danny einen Schlitten, der gegen einen Heizkessel gelehnt ist. Ein Mann mit einem Latex-Outfit stolziert herum und lässt die Peitsche in der Luft knallen.

»Wir müssen ein bisschen vorspulen«, sagt Erik.

Ein Mausklick, und sie befinden sich mitten im Film.

Eine junge Frau nimmt abwechselnd die Schwänze von drei Männern in den Mund – von dem Typen im Latex-Outfit und zwei anderen, die die Kleiderordnung nicht ganz so ernst genommen haben. Ihre Zähne sehen beschissen aus, doch Danny erkennt sie sofort. Es ist seine Nachbarin von oben. Es ist Laura.

Danny flippt aus. Normalerweise. Danny schlägt zu. Danny zerstört. Aber nicht heute, nein, nicht heute. Er weiß nicht so recht, warum. Es fühlt sich an, als hätte er keine Gefühle mehr übrig. Er hatte ohnehin nicht sonderlich viele, und jetzt sind sie alle aufgebraucht. Gib dem Ganzen eine Farbe, Danny. Er würde wahrscheinlich Beige wählen.

»Später pinkeln sie noch auf sie«, sagt Erik. »Sie sitzt in einem dieser aufblasbaren Kinderpools.«

»Hast du Malik davon erzählt?«

»Nicht im Detail.«

»Und?«

»Er hat mich gebeten, es für mich zu behalten.«

MAN KÖNNTE EINE TREPPE kaum langsamer hinaufgehen. Der Schlüssel lässt sich nicht im Schloss drehen, doch das ist kein Problem. Ein Ruck, dann eine Drehung, und die Tür öffnet sich. Danny hat es bereits geahnt. Er muss sich nicht lange in der Wohnung umsehen: Sie hat alle Spuren beseitigt. Nur ein Pullover, den sie über einem Stuhl hängen gelassen hat, und ein Paar Schuhe in einer Ecke. Das Bettzeug riecht noch nach ihr, und an den Gläsern befinden sich Reste von Lippenstift, aber ansonsten war sie gründlich.

Danny geht hinauf in den zweiten Stock. Er klopft. Dann stemmt er sich mit der Schulter gegen die Tür, die sofort nachgibt. Sie hat aufgeräumt, seit er das letzte Mal in der Wohnung gewesen ist. Alle Stühle stehen jetzt aufrecht, und es liegen keine Glasscherben mehr auf dem Boden. Ihre Klamotten sind weg. Der Kleiderschrank ist leer. Danny weiß nicht, ob sie einen großen Koffer hatte oder ob sie ihren Kram in schwarze Müllsäcke gestopft hat, aber alles ist weg. Alles, was man in weniger als zwei Stunden wegschaffen kann. Alles außer den Möbeln, Antiquitäten, gefunden oder auf Flohmärkten zusammengesucht. Trotzdem war sie bereit, sich von allem zu trennen, um ihn nicht wiederzusehen.

Drei Parfümflaschen sind neben der Kommode heruntergefallen. Vielleicht waren sie ihr nicht so wichtig. Nicht so wichtig wie das Make-up. Oder sie hat sie einfach übersehen. Und Danny weiß ja nicht, wie viele sie insgesamt besessen hat. Aus reinem Masochismus schnuppert er daran. Im dritten, *Dahlia Divin* von Givenchy in einem quadratischen gelben Flakon, erkennt er den Duft von Maliks Bettwäsche.

Lächerlich, denkt Danny. So lächerlich. Er schleudert das Fläschchen von sich. Es prallt gegen die Wand, zersplittert nicht, erzeugt nur ein dumpfes Geräusch. Auch das ist lächerlich. Aus Danny ist ein kleiner, lächerlicher Parfüm-Schnüffler geworden.

Danny schließt die Tür hinter sich. Geht die Treppe hinunter, in seine Wohnung, an den Tisch. Er schüttet Wodka in sein Glas.

Er denkt: Das Leben war eine Weile in Stereo, und jetzt ist es wieder in Mono.

Und dann denkt er: Was ist das für ein lächerlicher Gedanke, du Pussy?

Er leert das Glas, der Wodka brennt in der Kehle. Er muss die Dinge voneinander trennen, damit sein Hirn keinen Kurzschluss erleidet. Er gießt nach und trinkt weiter. Die kleine Meerjungfrau beobachtet ihn. Wenn sie einen besseren Vorschlag hat, behält sie ihn für sich.

Vieles ergibt keinen Sinn, und nur weniges erscheint logisch nachvollziehbar.

Laura hat ihm nicht gesagt, dass sie Malik kennt. Das ergibt Sinn. Dadurch war Danny weiterhin der nützliche Trottel. Er konnte für sie nach Malik suchen und nebenbei ihr Wachhund sein. Immer verfügbar und jederzeit bereit, mit geballten Fäusten vom Bett aufzuspringen.

Vielleicht hatte Malik einen Grund, sie nicht mitzunehmen. Vielleicht hatte er es eilig. Es ist auch einfacher, allein unterzutauchen. Ein Schwarzer ist ein Schwarzer, und es gibt viele von ihnen. Aber ein Schwarzer mit einer schönen dänischen Frau an seiner Seite würde auffallen. Sie wären leichter zu beschreiben und hätten größere Schwierigkeiten, sich zu verstecken.

Was keinen Sinn ergibt, ist der bescheuerte Zufall. Danny wohnt direkt unter Maliks Freundin.

Nein, das ergibt keinen Sinn.

Danny trinkt weiter, bis alles fast kristallklar ist. Dann bricht er auf der Matratze zusammen.

DER SCHAWARMA-LADEN ist schwer zu finden. Weil sie alle gleich aussehen, überall dieselben verblichenen Essensfotos vor dem Laden. Und weil es in Nørrebro mehr Schawarma-Läden gibt als irgendwo sonst auf der Welt. Danny geht erst hinein, als er sicher ist, dass er den richtigen gefunden hat.

Er wartet hinter zwei Arbeitern, die gerade bestellen. Sie wollen keinen Knoblauch, gehen heute Abend noch weg. Party machen. Auch keine Zwiebeln. Kein Knoblauch und keine Zwiebeln. »Aber gebratene Zwiebeln«, sagt einer der beiden, was den anderen zum Lachen bringt. »Gebratene Zwiebeln, Bruder, das hier ist keine Würstchenbude.« Doch sie wollen viel Chili. Sie nehmen ihr Essen und gehen zu einem der Tische.

Der Typ hinter dem Tresen fragt Danny, was er gerne hätte. Danny erkennt ihn vom letzten Mal, als er hier war.

»Ich suche Omar«, sagt er.

Der Typ sieht Danny an und schüttelt dann den Kopf. »Ich kenne niemanden, der Omar heißt. Was darf's sein?« Er wischt den Tresen mit einem Tuch ab.

»Falsche Antwort. Du hättest sagen sollen, dass du viele Typen kennst, die Omar heißen.«

Der Typ hört auf, den Tresen zu wischen.

»Ruf ihn an«, sagt Danny. »Sag ihm, dass er vorbeikommen soll, und ich werde mich ein wenig mit ihm unterhalten. In aller Ruhe.«

Der Typ blickt ihn skeptisch an. Danny liest seine Gedanken: *Ist das ein lebensmüder Vollidiot? Weiß er nicht, wo er ist?*

»Du rufst ihn an, oder ich steck deinen Kopf in die Fritteuse. Du hast die Wahl. Deine Entscheidung.« Danny grinst ihn an. Ein breites Grinsen von Ohr zu Ohr.

Danny ist fast enttäuscht, als der Typ das Tuch fallen lässt und sein Telefon hervorholt.

Die Sonne hat den ganzen Tag geschienen, den Raum aufgeheizt und den Geruch von Frittierfett verstärkt. Seit ein paar Stunden hat niemand mehr die Tische abgeräumt. Überall stehen Tabletts mit halb gegessenen Pita-Brötchen und Tellern voller glitschiger Pommes frites, die in gelblicher Mayo ertrinken. Danny setzt sich ans Fenster, an denselben Tisch wie beim letzten Mal, und schaut auf die Straße hinab. Er lächelt. Ja, natürlich ist er zutiefst unglücklich. Er hat verloren, was für kurze Zeit die Liebe seines Lebens war. Aber er ist es gewohnt, die Menschen zu verlieren, die er liebt. Jetzt ist er wieder da, wo er hingehört, und es liegt Gewalt in der Luft. Gewalt und Bratfett, und er ist wieder in seinem Element.

»Was zum Henker willst du?«, brüllt Omar, als er die oberste Stufe der Treppe erreicht.

»Setz dich hin und schrei nicht so laut«, sagt Danny.

Omar tut, was Danny sagt, wenn auch widerwillig.

»Du kannst nicht einfach nach mir rufen«, sagt Omar.

»Wie lange arbeitest du schon für Ivertssen?«

Omar schluckt.

»Hast du sie nicht mehr alle?«, fragt er.

Danny ist inzwischen recht versiert im Interpretieren von Gesichtsausdrücken, nachdem er im Gefängnis zu einer umfangreichen Therapie verdonnert wurde. Und in diesem Augenblick hockt er definitiv keinem glücklichen Smiley gegenüber.

»Mir reicht's«, sagt Omar und macht Anstalten, wieder aufzustehen. Danny greift über den Tisch und legt ihm eine Hand auf den Arm. Er hält ihn fest.

»Ivertssen hat dir befohlen, mir die Wohnung zu besorgen.«

»Wovon redest du da?«, sagt Omar.

»Ich spreche von merkwürdigen Zufällen.«

»Was weiß ich von …«

»Bilals Ex-Freundin ist meine Nachbarin im Obergeschoss. Sie hat meinen Freund Malik gevögelt, bevor er verschwunden ist.«

»Ich weiß nichts über Bilals Ex-Freundin. Oder wo sie wohnt.«

»Weil Ivertssen dir nichts erzählt hat. Nichts, außer dass du so tun solltest, als würdest du einen Typen kennen, der eine Wohnung für mich hat.«

Omar sieht Danny an.

»Du versuchst nur, deinen Arsch zu retten«, sagt Danny.

Omar kämpft. Eine Ratte, die in einem Labyrinth herumläuft und erst jetzt merkt, dass es von Anfang an keinen Ausweg gegeben hat.

Omar zuckt mit den Achseln. »Ich bin nicht stolz darauf.«

»Das ist mir egal«, sagt Danny und meint es ernst.

»Ich hätte es niemals getan, wenn Ahmed nicht in den Bau gegangen wäre. Aber im Moment fühle ich mich überhaupt nicht sicher. Das geht alles viel zu schnell. Früher gab es nur uns, wir waren eine Familie. Jetzt geht es ums Geschäft.«

»Und du stehst wahrscheinlich kurz davor, gefeuert zu werden.«

»Ja, genau.«

»Und deshalb ist es keine schlechte Idee, mit der Polizei auf gutem Fuß zu stehen. Sobald die Kacke am Dampfen ist, erzählst du ihnen, was du weißt. Und dann schreibst du ein Buch über dein hartes Leben in der Bandenwelt, und die Bullen besorgen dir eine neue Identität in Westjütland.«

»Was das Buch angeht, weiß ich nicht so recht.«

»Ich bitte dich. Jeder, der mal in einer Gang war, schreibt ein Buch darüber. Im Gefängnis gibt es Schreibkurse.«

»Ich versuche nur, mich abzusichern.«

»Was mir, wie gesagt, egal ist.«

Omar sieht Danny an.

»Was willst du?«, fragt Omar dann.

»Bilals Adresse.«

»Bist du wahnsinnig?«

»Wurde mir bescheinigt. Die Ärzte behaupten auch, dass es mir an Einfühlungsvermögen fehlt.«

»Ich hab seine Adresse nicht.«

»Ich hoffe wirklich, dass du sie hast. Denn sonst geh ich los und finde ihn selbst. Und ich wiederhole alles, was ich gerade zu dir gesagt hab. Erzähl ihm, dass mein neuer Freund Omar die Jungs in Blau vielleicht ein bisschen zu sehr mag.«

»Das wagst du nicht.«

»Du kennst mich nicht.«

»Die werden dich umbringen.«

»Vielleicht. Aber Verrückte wie ich tun nicht immer das, was das Beste für sie ist.«

Omar starrt auf den Tisch. Alles vollzieht sich in kleinen Schritten. Zuerst muss er sein Ego überwinden. Dann muss er seine Situation akzeptieren. Schließlich muss er alle Regeln brechen, die ein gutes Bandenmitglied zu befolgen hat.

Omar meint, er sei schon einmal bei Bilal gewesen. Mit Ahmed. Damals, als Omar noch zum engsten Kreis gehörte. Nur sehr wenige Leute kennen die Adresse, so will es Bilal. Er wohnt in einem kleinen Bungalow in Herlev. Nichts Besonderes. Bilal fährt ein kleines Auto, auch nichts Besonderes. Er hat eine süße pakistanische Frau, die auch nichts Besonderes ist. Danny notiert Bilals Adresse auf einer Speisekarte und steht auf. Omar bleibt auf seinem Platz sitzen und lässt den Kopf so sehr hängen, dass er die Haare fast in Mayo tunkt.

ES WAR *SEINE* WOHNUNG. Seine kleine, neue Wohnung. Eine beschissene Wohnung, aber es war seine.

Jetzt ist sie leer. Ohne sie ist sie leer.

Sie hat einen einsamen Menschen aus ihm gemacht. Vorher war er nicht einsam. Vorher gab es nur ihn. Alles war so, wie es sein sollte.

Er und die kleine Meerjungfrau.

»Wir beide«, sagt er, doch die kleine Dame in der Schneekugel ignoriert ihn einfach.

Ohne Laura ist die Wohnung leer. Sie hat ihn allein gelassen. Und er würde am liebsten an etwas anderes denken, aber er denkt an sie.

Sie ist nicht da.

Und das sogar, nachdem er den Videoclip von ihr und den Männern gesehen hat, die ihr in den Mund pissen. Nachdem er herausgefunden hat, dass sie Maliks Freundin war. Dass ihr Name nicht Laura ist, sondern Anna. Und dennoch vermisst er sie.

Wie sie auf dem Fensterbrett sitzt. Auf dem Gartenstuhl. Auf der Matratze liegt.

Danny gießt ein Glas voll Wodka, nimmt einen Schluck.

Sogar der Geschmack des Wodkas erinnert ihn an ihre gemeinsamen Abende und Nächte. Er nimmt noch ein paar Schlucke. Das Gute an billigem, beschissenem Fusel ist, dass man nach ein oder zwei Gläsern nicht mehr viel schmeckt.

Wenn die Leute aus dem Knast kommen, sind sie wie kleine Küken, die gerade aus dem Ei gekrochen sind. Oder wie Babykrokodile. Egal, wen sie zuerst sehen, sie denken: Mama. Ältere Häftlinge warnen davor. Bei der ersten Frau, die dir auch nur die geringste Aufmerksamkeit oder, schlimmer noch, Fürsorge entgegenbringt, glaubst du, du wärst unsterblich verliebt.

Du bist nur ein Babykrokodil, sagt Danny zu sich selbst.

Er muss seinen Freund Malik finden. Das ist das Wichtigste. Das Einzige, was zählt.

DAS HAUS HEBT SICH in keiner Weise von den anderen Häusern in der Straße ab. Ein kleiner Bungalow aus gelben Backsteinen. Ein zehn Jahre alter Golf im Carport. Ein GT mit genügend PS, um Polizeiautos und Männern in Lederwesten zu entkommen. Was aber vielleicht nicht der erste Gedanke ist, den man hat, wenn man den Wagen sieht, denn vor den hinteren Seitenscheiben hängen Sonnenblenden mit Bildern aus *Die Eiskönigin*.

Danny übt sein Lächeln und tut, als würde er den Kuchen überreichen, eine weiße Pappschachtel mit einem kleinen durchsichtigen Plastikfenster, damit man die schönen roten Beeren sehen kann.

Um Punkt achtzehn Uhr klingelt Danny an der Haustür. Er hat das Lächeln aufgesetzt. Beim zweiten Klingeln wird die Tür geöffnet.

Bilal schaut ihn an. Er trägt einen Trainingsanzug. Irgendeine teure Marke. Sein Blick wandert zwischen der Tortenschachtel und Danny hin und her. Es dauert einen Moment, bis er Danny eingeordnet hat. Dann weiten sich seine Pupillen, und er erstarrt.

»Wer ist das?«, fragt eine Stimme hinter Bilal. Neben ihm

taucht seine Frau auf, eine hübsche, junge Pakistanerin. Ihr folgen zwei Kinder, ein Junge und ein Mädchen, etwa sechs oder sieben Jahre alt. Sie lugen hinter ihren Eltern hervor und starren Danny an, scheinen sich zu freuen, dass etwas passiert.

Bilals Augen werden allmählich total schwarz, doch Blicke können nicht töten. Danny lächelt nur noch breiter und hält ihm die Schachtel mit dem Kuchen hin.

»Verdammt«, sagt Danny. »Ich habe mich im Datum geirrt, stimmt's? O Mann. Ich habe mich definitiv im Datum geirrt. Tut mir leid.«

Beide starren ihn an.

»War es nächste Woche?«, fragt Danny. »Nächsten Mittwoch?« Bilal öffnet den Mund, sagt jedoch nichts.

»Es tut mir leid«, wiederholt Danny. »Ich lasse euch den Kuchen da. Und dann komme ich ein anderes Mal wieder, wenn ich in meinen Kalender geschaut habe.«

Danny will Bilals Frau den Kuchen reichen und tut so, als wende er sich zum Gehen. Aber sie nimmt den Kuchen nicht an.

»Unsinn«, sagt sie und schiebt Bilal sanft zur Seite. »Wenn wir ehrlich sind, kann es genauso gut sein, dass Bilal seine Termine durcheinandergebracht hat. Komm rein und iss mit uns, ich bestehe darauf.«

Sie streckt die Hand aus, und Danny schüttelt sie.

»Samira«, sagt sie.

Dann dreht sie sich um und geht zurück ins Haus.

»Komm, komm«, sagt sie. »Nimm ihm die Jacke ab, Liebling.«

Bilal nimmt Dannys Jacke. Jetzt lächelt er genauso gekünstelt wie Danny vorher. Er hält die Jacke ein bisschen zu lange in der Hand, bevor er sie an einen Haken hängt.

»Es ist kein Festmahl, aber wir haben mehr als genug«, ruft Samira aus der Küche. Die Kinder helfen ihr, den Tisch neu zu decken, und zerren Danny zu seinem Platz. Ihre anfängliche Schüchternheit ist jetzt völlig verschwunden. Sie setzen ihn ans Kopfende des Tisches.

»Wir essen fast immer in der Küche, mit den Kleinen ist das einfacher«, sagt Samira. »Wenn ich gewusst hätte, dass wir einen Gast erwarten, hätte ich natürlich den Esstisch vorbereitet.«

»Tut mir leid«, sagt Danny. »Es tut mir wirklich leid, dass …«

»Keine Entschuldigungen mehr«, sagt Samira. »Es kommt so selten vor, dass ich einen von Bilals Freunden kennenlerne, also möchte ich diese Gelegenheit jetzt auf keinen Fall verpassen.«

Sie stellt einen großen Topf auf den Tisch und holt einen Krug mit Wasser aus dem Kühlschrank. Die Kinder kriegen Limonade. Die kriegen sie nur zu besonderen Gelegenheiten, wenn es eine Party gibt oder wenn sie Gäste haben, so wie jetzt.

»Heute bekommst du echtes pakistanisches Essen«, sagt Samira. »Bilals Mutter würde das vermutlich anders sehen, aber …«

»Sie mag deine Kochkünste«, beteuert Bilal.

»Sie hasst meine Kochkünste«, flüstert Samira Danny zu, als wolle sie nicht, dass die Kinder es hören.

»*Hassen* ist zu viel gesagt«, erwidert Bilal.

Samira schaut ihren Ehemann an, als wolle sie sagen: *Ich bitte dich.* Bilal zuckt mit den Schultern. Widerspruch ist zwecklos. Er spielt Dannys Spiel mit. Darauf hat Danny gehofft. Dass die Frau und die Kinder Bilal davon abhalten würden, nach Verstärkung zu rufen oder eine Waffe zu ziehen. Danny hat keine Hemmungen, das Wort »Geiseln« in den Mund zu nehmen. Oder davor, Geiseln zu nehmen. Sie sitzen am Tisch, und Bilal ist gerade der Einzige, der etwas zu verlieren hat. Deshalb bleibt er ruhig.

»Es gibt *Keema*«, sagt Samira und füllt die Schüsseln. Der Gast zuerst. Dann Bilal, dann die Kinder und schließlich sie selbst. Keema entpuppt sich als Eintopf mit Lammhack in einer rötlichen Soße.

»Bilal sagt ›Keema-Therapie‹ dazu«, sagt Samira. »Wenn man zu viel davon isst, fallen einem die Haare aus.«

»Dann fallen einem die Haare aus?«, fragt ihr Sohn, das jüngere der beiden Kinder. Ein hübscher kleiner Junge mit großen, braunen Augen. Er blickt ängstlich auf das Essen vor sich.

»Nein, deine Haare werden dir nicht ausfallen«, sagt Samira. »Das sagt dein Vater nur, weil er lustig sein will. Und es ist nicht sehr lustig.«

»Aber es ist doch komisch«, sagt Danny, sieht Bilal an und lächelt.

»Ich arbeite als Krankenschwester auf einer Krebsstation«, sagt Samira. »Sonst würde ich wahrscheinlich auch lachen.«

»Tut mir leid«, sagt Danny.

»Wenn du dich noch einmal entschuldigst, schwöre ich, dass ich dich umbringe«, sagt sie.

»Wallah?«

»Ja, wallah. Darauf kannst du wetten.« Sie lächelt.

Das Essen ist köstlich. Aus Danny wird wohl kein pakistanischer Gourmetkritiker mehr werden, aber Bilals Mutter sollte vor Scham rot anlaufen, wenn sie irgendetwas daran auszusetzen hat. Es ist nicht so fettig, wie er es von indischen oder pakistanischen Speisen gewohnt ist. Und das Gemüse wirkt auch frischer. Sie essen und reden über Fußball.

In Anbetracht der Umstände ist es kein übles Abendessen.

Als sie fertig sind, fängt Samira an, den Tisch abzuräumen.

»Wir sollten uns den Rasenmäher mal ansehen«, sagt Bilal und wirft Danny einen Blick zu.

»Jep«, sagt Danny. »Der Rasenmäher. Das Teil repariert sich nicht von selbst.«

»Weißt du, wie man solche Sachen repariert? Bilal ist da ein hoffnungsloser Fall«, sagt Samira.

»Mein Freund hier ist sehr geschickt«, sagt Bilal.

»Darf ich mitkommen?«, fragt der Junge.

»Hilf Mama mit dem Geschirr«, sagt Samira und schaut ihren Mann an. »Der Kuchen wird in einer Viertelstunde serviert. Die Kleinen müssen früh ins Bett.«

Die beiden Männer gehen in den kleinen Garten hinter dem Haus. Danny folgt Bilal zu einem alten verfallenen Schuppen im rückwärtigen Teil. Bilal öffnet langsam die Tür, keine plötzlichen Bewegungen.

An der Wand hängen einige rostige Werkzeuge, in einer Ecke stehen ein paar Harken und in der Mitte ein sehr alter Rasenmäher. Danny lässt Bilal nicht aus den Augen. Wo würde er selbst eine Waffe verstecken, wenn er ein Haus und einen Garten hätte? In so einem Schuppen zum Beispiel. Bilal sieht aus, als wüsste er, was Danny denkt. Er zeigt ihm ständig seine Hände, wie ein Zauberer, der versucht, sein Publikum davon zu überzeugen, dass hier keine Tricks im Spiel sind.

Bilal zieht den verrosteten, quietschenden Rasenmäher aus dem Schuppen. Er stellt ihn auf den Rasen und blickt zu den Fenstern des Hauses hinauf. Danny tritt mit dem Fuß gegen ein Rädchen und tut, als würde er das Gerät untersuchen.

»Man kreuzt nicht bei jemandem zu Hause auf. Das macht man einfach nicht«, sagt Bilal leise, während er auf den Rasenmäher starrt. »Damit hast du eine persönliche Sache draus gemacht.«

»Es war schon immer persönlich. Malik ist für mich das, was einer Familie am nächsten kommt.«

Bilal blickt Danny überrascht an.

»Malik?«, sagt Bilal. »Geht's hier um Malik?«

»Er bumst deine Ex. Dir gefällt das nicht, also musste er untertauchen.«

»Ich glaube, du verstehst das alles falsch.«

»Wirklich?«

Bilal seufzt. »Ich war total verrückt nach Anna. Ihre Zähne waren mir egal. Die Pornos waren mir egal. Mir war alles egal.«

»Aber sie ist nicht gerade die Art Frau, die man mit nach Hause nimmt.«

»Du denkst, du hast alles durchschaut, hm?«, sagt Bilal.

»Ich hab so eine Ahnung.«

Bilal schaut wieder zum Haus hinauf und schiebt den Rasenmäher einige Male hin und her.

»Du hast überhaupt keine Ahnung«, sagt er. »Es besteht kein Zweifel, dass meine Eltern Anna nicht als Schwiegertochter gewollt hätten, und vielleicht hätten sie mich verstoßen. Zumindest vorübergehend. Aber das hätte mir nichts ausgemacht. Ich war über beide Ohren verliebt. Das mit Anna war was Besonderes, ob du's glaubst oder nicht. Aber sie war noch nicht bereit. Wahrscheinlich hab ich sie zu sehr gedrängt. Eines Tages war sie weg. Und dann hab ich Samira kennengelernt. Und es war gut. Nicht so wild und verrückt wie mit Anna, aber gut. Sicher, gut, richtig.«

»Und damit endet die Geschichte?«

»Du weißt, dass sie nicht so endet. Also, was hast du dabei?«

»Abgesehen von dem Kuchen?«

»Ja.«

»Einen Hammer. Und du?«

»Rate mal.«

»Du hast keine Pistole in deiner Küchenschublade, also würde ich auf ein Messer tippen.«

»Ein Küchenmesser. Wenn ich ein Hohlkreuz mache, schneide ich mir die halbe Arschbacke ab.«

Danny grinst. Bilal sieht ihn an.

»Glaubst du, du könntest mich mit einem Hammer erledigen?«, fragt Bilal. »Hammer gegen Messer?«

»Du stirbst auf jeden Fall. Ob ich dabei draufgehe, ist fraglich«, sagt Danny.

Bilal nickt und scheint nachzudenken, greift dann ganz langsam mit der Hand in die Tasche seiner Trainingsjacke, holt eine Schachtel Zigaretten hervor und bietet Danny eine an. Danny behält ihn im Auge, während er die Zigaretten anzündet. Als sie beide ein paar Züge genommen haben, fährt Bilal fort.

»Vor etwa fünf Monaten hat Anna mich angerufen. Sie meinte, sie hätte einen netten Typen kennengelernt.«

»Ich bin sicher, du warst überglücklich.«

»Ich hab mich für sie gefreut. Ich erwarte nicht, dass du das verstehst. Aber das war nicht der einzige Grund, warum sie angerufen hat. Er saß auf einer großen Menge Dope, die er weiterverkaufen wollte.«

»Malik?«

»Ja, Malik.«

»Woher hatte er den Stoff?«

Bilal nimmt einen Zug von der Zigarette und atmet langsam aus.

»Damals dachte ich an irgendeine afrikanische Connection. Maliks Vater besitzt ein Restaurant, und in dieser Branche wird viel vertickt, wie du weißt.«

»Ich kenne fünf oder sechs Pizzerien in der Stadt, in denen eine weiße Pizza für eine Margherita und ein Gramm Koks steht.«

»Exakt. Aber ich hab nicht gefragt. Die Qualität war bestens, und der Preis war gut. Und ich war froh, den beiden helfen zu können.«

Danny fährt sich mit der Hand über den rasierten Schädel. »Ich geb mir echt Mühe. Ich würde dir das alles gerne abkaufen, aber es geht einfach nicht.«

»Und was, glaubst du, verkaufe ich? Außer Gras?«

»Diese Story vom ach so netten Vorstadtvater, der bereit ist, seiner Ex zu vergeben, während er zeitgleich im Gefängnis einen Auftragsmord an Ahmed verüben lässt. Ich find's etwas schwierig ...«

»Wir können es ja wieder mit Stein, Schere, Papier, Messer und Hammer versuchen.«

»Jederzeit«, sagt Dany und erwidert den Blick.

Bilal nimmt die Herausforderung nicht an. »Man kann mehr als eine Identität haben«, sagt er, ohne seine Stimme zu erheben. »Deshalb hab ich noch nie gesessen. Wenn ich nicht bei der Arbeit bin, stolziere ich nicht herum, markiere den harten Kerl und prügle mich in der Kneipe ums Eck. In meinem Haus gibt es nichts, wofür ich keine Quittung habe.«

Danny sieht den Typen an. Was er sagt, klingt plausibel. Und Danny fühlt sich alt, wie ein verdammter VHS-Player. Danny kratzt sich wieder am Schädel, um sich etwas Zeit zu verschaffen. »Also war es nur ein Deal?«, fragt er.

»Nein, fünf oder sechs. Normalerweise würde ich nie selbst eine Lieferung abholen, aber Malik wollte mit niemandem außer mir verhandeln. Und mit ihm gab's keinen Ärger. Kein Getue. Ich brauchte das Gewicht nicht zu prüfen, und er brauchte das Geld nicht zu zählen. Er war sehr vorsichtig. In meinem Beruf gibt's fast kein Risiko, wenn es so abläuft.«

»Das klingt alles schön und ordentlich.«

»Das war es auch. Es freute mich, dass sie glücklich war. Dieser Malik war ein feiner Kerl. Gut zu ihr. Ich konnte mir vorstellen, dass sie zusammen alt werden. Wir haben immer Witze darüber gemacht, dass ich ihr Trauzeuge sein würde.«

»Wie modern.«

»Ich erwarte nicht, dass ein Mann, der mit einem Hammer in der Hosentasche herumrennt, das versteht.«

Danny muss lachen.

»Aber irgendwas ging schief, oder?«, fragt er dann.

»Das Letzte, was wir gekauft haben, war E. 5000 Tabletten. Ich war nicht wirklich interessiert, aber ich wollte nicht, dass Malik sich nach einem anderen Käufer umsieht. Sie waren blau mit einem Delfin drauf.«

»Einem Delfin?«

»Ja, einem Delfin. Wir brachten sie in Umlauf, aber die Dinger verkauften sich schlecht. Ecstasy vertickt man in den

Clubs, und Dunkelhäutige kommen nicht in die Clubs rein. Ein paar sind wir trotzdem losgeworden. Dann hörten wir, dass die Jungs aus Vestegnen sauer waren. Ihr Präsident hat diese Tussi mit riesigen Plastiktitten und gebleichtem Haar, und sie liebt Delfine. Sie hatten die Tabletten extra in Deutschland herstellen lassen. Anscheinend verkaufen sie das Zeug schon seit Jahren. Das ist so etwas wie ihre Marke. Aber woher zum Teufel sollten wir das wissen?«

»Es waren ihre verdammten Delfine.«

»Ja, und sie waren gar nicht glücklich. Ein Molotow flog durch unser Fenster. Na ja, nicht durch unser Fenster hier, sondern bei einem persischen Restaurant am Ende der Straße. Google Maps ist nicht immer so übersichtlich. Und sie haben ein bisschen herumgeballert.«

»Weißt du, wie Malik an den Stoff gekommen ist?«

»Keine Ahnung.«

Danny nimmt einen weiteren Zug von der Zigarette. Er blickt auf den blöden Rasenmäher herunter, als läge die Antwort in diesem rostigen Schrotthaufen begraben.

»Scheiße«, sagt Danny.

»Genau«, sagt Bilal. »Dein Freund Malik hat den Krieg ausgelöst.«

»Und deshalb willst du ihn umbringen.«

»Nein, verdammt. Aber ich würde ihm gern ein paar Fragen stellen.«

Bilal sieht Danny an.

»Du kannst mir glauben oder nicht.«

Danny kennt sich aus mit Lügen. Im Lauf der vielen Jahre in diversen Einrichtungen hat er in dieser Disziplin den braunen Gürtel erworben. Eine gute Lüge muss einfach und leicht zu verstehen sein. Was ihm gerade aufgetischt wurde, ist ein chaotisches Wirrwarr. Und deshalb glaubt er Bilal.

»Sollen wir ein Stück Kuchen essen oder uns gegenseitig totschlagen?«, fragt Bilal.

»Habt ihr Sahne?«, fragt Danny.

Sie lassen den Rasenmäher stehen, und beide streifen ihre Schuhe sorgfältig auf der Matte ab, bevor sie das Haus betreten.

Der Erdbeerkuchen ist lecker und der Kaffee stark. Bilals Kinder zeigen Danny Spiele auf ihren iPads. Danny sagt ihnen, dass sie echt gut in den Spielen sind. Samira erklärt, dass sie so froh sei, einen von Bilals Freunden kennengelernt zu haben, und dass Danny immer willkommen sei, mit oder ohne Kuchen.

ES IST SO BESCHEUERT. Danny versucht zu schlafen, doch sein Gehirn spielt einen Film nach dem anderen ab.

Als ob sein Kopf das traurigste Kino der Welt wäre. Es zeigt traurige Filme, keine guten, nur traurige. Den kleinen Malik und den kleinen Danny in der fünften Klasse. Sie kennen sich erst seit ein paar Wochen und haben nicht viel gemeinsam, sind aber gern zusammen. Vielleicht nicht aus den richtigen Gründen.

Malik hängt gerne mit seinem neuen, schäbigen Freund Danny herum. Natürlich, denn sonst würde er vermöbelt werden. Er würde jeden Tag Prügel einstecken. Aber Danny ist an seiner Seite. Und selbst Jungen, die doppelt so groß sind wie er, lassen sie in Ruhe. Denn Danny prügelt sich gerne. Er liebt Schlägereien über alles. Egal, ob er gewinnt oder nicht.

Und Danny, was hat er davon? Warum hängt er mit der Brillenschlange ab? Dem Bücherwurm? Mag sein, dass er sich wie ein Kreuzritter fühlt, weil er seinen Freund verteidigt. Das kann Malik ihm bieten. Ja, manchmal geht Danny ein bisschen zu weit. Der kleine Danny war schon immer so, er geht manchmal ein bisschen zu weit und schlägt ein bisschen zu hart zu. Doch selbst die Lehrer an der Schule können nicht sagen, dass etwas falsch daran ist, einem Freund zu helfen. Danny ist Maliks Beschützer geworden, und das macht ihm Spaß. Er geht mit hocherhobenem Kopf nach Hause. Gewalt hinterlässt einen besseren Geschmack im Mund, wenn sie sich gerecht anfühlt.

Danny wünscht, es wäre ein Traum. Er wünscht, er könnte das Kino in seinem Kopf als Traum abtun. Niemand ist der Herr seiner Träume. Niemand kann bestimmen, was er träumt. Aber Danny ist wach, und diese Erinnerung ist bescheuert. Er ist nicht einmal betrunken. Hat keine Entschuldigung. Nur diese miesen und zutiefst sentimentalen Filme, die in seinem Kopf ablaufen.

Da ist der kleine Malik. Er gibt Danny in der Pause die Karte. Eine Karte, die er selbst gebastelt hat. Er hat Wimpel darauf gezeichnet. Konfetti und Geschenke. Ein lächelndes Pferd. Malik ist gut im Zeichnen, natürlich kann er das auch gut, und er gibt dem kleinen, dummen, schmutzigen Danny die Karte. Eine Geburtstagseinladung. Malik lädt auch Christian ein. Denn das gehört sich, und Malik tut immer das Richtige. Als Christian und Danny allein sind, sagt Christian, dass er nicht zum Geburtstag von diesem blöden schwarzen Jungen gehen und komisches afrikanisches Zeug essen will. Danny sagt gar nichts, weil ihm das nur recht ist. Er hält die beiden Freunde gerne getrennt voneinander. Danny denkt natürlich nicht so weit voraus. Genauso wie er offensichtlich nicht daran denkt, dass Christian einfach nur eifersüchtig ist.

Der Tag kommt, Samstag. Die Geburtstagskarte hängt seit über einer Woche an der Wand. Seit er sie bekommen hat, hat er sie jeden Tag angeschaut. Beim Aufstehen. Beim

Schlafengehen. Und ein paar Mal im Laufe des Tages. Weil er noch nie zu einer Geburtstagsfeier eingeladen worden ist. Man hat ihn schon immer ausgeschlossen. Weil Danny Menschen, Dinge und auch Geburtstagsfeiern ruiniert. Jeder weiß das, es ist kein Geheimnis. Aber hier ist eine echte Geburtstagseinladung, eine gut gezeichnete Einladung, von einem Freund, der ihn dabeihaben will.

Danny sucht seine saubersten Klamotten heraus. Er muss tief im Schrank wühlen, findet aber schließlich ein paar Sachen ohne Grasflecken auf den Knien oder getrocknetes Ketchup auf den Ärmeln. Doch er braucht immer noch ein Geschenk. Er hätte früher daran denken sollen, zu seiner Verteidigung muss man allerdings sagen, dass er von Geburtstagsfeiern keine Ahnung hat. Danny will seine Mutter nicht um Geld bitten. Sie würde ihm welches geben. Und er würde weiterhin ordentlich essen, aber dann würde das Abendessen seiner Mutter in den nächsten zwei Wochen aus einer Tasse Tee und den Resten auf Dannys Teller bestehen. Fünf Chips. Eine Hähnchenbrust, die sie bis auf die Knochen abknabbern muss. Danny fragt also seine Mutter nicht. Selbst der Gedanke, irgendetwas mit Geld zu bezahlen, ist ihm fremd. Trotzdem braucht er ein Geschenk für die Feier. Er weiß, dass Malik Bücher mag, aber der kleine Danny lebt in einem Viertel von Kopenhagen, in dem es keine Buchhandlungen gibt. Also geht er in die örtliche Stadtbibliothek und stiehlt von dort ein Buch. Er nimmt nicht irgendein Buch mit. Er ist nicht gut im Lesen, kann sich nicht bis zum Ende eines Satzes konzentrieren. Selbst ein Buchtitel bereitet ihm Probleme und weckt in ihm das Verlangen, etwas zu zerschlagen. Doch er schaut sich die Einbände an und findet schließlich ein schönes, dickes Buch mit Grimms Märchen. Goldschrift auf dem Umschlag. Das klaut er. Kleiner Junge, großes Buch, aber Danny ist so gut im Stehlen, dass es kein Problem ist.

Sie singen ein Geburtstagslied in einer afrikanischen Sprache, von der Danny kein Wort versteht. Er versucht, mitzusingen, ahmt die Geräusche nach. Dann singen sie ein dänisches Geburtstagslied in sehr gebrochenem Dänisch. Malik öffnet Dannys Geschenk, sieht das Buch und sagt, dass es ihm total gut gefällt.

Es ist das erste Mal, dass Danny auf einer Geburtstagsparty ist, doch das ist nicht das Verrückteste oder Seltsamste, was er an diesem Tag erlebt. Nein, das Verrückteste ist, dass plötzlich eine Familie um ihn herum ist. Und er ist willkommen. Danny ist kein infektiöser Fremdkörper. Alle freuen sich, dass er da ist. Sogar die kleine Aisha, die fast noch ein Baby ist, brabbelt fröhlich neben ihm, und niemand hat Bedenken, ihn in die Nähe von etwas so Kleinem zu lassen.

Danny zeigt sich den ganzen Tag von seiner besten Seite. Er macht nichts kaputt. Von da an ist er ein häufiger Gast in dem kleinen Heim. Danny benimmt sich immer tadellos in der winzigen Wohnung dieser kleinen Familie im Viertel.

Und während diese Schnulze rosarote Bilder von herzlichen Gesichtern und Freundschaft in seinen Kopf projiziert und auf die Tränendrüse drückt, ist Danny sich sehr wohl bewusst, dass der ganze Mist eine Botschaft in sich trägt. Nämlich, wie Menschen reagieren, wenn andere an sie glauben und man ihnen Vertrauen entgegenbringt. Aber natürlich ist das Ganze nur ein Haufen Scheiße, weil ihm seither oft wohlmeinende Helfer Vertrauen entgegengebracht haben und er ihnen das jedes Mal mit extremer Gewalt und Körperverletzung zurückgezahlt hat.

Der Film in seinem Kopf geht weiter. Keine Ausreden. Der kleine Danny und die kleine Familie sitzen auf dem billigen, vom Sozialamt bezahlten Sofa. Der Tag endet damit, dass Malik aus dem großen Buch vorliest, das Danny ihm geschenkt hat. Er liest ein ganzes Märchen mit einem Riesen und einer Prinzessin vor. Alle sitzen ruhig da und hören zu, und der kleine Danny ist sehr stolz.

Das Buch, das Danny gestohlen hat, wird am nächsten Tag in die Bibliothek zurückgebracht. Er erfährt es erst viele Jahre später. Sie lachen viel darüber, vielleicht lachen sie zu viel, weil sie geraucht haben. Wieder einige Jahre später, an Maliks neunzehntem Geburtstag, kauft Danny das Buch in einer Buchhandlung. Wobei, kaufen ist vielleicht nicht das richtige Wort, er klaut es. Er wickelt es in Geschenkpapier, und Malik weiß, dass Danny es auch diesmal nicht bezahlt hat, aber er behält es trotzdem. Genauso wie Danny auch einmal die Lehrbücher stiehlt, die sich Malik nicht leisten konnte. Malik braucht keinen Schutz mehr. Danny hat keine Ausrede mehr für ihre Freundschaft. Doch inzwischen stehen sie sich nahe. Malik weiß, dass Danny stiehlt, aber er hat kein Problem mehr damit. Er ist zu einem Teil des Viertels geworden. Er bleibt immer noch auf dem Pfad der Tugend, aber er hat sich verändert. Natürlich hat er sich verändert. Und vielleicht ist dieser Film doch nicht so schnulzig. Er bedient sich einiger billiger Effekte, daran besteht kein Zweifel. Er spielt mit Emotionen. Aber vielleicht ist es doch kein netter, schöner Film, der dem Zuschauer Tränen in die Augen treibt.

Malik hat einen Bandenkrieg ausgelöst. Es gab Schießereien, ein paar Leute sind tot. Das waren Kriminelle. Sie hatten eine Wahl getroffen, die der Rest der Welt nicht verstehen kann. Nur die, die ihnen am nächsten standen, werden sie vermissen. Und keiner von ihnen war schlimmer als Danny.

CHRISTIAN

EIN BETONWOHNBLOCK IN HVIDOVRE. Christian und Thomas finden einen guten Parkplatz mit freier Sicht auf den Gehweg. Es ist kurz nach sieben Uhr morgens. Heute ist der Geburtstag von Morten Hvidbecks Tochter. Ihr Name ist Amalie, und sie wird acht Jahre alt. Hvidbeck wird mit einem Geschenk für sie vorbeischauen, so der Tipp, den sie von Little Niels bekommen haben – der Typ mit dem Baseballschläger im Kofferraum. Die Info wirkt glaubwürdig oder so echt, wie ein solcher Tipp halt wirken kann. Verdammt, sie würden diesen Hvidbeck wirklich gerne in die Finger bekommen. Ein so dicker Fisch könnte ihnen eine Beförderung und eine Gehaltserhöhung einbringen. Nicht, dass Hvidbeck ein Top-Gangster wäre, weit gefehlt, aber er ist der Mann, der die Deals arrangiert: Wenn ein Typ in Oslo Stoff kaufen will und ein anderer Typ in Hamburg Stoff besitzt, sorgt er dafür, dass sie sich finden. Hvidbeck kennt jeden, er ist ein großer Apfelbaum voller reifer Äpfel.

Sie haben Red Bull und Schokoladenkekse dabei. Trinken nicht zu viel, damit sie nicht dauernd pinkeln müssen.

Sie sitzen in ihrem kleinen Ford. Ein Lieferwagen wäre natürlich besser gewesen. Alt und abgenutzt, mit getönten

Scheiben und Ferngläsern, aber dann hätte der Rest der Abteilung erfahren, was sie vorhaben, und dann wäre es nicht mehr allein ihr Fang gewesen. Also sitzen sie in ihrem kleinen Ford und warten. Die ersten Stunden sind sie aufgeregt, obwohl ihnen klar ist, dass der Mistkerl wohl kaum um acht Uhr morgens auftauchen wird. Aber was, wenn doch? Sie wollen auf Nummer sicher gehen, und so bescheuert kann dieser Hvidbeck nicht sein, sonst hätte ihn schon längst jemand erwischt. Sie sitzen in ihrem Ford und wollen diesen Apfelbaum schütteln, dass die Äpfel nur so fliegen.

Kurz nach Mittag macht sich eine erste Unruhe bemerkbar. Und mit der Unruhe kommt die Unaufmerksamkeit. Sie wissen das, also trinken sie noch eine Dose Red Bull. Die Wahrscheinlichkeit, dass Hvidbeck jetzt auftaucht, ist größer als zu Beginn des Tages, daran erinnern sie sich gegenseitig. Sie beobachten abwechselnd den Gehweg. Fünfter Stock, Nummer 36. Thomas vertreibt sich die Zeit mit seinem Handy, Christian schaut, und dann tauschen sie die Rollen. Inzwischen sind sie bei *Angry Birds* beängstigend gut.

Die ersten Schulkinder kommen nach Hause. Zum Glück ist der Himmel bedeckt. Kurze Schauer, noch besser. Sonst hätten die Nachbarskinder auf dem Parkplatz gespielt. Sie hätten schnell das Auto mit den beiden Männern bemerkt, die einfach nur dasitzen und in die Gegend starren. »Polizei! Polizei!«, würden sie schreien. Das war schon so, als Christian noch ein Junge war, wieso sollten sie heute anders sein?

Sie reden über Kinder, über alles Mögliche, um sich die Zeit zu vertreiben. Ein Thema, über das sie nicht sprechen, ist das Haus, das Christian gekauft hat. Das ihn wahrscheinlich ruinieren wird. Sie haben dieses Gespräch ein paar Mal geführt, und jedes Mal ist Christian komplett ausgeflippt. Thomas möchte das lieber vermeiden, da er für den Rest des Tages – oder bis Morten Hvidbeck auftaucht – mit ihm im Wagen hocken wird. Sie reden also über Fußball, Autos und Folsäure. Und über Kinder.

»Ein Kinderwagen kostet 12000 Kronen«, sagt Thomas.

»Man kann leicht einen günstigeren finden.«

»Ja, natürlich. Ich kann einen aus dem Supermarkt besorgen, der nach billigem Plastik stinkt und kleine, schiefe Räder hat. Aber ich kann nicht zulassen, dass mein Erstgeborenes in einem Discount-Kinderwagen herumgeschoben wird. Wie würde das denn aussehen?«

»Du kannst unseren alten haben. Wir haben ihn von meinen Schwiegereltern bekommen. Er war verdammt teuer.«

»Ist der nicht für Zwillinge?«

»Ja, damit habt ihr auch Platz für einen Schweinebraten und einen Sechserpack Bier.«

»Danke. Danke für nichts.«

Die Sonne neigt sich gen Horizont. Es ist Herbst und wird schnell dunkel. Es ist gerade mal halb fünf.

Thomas schaut zu den Fenstern der Wohnung hinauf.

»Hätte sie nicht schon längst das Licht anmachen sollen?«, fragt er.

»Nur, wenn sie in der Küche ist«, antwortet Christian.

»Das ist das Küchenfenster?«

»Ja, ich bin in einem Wohnblock aufgewachsen, der genauso aussah.«

Thomas überlegt.

»Aber sollte sie nicht in der Küche sein? Brötchen backen für das Balg. Einen Kuchen. So was in der Art.«

»Weil Morten Hvidbecks Ex-Frau ganz bestimmt eine so tolle Mutter ist?«

»Nein, aber ist das nicht ein bisschen seltsam?«

Christian nickt. Es ist tatsächlich ein wenig seltsam, dass da oben kein Licht brennt. Dass es nicht ein einziges Mal eingeschaltet worden ist.

»Wollen wir Postbote Pat spielen?«, fragt Thomas.

Christian zieht im Auto seinen Kapuzenpullover aus. Sie holen die Postbotenjacke aus dem Kofferraum, die sie einem Postboten abgenommen haben, der so betrunken war, dass er die Briefe nicht in die Briefkästen bekam und schließlich am Åboulevarden mit seinem Wagen auf die Gegenfahrbahn geriet. Sie haben die Jacke ein paar Mal benutzt, hatten ursprünglich vor, sie zurückzugeben, doch sie hat sich als nützlich erwiesen.

Christian zieht den Reißverschluss der Jacke bis zum Hals zu. Sie haben einen braunen Umschlag mit verschwommener Schrift. Die Schuhe und die Hose passen nicht zur Jacke, aber die Leute merken das nicht, wenn man vor ihrer Tür steht. Christian geht voraus. Thomas hält fünfzehn Meter Abstand, falls jemand sie von den Fenstern im Wohnblock aus beobachtet. Christian wartet am Aufzug, und sie fahren zusammen nach oben.

Christian hält den braunen Umschlag vor seiner Brust, sodass sowohl die Jacke als auch der Umschlag durch den Briefschlitz zu sehen sind. Thomas wartet ein paar Meter weiter im Flur, lehnt sich an die Wand, sodass er nicht gesehen werden kann, ohne dass jemand den Kopf aus der Tür streckt. Christian klingelt. Falls jemand aufmacht, wird er nach der Adresse fragen und ob hier ein Kasper Rasmussen wohnt oder ein anderer Allerweltsname, verwirrt dreinschauen, noch einmal nach der Adresse sehen und sich dann für die Störung entschuldigen.

Er klingelt erneut, aber niemand macht auf. Dann klopft er. »Post«, ruft er durch den Briefschlitz, was natürlich ein bisschen lächerlich ist, da kaum ein Postbote so scharf darauf ist, einen Brief zuzustellen. Er will gerade noch einmal klopfen, als die Tür der Nachbarwohnung geöffnet wird. Eine ältere Frau im Morgenmantel kommt heraus, und von der Stelle kann sie auch Thomas sehen. Christian hält den Brief hoch und lächelt.

»Wenn Sie von der Post sind, wer zum Teufel ist er?«, sagt die Frau und zeigt mit einer angezündeten Zigarette auf Thomas.

»Berufsausbildung. Ich schaue heute nur zu«, sagt Thomas.

»Ja, es ist echt verdammt schwer, einen Brief in einen Briefkasten zu stecken. Ich kann mir vorstellen, dass das eine Ausbildung erfordert. Und mit unseren Steuern finanziert, wette ich.« Sie schnippt Asche von ihrer Zigarette. »Aber Sie verschwenden Ihre Zeit. Die sind nicht zu Hause. Sie sind gestern Abend weggefahren.«

»Gestern Abend?«

»Ja, hab ich doch gerade gesagt. Karina hat mich gebeten, die Pflanzen zu gießen. Ihre Begonie braucht viel Pflege.«

»Wann kommen sie wieder? Wissen Sie das?«

»In ein paar Tagen. Das Kind wird seinen Vater besuchen, hat die ganze Woche von nichts anderem geredet.«

Die Frau dreht sich um und geht zurück in ihre Wohnung. »Viel Erfolg bei Ihrer Ausbildung«, sagt sie und knallt die Tür hinter sich zu.

CHRISTIAN UND THOMAS sitzen wieder im Auto. Keiner von ihnen hat bisher etwas gesagt. Sie hocken nur schweigend da. Ein ganzer Tag vergeudet. So ist der Job manchmal, das ist nichts Neues. Diesen Fang hätten sie aber wirklich gut gebrauchen können.

Christian legt den ersten Gang ein und fährt vom Parkplatz. Es ist schwer zu sagen, was sie am meisten ärgert: dass der Typ nicht aufgekreuzt ist oder dass er gar nicht hat aufkreuzen können. Sie hatten von Anfang an keine Chance, aber sie sprechen den Gedanken nicht laut aus, weil es leicht eine allgemeine Beschreibung ihrer Existenz sein könnte. Zwei nützliche Idioten mit Polizeimarken, deren Zeit nicht viel wert ist.

Christian sieht, wie die Hochhäuser im Rückspiegel verschwinden. »Wie wäre es, auf dem Rückweg zum Revier diesem Jimmy einen Besuch abzustatten?«, sagt er.

»Jimmy? Welcher Jimmy?«, fragt Thomas.

»Der Typ, bei dem Little Niels seine Sachen gekauft hat.«

»Hast du ihn gefunden?«

»Darauf kannst du wetten.«

Christian hat den Namen vor ein paar Tagen in die Datenbank eingegeben. Jimmy Knudsen war schon mal wegen

Besitzes kleiner Mengen Koks festgenommen worden. Sollte er inzwischen mehr Ehrgeiz entwickelt haben und von seinem Wohnzimmer aus dealen, würde das niemanden überraschen.

Thomas tippt die Adresse in das GPS ein. Das ist keine große Sache, rein, raus, ein Typ verhaftet. Etwas, das ihrem Tag ein bisschen Sinn verleiht. Wenn dieser Jimmy ordentliche Mengen zu Hause hat, werden sie das Zeug beschlagnahmen, hat er nur eine kleine Menge, werden sie ihn ausquetschen, wie sie es bei Little Niels getan haben. Auf diese Weise holen sie fast immer etwas aus den Leuten heraus. Natürlich begegnet man auch heute noch Kriminellen mit Prinzipien, die der Polizei niemals etwas verraten würden, aber es sind überraschend wenige.

Sie parken vor dem Haus, in das Little Niels gegangen ist, um Stoff zu holen. Christian zieht die Postbotenjacke aus und den Kapuzenpulli wieder an. Sie klingeln, eine Frauenstimme im ersten Geschoss antwortet, und Christian stellt sich durch die Gegensprechanlage als Elektriker vor: Man weiß nie, wer sich in einem Gebäude kennt.

Sie gehen die Treppe in den dritten Stock hinauf. An der Tür steht »J. Knudsen«.

Christian drückt auf die Klingel, legt ein Ohr gegen die Tür und lauscht.

»Hörst du was?«, fragt Thomas.

»Ich bin mir nicht sicher.«

»Ich hab die Warterei verdammt satt«, sagt Thomas.

Christian auch, also fängt er an, gegen die Tür zu hämmern.

»POLIZEI«, brüllt er. »AUFMACHEN!«

Sie postieren sich links und rechts von der Tür. Es wäre nicht das erste Mal, dass jemand auf diese Aufforderung hin aus beiden Läufen einer Flinte durch das Holz schießt. Dann hören sie etwas in der Wohnung, schnelle Schritte, etwas fällt herunter, eine Tür knallt zu.

»War das die Küchentür?«, fragt Thomas.

»Willst du hinter ihm her?«, fragt Christian.

Thomas schüttelt den Kopf.

»Willst du nachschauen, was hinter dieser Tür ist?«

Thomas nickt.

Sie sehen sich an. Ihnen ist klar, dass sie einen Durchsuchungsbefehl brauchen, um die Tür aufzubrechen. Außer sie haben einen wirklich guten Grund. Gefahr im Verzug oder Beweismittel, die vernichtet werden könnten.

Christian senkt die Stimme.

»Er hat die Tür geöffnet, und als wir gesagt haben, wir wären von der Polizei, hat er uns die Tür vor der Nase zugeknallt. Und dann hat er über den Hinterausgang die Flucht ergriffen.«

»Geht klar«, sagt Thomas. »Und da die Tür einen Spaltbreit offen stand, haben wir den unverkennbaren Geruch von Haschisch und möglicherweise Heroin aus seiner Wohnung wahrgenommen.«

»Und als Little Niels neulich bei ihm war, um Stoff zu kaufen, hat er einen großen Beutel mit weißem Pulver gesehen. Möglicherweise auch eine Handfeuerwaffe. Wir fügen das noch in den Bericht ein.«

Sie sehen sich an. Zeit für Action. Christian nimmt Anlauf, so weit der Flur es zulässt. Er weiß genau, wo er die Tür treffen muss, und sie fliegt auf. Sie betreten die Wohnung, ziehen ihre Pistolen. Und ja, es fühlt sich immer noch ziemlich cool an, die Pistole aus dem Holster zu ziehen. Jetzt müssen sie aber wirklich etwas finden, das es rechtfertigt, eine Tür eingetreten zu haben.

Sie gehen ins Wohnzimmer, orange gestrichene Wände, ein großer Flachbildfernseher, ein ledernes Ecksofa. Thomas zeigt auf das Samurai-Schwert, das über dem Sofa hängt. Christian nickt. Das Schwert ist illegal, es sei denn, der Idiot hat einen Erlaubnisschein dafür, was bestimmt nicht der Fall ist. Doch es ist immer noch ein bisschen schwach, kein ausreichender Grund für die eingetretene Tür.

Auf dem Couchtisch steht ein großer Aschenbecher, voll mit Jointkippen, aber weder Rasierklingen noch eine digitale Waage sind irgendwo zu entdecken. Keine Tütchen mit weißem Pulver. Es sieht nicht gut aus.

»Ich nehm das Bad, du das Schlafzimmer«, sagt Christian.

Thomas klopft ein paar Mal an die Tür zu dem Raum, der das Schlafzimmer sein muss, bevor er sie öffnet.

Niemand will von einem Kampfhund überrascht werden.

Christian steckt seine Pistole zurück ins Holster, zieht ein Paar Gummihandschuhe an und nimmt den Spülkasten auseinander. Ein klassischer und nicht sehr origineller Ort, um Drogen zu verstecken. Christian schaut in den leeren, vergilbten Kasten, da hört er, wie Thomas im Schlafzimmer einen Schrei ausstößt.

Christian reißt die Pistole wieder aus dem Holster und rennt durch die Wohnung.

Die Tapete im Schlafzimmer ist violett. Im Zimmer riecht es abgestanden und nach ungewaschener Bettwäsche.

Die Schranktür steht offen. Thomas starrt auf eine große, schwarze Sporttasche, die er im Schrank gefunden und herausgezogen hat.

»Sieh dir das an«, sagt Thomas und deutet mit einem Kopfnicken auf die Tasche.

»Da ist doch kein abgetrennter Schädel drin, oder?«

»Schau einfach.«

Christian öffnet die Tasche.

»Fuck«, sagt Christian.

»Fuck«, sagt Thomas.

Christian hebt die Tasche hoch, trägt sie ins Wohnzimmer und stellt sie auf den Sofatisch.

Sie öffnen die Vorhänge, um mehr Licht hereinzulassen. Dann schütten sie den Inhalt der Tasche auf den Tisch. Ganze Haschischblöcke, Gefrierbeutel voller Kokain. Die Tasche wirkt bodenlos. Ihr bisher größter Fund. Einer der größten Funde aller Zeiten ohne vorherige monatelange Überwachung.

Beide sagen noch einmal »fuck«, als wäre es ein buddhistisches Mantra, aber kein anderes Wort beschreibt besser, was sie da vor sich haben.

»Warum zum Teufel hat er die Tasche dagelassen?«, fragt Thomas.

»Soll ich raten?«

»Ja.«

»Er ist in Panik geraten. Wahrscheinlich sollte er nur ein paar Tage lang drauf aufpassen. Wusste gar nicht, was drin war. Und dann kommen wir und klopfen. Und was immer da drin war, er wollte nichts damit zu tun haben.«

»Gut möglich.«

Sie stehen einfach eine Weile da und starren auf den ganzen Stoff.

»Fuck«, sagt Thomas ganz leise.

Es wird Zeit, den Fund zu melden. Christian tastet seine Taschen ab, doch sie sind leer. Er hat sein Handy ins Handschuhfach gelegt, als er die Postbotenjacke angezogen hat.

Thomas holt sein Telefon hervor, schaut auf das Display und steckt es wieder weg.

»Angry Birds?«, fragt Christian.

»Ich fürchte, der Akku ist leer.«

Sie wissen, dass das höchst unprofessionell ist. Wirklich dämlich. Wäre etwas schiefgegangen – hätte Jimmy beispielsweise ein Messer gehabt –, so hätte ein rascher Notruf den Unterschied zwischen Leben und Tod ausmachen können. Aber sie waren beide müde. Sie waren erschöpft und ausgelaugt, und so etwas führt zu Fehlern.

»Ich lauf schnell runter und hol mein Telefon«, sagt Christian.

Sie blicken auf den Berg aus Drogen herab.

»Das gefällt mir nicht«, sagt Thomas.

Christian weiß, was er meint. Sie sehen nicht wie Polizisten aus. Der Wagen vor dem Haus hat keine Sirene auf dem Dach. Sie sehen aus wie zwei Schwachköpfe in Kapuzenjacken, die sich mit den Drogen eines anderen davonmachen wollen. Und was hat Jimmy wohl gemacht, sobald er einige Meter vom Haus entfernt war? Hat er seine Mami angerufen? Seine Sachbearbeiterin beim Sozialamt? Seinen Priester? Nein, er hat den Besitzer der Sporttasche angerufen. »Sie haben ›Polizei‹ gebrüllt«, erklärt Jimmy am Telefon. Und dann kommt die Frage: »Hast du ihre Polizeiausweise gesehen?«

Das alles könnte ganz schnell den Bach runtergehen.

Christian und Thomas stopfen die Drogen wieder in die Tasche, ziehen den Reißverschluss zu und tragen sie die

Treppe hinunter, dabei halten sie ihre Pistolen bereit, möglichst unauffällig, falls sie einem Nachbarn begegnen. Sie werfen die Tasche auf den Rücksitz. Thomas behält die Straße im Auge, und Christian holt sein Telefon aus dem Handschuhfach. Er gibt die Nummer von Alan Vestergaard ein, ihrem Abteilungsleiter.

»Geht er nicht ran?«, fragt Thomas.

»Es ist besetzt.«

»Wenn er mit seiner Enkelin telefoniert, dem hässlichen kleinen Mädchen mit den abstehenden Ohren …«

»Dann hebt er nicht so bald ab.«

»Willst du Mikkelsen anrufen oder per Funk benachrichtigen?«, fragt Thomas.

»Dann ist es nicht mehr allein unser Fund. Dann sind wir nur noch die Ersten am Ort des Geschehens. Und das Ganze ist dann *das Ergebnis umfangreicher Ermittlungen und großartiger Teamarbeit* und so weiter und so fort.«

Thomas weiß, dass Christian recht hat. Sie beschließen, mit den Drogen zurück zum Revier 1 zu fahren und Vestergaard die Tasche auf den Schreibtisch zu knallen. Sie werden ihm sagen: »Gern geschehen. Jetzt siehst du, was wir draufhaben, verdammt nochmal.« Das ist nicht gerade der Dienstweg, aber sie gehen davon aus, dass man ihnen allein schon wegen der beschlagnahmten Menge verzeihen wird. Und sie sind es gewohnt, dass man ihnen das eine oder andere verzeiht, weil sie Ergebnisse liefern. Der Chef kann danach die Spurensicherung losschicken, Fingerabdrücke nehmen lassen und so weiter.

Der Mercedes nimmt ihnen schließlich die Entscheidung ab. Er parkt zwanzig Meter von ihnen entfernt. Ein Modell aus den Neunzigerjahren mit getönten Scheiben. Vielleicht ist das nur ein stolzer pakistanischer Kioskbesitzer auf dem Weg nach Hause zu seiner kleinen Familie, doch der Wagen könnte auch voller automatischer Waffen sein. Thomas und Christian wollen es lieber nicht herausfinden.

Christian legt den Gang ein und drückt aufs Gas. Je weiter sie von der Wohnung weg sind, desto besser fühlen sie sich.

»Bumm«, sagt Thomas und tut so, als würde er die Sporttasche auf Vestergaards Schreibtisch knallen.

»Bumm«, sagt Christian, und sie lachen.

ES IST HAUPTVERKEHRSZEIT. Sie stehen den ganzen Weg in die Stadt im Stau. Am Anfang ist es noch ein Scherz. Was, wenn sie den Stoff einfach behalten? Später wissen sie nicht mehr, wer von ihnen es zuerst laut ausgesprochen hat. Was, wenn sie den Stoff verkaufen? Scheiße, dann wären all ihre Probleme gelöst. Die von Christian mit dem Haus, das ihn ruinieren wird, und die von Thomas, der es sich nicht leisten kann, seinem Kind einen guten Start ins Leben zu ermöglichen. Sofern er und seine Frau es überhaupt schaffen, schwanger zu werden, und nicht für eine künstliche Befruchtung aufkommen müssen, wenn die drei von der Krankenversicherung bezahlten Versuche zu keinem Ergebnis führen. Und außerdem. Es ist ja nicht so, dass einer von ihnen Drogen hasst. Ja, sie wollen Kriminelle fangen, die Kerle, die durch die Straßen rennen und aufeinander schießen, wie wild um sich ballern und aus Versehen alte Damen an Bushaltestellen treffen. Diese Typen wollen sie durchaus gerne einsperren. Aber sie glauben weiß Gott nicht, dass sie die Straßen vollständig von Drogen befreien können. Es wird immer Drogen geben. Am Anfang ist es natürlich ein Scherz. Und es ist ja auch ein verdammt lustiger Zufall. Oder mehrere auf einmal. Der leere Akku, das Handy im Handschuhfach, dass es bei Vestergaard besetzt war. Als ob der große Telefon-Gott versuchte, ihnen etwas zu sagen. Ein Witz. Ein verdammt lustiger Witz.

Und wenn der blöde Berufsverkehr nicht gewesen wäre, die Ampeln nicht alle rot … doch die Ampeln sind rot, und sie fangen an, laut zu überlegen, was sie eigentlich verdient hätten. Nur einen kleinen Anteil. Eine winzige Finanzspritze. Hier und da hatten sie ja auch schon mal ein paar Gramm oder einen Joint abgezweigt. Und heute hat sie niemand gesehen. Sie haben »Polizei« gebrüllt, eine Tür aufgebrochen, aber niemand hat sie gesehen. Niemand wusste, dass sie diesem Idioten einen Besuch abstatten würden. Sie wussten es ja vorher nicht einmal selbst. Doch es ist natürlich nur ein Scherz.

Als sie endlich am Revier ankommen, erfahren sie, dass Vestergaard inzwischen längst zu Hause bei seiner Frau ist. Die Tasche landet also nicht mit einem Knall auf seinem Schreibtisch. Der Witz ist nicht mehr so lustig. Sie beschließen, so verrückt es ihnen auch erscheint, die Sporttasche in den Kofferraum ihres Wagens zu legen. Eine Nacht darüber zu schlafen.

DANNY

DAS KLOPFEN AN der Tür hört nicht auf. Danny glaubt nicht, dass es die Polizei ist. Die klopfende Hand wirkt zu klein für einen strammen, selbstgerechten jütländischen Arm. Oder vielleicht liegt es daran, dass niemand die Tür aufbricht. Er vernimmt nur das rhythmische Klopfen, das ihn in seinem Dämmerzustand an die Ledertrommeln eines indigenen Stammes erinnert.

Danny richtet sich auf. Er wirft einen Blick auf sein Handy, sieht, dass es kurz nach elf Uhr ist. Dann bemerkt er die verpassten Anrufe von Aisha und Christian. Er hatte sein Telefon stumm geschaltet, und die beiden haben offenbar eine Wette darüber abgeschlossen, wer von ihnen sein Display schneller zuspammt.

Er trägt nur Boxershorts. Weiß, mit dem Logo einer psychiatrischen Klinik auf dem Gummiband. Er kann sich nicht aufraffen, sich vorzeigbarer zu machen, und reißt mit einer Bewegung die Tür auf.

Da steht sie. Laura. Oder Anna. Sie schnieft, hat geweint. Das Make-up ist über ihre Wangen gelaufen. Sie hält eine Zeitung in der Hand. Danny zieht sie in die Wohnung und schließt die Tür hinter ihr. Sie hält ihm die Zeitung hin.

»Es ist Malik«, sagt sie. Danny schaut auf die Titelseite. Die Tinte ist verschmiert, und es ist fast unmöglich zu erkennen, was das Foto darstellen soll. Er blättert weiter. Die Story nimmt eine Doppelseite in der Mitte der Zeitung ein.

Auf einem Truppenübungsplatz außerhalb der Stadt hat man eine Leiche gefunden. Danny sieht einen Mann von der Spurensicherung in einem weißen Plastikoverall. Er steht vor einem rot-weißen Absperrband, umgeben von Bäumen und Büschen.

Danny setzt sich auf einen der Gartenstühle und beginnt zu lesen. Es fällt ihm schwer, sich zu konzentrieren, das Blut pulsiert in seinen Schläfen, und er buchstabiert im Kopf jedes Wort, während er liest.

Ein Oberst im Ruhestand hat die Leiche gefunden. Es ist ihm eigentlich nicht erlaubt, mit seinem Hund auf dem Truppenübungsplatz spazieren zu gehen, aber niemand scheint sich daran zu stören. Natürlich hält er sich fern, wenn Übungen stattfinden. Wahrscheinlich lag es am Regen, der die Gerüche verstärkt hat. Sein Hund rannte plötzlich weg, hatte etwas gewittert. Und es ist ein gut ausgebildeter Hund, der normalerweise nicht einfach so losrennt, um ein Eichhörnchen zu jagen. Ein alter Militärhund. Sie waren beide in Bosnien und Ruanda stationiert. Der Hund ist darauf abgerichtet, Leichen zu finden. Seine Aufgabe war es, Massengräber aufzustöbern, die sonst nie entdeckt worden wären. Sie arbeiteten für die UN und den Internationalen Gerichtshof in Den Haag.

Der Oberst hat den Hund graben lassen. Als er eine Hand aus dem Boden ragen sah, rief er die Polizei.

Die Journalisten vermuten, dass es sich um die Leiche eines Schwarzen handelt, der seit einiger Zeit vermisst wird.

Der Mann scheint durch einen einzigen Kopfschuss getötet worden zu sein. Sie haben die Informationen von einer vertrauenswürdigen Quelle aus Polizeikreisen.

Es gibt mehr Fotos von dem Oberst und seinem Hund als vom Tatort. Vor allem vom Hund. Die Zeitung verspricht einen achtseitigen Sonderbericht über den Hund und seinen Besitzer in der Wochenendausgabe mit der Überschrift *Ein Hund mit vielen Gesichtern*. Die Geschichte eines treuen Familienhundes und eines versierten Soldaten. Die Zeitung wird sich dafür einsetzen, dass der Hund eine Verdienstmedaille erhält.

Danny hat genug gelesen.

»Ist er das?«, fragt Danny.

»Ja«, sagt Laura. »Ja, er ist es.«

»Wie kannst du dir so sicher sein?«

»Ich bin mir einfach sicher.«

Er widerspricht ihr nicht, er hat dasselbe Bauchgefühl.

»Wer hat das getan?«, fragt er.

»Ich weiß es nicht, aber …«

»Ja?«

»Er hat Drogen verkauft«, sagt sie.

»Ich weiß. Ich hab mit deinem Ex gesprochen.«

Das scheint sie zu überraschen.

»Könnte er …«, setzt Danny an, doch sie unterbricht ihn.

»Nein. Nicht Bilal.«

»Nicht der edle Bilal. Er könnte keiner Fliege was zuleide tun.«

»Er ist härter als früher, ich weiß. Aber er würde Malik nie etwas antun.«

Danny nickt, er glaubt ihr. Genauso wie er Bilal geglaubt hat, als er ihn getroffen hat.

»Wer dann?«, fragt Danny.

»Ich weiß es nicht. Ich weiß nur, dass Malik Angst hatte. Er hat gesagt, ich soll meine Sachen packen und mich bereithalten. Weil wir vielleicht schnell aufbrechen müssten. Aber er hat nicht angerufen.«

»Und der Typ, den ich in deiner Wohnung angetroffen hab?«

»Nur so ein Kerl, der dachte, wir wären zusammen.«

»Er hat nur das Bett warm gehalten, bis Malik kommt, um dich abzuholen?«

»Ich kann nicht gut allein sein, das wusste Malik. Und ich hatte Angst.«

»Nun, das ist auch eine Möglichkeit, damit umzugehen.«

»Hätte Malik angerufen, wäre ich mit ihm gegangen und hätte mich mit keinem anderen eingelassen.«

Danny sagt gar nichts. Er will die Welt in Stücke reißen, aber das geht nicht, also füllt er zwei Gläser mit Wodka. Laura leert ihres in einem Zug.

»Wo hatte Malik die Drogen her?«, fragt Danny.

»Er wollte es mir nicht sagen. Er meinte, es wäre besser für mich, es nicht zu wissen. Ich dachte, vielleicht hat das Restaurant …«

»Weiße Pizzas?«

»Ja«, sagt sie mit der Andeutung eines Lächelns.

Sie kramt einen aufklappbaren Kosmetikspiegel aus ihrer Handtasche und wischt sich mit einem Feuchttuch die Schminke von den Wangen. Sie hält eine brennende Zigarette in ihrer zitternden Hand, und die Asche fällt auf den Boden. Sie beginnt frisches Make-up aufzutragen. Es wirkt nicht wie eine eitle Geste, sondern eher wie ein Ritual, eine Bewältigungsstrategie.

ES IST MERKWÜRDIG HELL. Danny geht hinunter zur Amagerbrogade. Alles wirkt seltsam und doch völlig normal. Die Leute gehen mit ihren Hunden spazieren, sitzen auf Parkbänken und trinken Bier, putzen Fenster. Und Malik ist tot.

Danny versucht, ein Taxi zu rufen, doch das ist nicht so einfach, wenn man eine riesige Tätowierung am Hals und einen irren Blick hat. Mehrere rauschen an ihm vorbei. Er schlägt den Kragen seines Mantels hoch und stellt sich seitlich zur Straße hin. Er könnte einfach losmarschieren, aber er traut seinem Kopf nicht und weiß, dass er leicht vor ein fahrendes Auto laufen könnte. Sein Gehirn versucht, das Puzzle zusammenzufügen, das ihm die Augen von der Umgebung liefern, aber der Hund hat die meisten Stücke gefressen. Danny weiß nicht, ob er einen Waldsee sieht oder einen Karneval.

Danny fischt sein Handy aus der Tasche. Seine Hände zittern, als hätte er eine vier Tage lange Sauftour hinter sich. Nach ein paar Versuchen gelingt es ihm, Christians Nummer zu wählen.

»Ist das Malik in der Zeitung?«, fragt Danny.

»Ja«, sagt Christian.

»Weißt du, wer es war?«

»Wir wissen sehr wenig, und ich weiß noch weniger. Die Mordkommission hat mich den ganzen Morgen befragt.«

»Warum?«, fragt Christian.

»Weil ich ihn kannte, natürlich. Das ist kein Geheimnis.«

»Vielleicht weiß ich ja was«, sagt Danny. »Ich bin mir nicht sicher, ob es wichtig ist, aber ich glaube, es ist wichtig.«

»Komm aufs Revier«, sagt Christian.

»Im Moment möchte ich, dass es unter uns bleibt. Wenn es nicht wichtig ist, wird es Malik in ein schlechtes Licht rücken.«

»Verstehe … ach was, ich verstehe überhaupt nichts, aber ich vertraue dir.«

»Können wir uns treffen?«, fragt Danny.

»Heute wird es schwierig. Sie werden mich gleich wieder befragen wollen. Ich soll Tag und Nacht zur Verfügung stehen. Vielleicht können wir uns heute oder morgen spätabends treffen.«

Endlich hält ein Taxi an. Danny beeilt sich, die Wagentür zu öffnen und sich hinzusetzen, bevor der Fahrer seine Entscheidung bereut. Es ist ein junger Mann mit einer Kappe, er hat Tattoos auf den Fingern und sitzt auf einem Balancekissen.

»Frederiksberg«, sagt Danny zu dem Fahrer.

»Frederiksberg ist verdammt groß, Kumpel.« Der junge Typ kreuzt Dannys Blick im Rückspiegel und schaut rasch weg. »Also gut, auf nach Frederiksberg«, sagt er und fährt los.

Danny ruft Aisha an.

Als sie abhebt, sagt sie nur »ja«, sonst nichts. Ihre Stimme klingt völlig monoton.

»Bist du zu Hause?«, fragt er.

»Ja.«

Sie nennt ihm die Adresse, und Danny gibt sie an den Fahrer weiter. Sie fahren die Amagerbrogade entlang. Danny will den Fahrer anschreien, er soll schneller fahren, Vollgas geben, auch wenn es jetzt keinen Unterschied mehr macht. Es ist zu spät.

Ein roter Backsteinbau aus der Jahrhundertwende, in der Nähe des Rathauses von Frederiksberg. Das Gebäude sieht aus wie ein solides Kopenhagener Haus, ist durch seine Lage jedoch teurer als woanders. Ein wohlhabender Stadtteil, in dem Maliks Vater seine Familie vor dem Elend bewahren wollte, raus aus dem Viertel.

Ihr Familienname ist der einzige ausländische auf dem Klingelbrett. Danny klingelt und geht in den dritten Stock. Aisha wartet an der Tür. Ihr Blick ist starr, sie steht immer noch unter Schock. Sie legt den Finger auf den Mund, führt Danny durch einen dunklen Flur und in die Küche. Eine Mischung aus neuskandinavischem Design und afrikanischem Krimskrams: Tonschalen, geschnitzte Holzfiguren von Tieren, die aussehen wie etwas, das Touristen auf Safari kaufen würden, nur dass es sich hier um Originale handelt.

»Scheiße, Danny«, sagt sie und umarmt ihn. Dann schiebt sie ihn gleich wieder weg und fängt an zu weinen. Ihr Vater ist im Schlafzimmer, sagt sie. Licht aus und Vorhänge zu. Er liegt in Embryostellung da und zittert. Ab und zu stöhnt er wie ein verwundetes Tier. Aisha und ihre Mutter setzen sich abwechselnd zu ihm. Sie wissen, dass er sich erhängt, sich die Pulsadern aufschlitzt oder sich aus dem Fenster stürzt, wenn sie nicht auf ihn aufpassen. Keiner von ihnen hat seit gestern Abend geschlafen. Nicht, seit die Polizei Abebe zurückgebracht hat. Sie haben ihn im Restaurant abgeholt, damit er die Leiche seines Sohnes identifiziert. Hätten sie doch nur die Mutter oder Aisha mitgenommen, das wäre besser gewesen. Sie will nicht an Malik denken, noch nicht. Sie muss sich darauf konzentrieren, was getan werden muss. Sie muss zusehen, dass sich ihr Vater nicht umbringt. Sie sitzt am Küchentisch und raucht. Es kümmert sie nicht mehr, ob jemand von ihrer schlechten Angewohnheit erfährt. Danny raucht eine Zigarette mit ihr.

»Genau das durfte nicht passieren. Es kann nicht passiert sein. Es kann nicht wahr sein«, sagt sie fast beschwörend.

Danny weiß nicht, was er erwidern soll.

»Er ist irgendwo da draußen, hat eine Freundin. Er taucht nur für eine Weile unter. Er amüsiert sich. Es geht ihm gut«, sagt sie.

Danny weiß nicht, was er erwidern soll.

»Er hat mir geschrieben«, sagt sie. »Er hat mir diese SMS geschickt.«

»Jemand hat dir geschrieben, aber nicht Malik«, sagt Danny.

»Ich war mir so sicher, dass er es war.«

»Genau das war wahrscheinlich beabsichtigt.«

»Wenn du herausfindest, wer …«, sagt sie.

»Dann bring ich ihn um.«

»Das hab ich nicht gemeint.«

»Nein, aber das wird passieren.«

»Ist das ein Versprechen?«

»Ja.«

Danny lächelt. Nicht weil er glücklich ist, sondern weil er weiß, dass das keine Lüge war. Jemand hat seinen jüngeren Bruder ermordet. Jemand wird sterben.

Danny steht auf und will Aisha umarmen, aber sie hat sich in sich selbst zurückgezogen, und sein Körper ist zu hart. Zu sehr von Wut erfüllt.

Er steht an der Tür.

»Butterblume«, sagt er.

Aisha schaut auf.

»Butterblume«, wiederholt er. »So hat Malik dich genannt, nicht wahr? Das war sein Spitzname für dich?«

»Ja«, sagt sie.

»Als er dir diese SMS geschickt hat, in der es hieß, dass alles in Ordnung ist, dass es ihm gut geht, hat er da ›Butterblume‹ geschrieben?«

Sie denkt nach.

»Ja«, sagt sie schließlich. »Ich glaube schon. Ja, das ist wahrscheinlich der Grund, warum ich mir so sicher war.«

LAURA TRAUT DEM SCHINKEN NICHT, den die hiesigen Lokale auf die Pizza legen. Danny erinnert sich, dass sie das gesagt hat. Er bestellt eine Pizza in einer kleinen Pizzeria mit schmutzigen Fliesen an den Wänden. Extra Käse und Champignons. Oregano, aber kein Schinken.

Malik ist tot und das schon seit geraumer Zeit.

Der Mann mit der schmutzigen weißen Schürze fragt Danny, ob er Chili und Knoblauch möchte. Ja.

Sie sitzen in Dannys Wohnung und essen.

Zur selben Zeit liegt Malik auf einem kalten Metalltisch, bedeckt mit einem weißen Tuch. Falls sie nicht schon begonnen haben ihn aufzuschneiden.

Der Käse auf der Pizza dehnt sich in langen Fäden, und sie müssen die Pizzastücke vorsichtig halten, damit nichts herunterfällt.

»Das Seltsame ist …«, sagt sie und verstummt.

Danny schaut sie an.

»Zuerst klang es wie eine Ausrede. Ein Vorwand.«

»Was?«

»Du weißt, dass sie meine Zähne gerichtet haben, oder?«

»Ja.«

»Danach verging einige Zeit, und irgendwann rief er mich an. Er klang, als wäre er froh, einen Vorwand zu haben, mich anzurufen. Als würde es ihm leichter fallen, mich zu bitten, ihm beim Drogenverkaufen zu helfen, als mich zu fragen, ob ich ihn auf einen Kaffee treffen möchte. Oder ob wir mal essen gehen. Es klang wie ein Vorwand.«

Danny schiebt die Pizza weg, holt die Zigaretten und den Wodka.

»Du hast ihm von Bilal erzählt, stimmt's?«, fragt Danny.

»Ich glaube nicht, dass es etwas gibt, das ich ihm nicht erzählt hab.«

Sie leert ihr Glas, und er schenkt nach.

»Danach schlug Malik vor, dass wir uns treffen. Er wollte, dass ich mein Stück vom Kuchen bekomme, so hat er es ausgedrückt. Ich fand, er hatte schon genug getan. Du weißt schon, die Zähne. Aber er bestand darauf. Und es kam mir wieder wie ein Vorwand vor. Er hat mich in ein schickes Restaurant eingeladen. Er konnte prima mit dem Kellner. Hat uns teuren Wein bestellt.«

»Hättest du ihn nicht einfach anrufen können?«

»Ich fand nicht, dass er mein Typ ist … aber dann … er war wirklich unglaublich.«

»Das war er. Wie lange wart ihr zusammen?«

»Von dem Tag, an dem er mich angerufen hat, bis zu dem Tag, an dem er verschwunden ist.«

»Und ihr wart glücklich, oder?«

»Ja, waren wir.«

»Gut. Das ist gut.«

Sie rauchen und trinken. Draußen liegt die Stadt. Draußen geht langsam die Sonne unter.

Als Erstes werden sie die Schusswunde untersuchen, dann nehmen sie das Skalpell und schließlich die Zange, mit der sie seinen Brustkorb öffnen.

Der Himmel ist orangefarben.

»Wir könnten abhauen«, sagt sie. »Du könntest ein Auto mieten.«

»Nein«, sagt er.

Sie nickt. Versteht ihn. Er braucht es nicht zu erklären.

»Tust du mir einen Gefallen?«, fragt er.

»Ja.«

»Nein, vergiss es. Das ist lächerlich.«

»Sag es einfach.«

»Würdest du auf meine Schneekugel aufpassen?«

Sie dreht sich um und schaut die kleine Meerjungfrau an.

Sie liegen im Bett. Das Licht ist aus. Lärm von der Straße. Sie weint sich in den Schlaf. Danny versucht nicht, sie zu trösten. Er beneidet sie. Denkt, dass es sich vermutlich besser anfühlt, die Gefühle herauszuheulen, als diesen schwarzen Klumpen zu spüren, der auf seine Lunge drückt.

Er macht die halbe Nacht kein Auge zu. Als er endlich einschläft, träumt er unruhig. Danny ist wieder im Viertel. Er fährt mit dem Aufzug vom siebten Stock nach unten. Wie immer stinkt es darin nach Pisse.

Er geht an der Hauswand entlang. Er streicht mit der Hand über die raue Fassade. Er ist fast an der Ecke, als er Malik erblickt. Zuerst denkt er, dass Malik sich nur gegen die Wand lehnt, dann wird ihm klar, dass er Maliks Beine nicht sehen kann, nur einen Teil seines Oberkörpers und seinen Kopf. Der Rest steckt im Beton. Als ob die Wand um ihn herum gebaut worden wäre. Malik ist nicht in Panik, er schreit nicht um Hilfe. Er lächelt nur.

»Du hast mich endlich gefunden«, sagt Malik.

»Ich hab dich gesucht.«

»Und du hast mich endlich gefunden.«

»Ich will dir helfen«, sagt Danny.

»Ich weiß«, sagt Malik. »Aber ich glaube nicht, dass du das kannst.« Dann lacht er. »Du kannst den Jungen aus dem Viertel holen …«

»… aber das Viertel nicht aus dem Jungen.«

»Genau«, sagt Malik. »Ganz genau.«

NIEMAND IST ANWESEND. So richtig anwesend. Ihre Ärsche drücken die Sitze im Bus platt, doch mit ihren Köpfen sind sie noch im Halbschlaf. Zusammengekauert wie Vögel am Seeufer, leerer Blick, Augen wie Glasperlen. Die Unglücklichen und Unzufriedenen, all jene, die Tankstellen und Kindergärten öffnen, die Nachtschicht ablösen müssen. Sie teilen sich den Bus mit den Letzten, die auf dem Heimweg sind. Den wenigen, die sich tapfer durch die Nacht gekämpft haben, den morgigen Tag nicht kommen sehen wollten und vielleicht gehofft haben, nicht allein nach Hause gehen zu müssen. Und nun wollen sie einfach ein paar Haltestellen schlafen und trotzdem aufwachen, bevor sie die Endstation erreichen.

Danny sitzt ganz hinten, die Kapuze seines Hoodies tief ins Gesicht gezogen. Er schaut aus dem Fenster. Die Sonne geht auf, ein kleiner Nagel am Horizont.

Der Bus hält, und Danny steigt aus. Er geht die Vorortstraße entlang. Ein einzelnes Auto mit gelblichen Lichtern fährt langsam an ihm vorbei. Ansonsten ist die Straße menschenleer.

Kein Licht in den Fenstern. Er geht um das Haus herum. Er hört das rhythmische Geräusch einer Säge auf Holz. Er geht über das zertretene Gras. Christian steht im hinteren Teil des Gartens und bearbeitet ein Stück Holz, das auf zwei Böcken liegt.

»Ich hab gehofft, dass du hier bist«, sagt Danny.

Christian schaut auf, zuerst überrascht, dann lächelt er. »Ich bin fast jeden Morgen hier. Und du bist immer willkommen. Es ist gut, mit den Händen zu arbeiten, wenn man nicht weiß, was man mit dem Kopf anstellen soll.«

Christian ist schweißgebadet.

»Harte Arbeit?«, fragt Danny.

»Ich versuche, nicht zu laut zu sein. Ich schmeiß die Motorsäge erst nach acht Uhr an.«

»Das nervt«, sagt Danny.

»Ja«, sagt Christian.

Danny geht auf seinen Freund zu und breitet die Arme aus. Christian zögert, aber nur für eine Sekunde. Sie umarmen sich. Große Männer dürfen sich Umarmungen geben. Kräftige Umarmungen. Gern ein bisschen zu hart, um zu zeigen, dass sie nicht kuscheln. Nur eine feste Umarmung, breite Arme, große Hände, etwas zu rau, um die Schultern und den oberen Teil des Rückens herum. Dabei niemals jemanden an der Taille berühren. Auf keinen Fall am Hintern. Aber Dannys rechte Hand wandert genau dorthin, und das, was er dort vorfindet, macht ihn traurig. Er zieht die Polizeipistole aus Christians Hosenbund und macht einen Schritt zurück.

»Bist du immer bewaffnet, wenn du Holz sägst?«, fragt Danny.

»Es war eine seltsame Woche«, sagt Christian.

Danny richtet die Waffe auf die Brust seines Freundes.

»Was zum …?«, sagt Christian, beendet seinen Satz jedoch nicht.

»Butterblume«, sagt Danny. »Wie viele Leute wussten, dass Malik seine kleine Schwester Butterblume nannte?«

»Butterblume?«, sagt Christian.

»Wenn du dich dumm stellst, können wir auch aufhören zu reden. Dann wird's übel. Du hast Aisha diese SMS geschickt.«

Christian weiß, dass sein Freund es ernst meint. Psychopathen brauchen nicht zu bluffen.

»Ich hab sie ihr geschickt, weil ich nicht wollte, dass sie traurig ist.«

»Und um mich von der Suche nach ihm abzuhalten.«

Christian zuckt mit den Achseln.

»Du wusstest, dass Malik nicht zurückkommen würde. Dass er nicht zurückkommen konnte«, sagt Danny.

Draußen auf der Straße fährt ein Auto vorbei. Dann ist es wieder ruhig. Ein Vogel singt. Das Gras ist feucht. Danny sieht, dass Christian die Situation analysiert, die Gedanken überschlagen sich in seinem Kopf. Christian überlegt sich Stories, die er ihm auftischen könnte und die ihn in ein besseres Licht rücken, und fragt sich zugleich, ob sich eine Lüge lohnt, denn er kennt Danny. Er weiß, dass Gewalt für Danny nie der letzte Ausweg ist, sondern die Option, für die er sich aktiv entscheidet.

»Es war ein Unfall«, sagt Christian dann.

»Irgendjemand hat auf dem Truppenübungsplatz ein großes Loch gegraben, und Malik kommt zufällig vorbei und stolpert über den Spaten?«

»Würdest du bitte den Finger vom Abzug nehmen, während wir uns unterhalten?«

»Nein. Setz dich da drüben hin.« Danny deutet mit der Waffe in Richtung einiger Zementsäcke. »Setz dich auf deine Hände.«

Christian gehorcht. »Stört es dich, wenn ich rauche?«

»Ja. Setz dich auf deine Hände. Und dann erklär mir, was zum Teufel passiert ist.«

»Die kurze oder die lange Version?«

»Ich hab's nicht eilig.«

Christian scheint nicht recht zu wissen, wo er anfangen soll. Sein Blick wandert zwischen Danny und der Waffe hin und her, dann beginnt er zu erzählen.

Vor sechs Monaten kamen Christian und sein Partner ganz zufällig in den Besitz einer großen Drogenmenge. Sie beschlossen, den Stoff zu verkaufen. Die Entscheidung war ihnen nicht leichtgefallen, aber nachdem sie eine Nacht darüber geschlafen hatten, wussten sie, dass sie beide genau das dringend brauchten. Die finanzielle Rettung.

Anfangs wussten sie nicht, wie sie es anstellen sollten. Als Polizist ist es nicht so einfach, Drogen zu verkaufen. Natürlich kannten sie viele Leute, und sie wussten haargenau, an wen sie sich wenden mussten. Aber wem auch immer sie es verkauften, dieser Jemand hätte auf ewig ein Druckmittel gegen sie. Eine »Raus-aus-dem-Gefängnis«-Karte, die immer wieder benutzt werden konnte, bis jemand sie schließlich verpfiff. Sie waren kurz davor, die Idee wieder fallen zu lassen. Kamen auf keinen grünen Zweig. Sie konnten ja schlecht eine Anzeige in der Zeitung aufgeben. Dann hatte Christian Malik an der zahnmedizinischen Fakultät aufgesucht. Er ließ sich seit ein paar Jahren von Malik behandeln. Zu viel Süßigkeiten und zu wenig Kohle für eine teure Zahnarztrechnung.

Christian saß mit Watterollen in den Wangen auf dem Zahnarztstuhl, als er einen Geistesblitz hatte. Es war so offensichtlich. Malik war der perfekte Mittelsmann, denn er war der Polizei völlig unbekannt. Er hatte noch nie auch nur einen Strafzettel bekommen, aber die Leute wussten dennoch, dass er aus dem Viertel war. Zuerst lehnte Malik ab. Es klang zu riskant. Und ein bisschen verrückt. Es war ein Witz, oder? Christian hatte sich bei ihm für seine neue Füllung bedankt und war nach Hause gefahren. Ein paar Stunden später hatte Malik ihn angerufen und gesagt, dass er eine Idee habe. Eine Möglichkeit, wie er die Drogen verkaufen könne. Alles auf einmal. Ein großer Deal würde das geringste Risiko bedeuten. Malik wollte ihm nicht sagen, wie er das durchziehen würde. Aber er hatte einen Plan. Sie vereinbarten, dass Malik ein Drittel vom Erlös bekommen würde.

Es wurde nicht ihr letzter Deal, dafür lief es viel zu glatt. Christian und Thomas besorgten die Ware. Sie führten Razzien durch, bei denen sie wussten, dass sie ein oder zwei Kilo finden würden. Einen Teil davon brachten sie aufs Revier, und den Rest verkaufte Malik weiter. Auch diese blauen Pillen. Die den Bandenkrieg auslösten. Die verdammten blauen Pillen von Vestegnen.

»Die mit den Delfinen«, sagt Danny.

»Woher zum Teufel weißt du das?«, fragt Christian verblüfft.

Danny ignoriert die Frage. »Was ist mit Malik passiert?«

»Als die Jungs von Vestegnen und Nørrebro anfingen, aufeinander zu schießen, geriet er in Panik. Ich versuchte, ihm beizubringen, dass er sich keine Sorgen machen sollte. Dass wir einfach für eine gewisse Zeit den Fuß vom Gas nehmen würden. Aber er entwickelte eine verrückte Paranoia. Er dachte, man würde ihn verfolgen.«

»Und? Hat ihn jemand verfolgt?«

»Nein, verdammt. Er hat nur Gespenster gesehen. Aber ich konnte ihn nicht vom Gegenteil überzeugen. Erst wollte er sich ins Ausland absetzen, dann änderte er seine Meinung und wollte sich auf einmal stellen. Er wollte zu Ivertssen gehen und einen Deal aushandeln.«

»Einen Deal?«

»Ich hatte ihm erzählt, dass wir das Zeug für andere Leute innerhalb unserer Abteilung verschoben. Ein polizeiinternes Netzwerk. Eine Art Verschwörung. Das redete sich Malik ein. Dass wir nur kleine Fische mit ein paar Kontakten waren. Malik war überzeugt, dass wir glimpflich davonkämen, wenn wir Ivertssen das Netzwerk meldeten. Darf ich wirklich keine rauchen?«

Danny nimmt die Zigarettenschachtel heraus, zündet eine Kippe an, ohne Christian aus den Augen zu lassen oder die Pistole zu senken.

»Mach den Mund auf«, sagt er und richtet die Pistole auf Christians Stirn, während er ihm die angezündete Zigarette zwischen die Lippen steckt.

Christian nimmt ein paar Züge und fährt fort. »Wir mussten nur eine Weile lang die Füße still halten. Bis sich alles beruhigte. Aber er wurde immer paranoider.«

»Natürlich wurde er paranoid. Wir reden hier von Malik. Malik, der Typ, der vor jeder roten Ampel stehen geblieben ist und eine Straße nur bei Grün überquert hat.«

»Ich wusste verdammt gut, wie er tickte. Es war eben nur ein echt beschissener Zeitpunkt, um auszuflippen. Und dann stand er eines Tages vor dem Revier 1. Na ja, er stand nicht da. Er lief auf und ab, als wollte er sich Mut machen. Als hätte er ernsthaft vor, reinzugehen und ihnen alles zu erzählen, die Karten auf den Tisch zu legen und auf das Beste zu hoffen.«

»Hat er dich nicht gesehen?«

»Er hat überhaupt nichts gesehen, er lief nur auf und ab und murmelte vor sich hin. Ich war kurz davor, ihn zu packen und zu schütteln. Und das hätte ich auch getan, wenn er sich dem Eingang auch nur einen Schritt genähert hätte. Aber am Ende hat er kehrtgemacht. Offensichtlich hatte er nicht den Mut dazu. Nicht an diesem Tag. Wahrscheinlich musste er sich selbst gut zureden.«

»Und da war dir klar, dass du etwas unternehmen musstest, damit ihr alle nicht für lange Zeit in den Bau wandert.«

Christian nickt und wirkt erleichtert, dass Danny ihn so weit versteht. Klar, Danny versteht ihn, doch er senkt die Pistole nicht einmal einen Millimeter, sie wirkt trotz ihres Gewichts schon fast wie eine natürliche Verlängerung seines Arms. Und dann nickt Danny auffordernd. Denn damit ist die Geschichte noch nicht zu Ende. Es wäre schön, wenn dem so wäre, aber das ist nicht der Fall. Christian inhaliert tief und stößt den Rauch zum Mundwinkel aus.

Es war ein Dienstag. Ein ganz normaler Dienstag. Es hatte den ganzen Morgen geregnet. Christian erinnert sich an den Regen, weil der Regen eine gute Sache war. Weniger Leute unterwegs. Thomas hatte die Sturmhauben und einen Lieferwagen besorgt.

Sie lauerten Malik vor seiner Wohnung auf. Packten ihn, bevor er den Schlüssel ins Schloss stecken konnte, und warfen ihn hinten in den Lieferwagen. Christian sagte nichts, nur Thomas redete. Malik kannte Thomas nicht. Sie wollten ihm ein bisschen Angst einjagen und dafür sorgen, dass er begriff, was auf dem Spiel stand. Sie legten ihm keine Handschellen an und schlugen ihn auch nicht. Thomas sprach ganz ruhig mit ihm hinten im Wagen, während Christian fuhr. Er erklärte ihm, dass sie alles über ihn wüssten, über seine Familie. Aber dass er nichts zu befürchten habe, wenn er den Mund hielt. Sie wollten ihm Angst machen, aber nicht riskieren, dass er überschnappte, was alles nur noch schlimmer gemacht hätte.

Malik blieb ruhig und hörte zu. Er fragte, wo sie hinfuhren, und Thomas sagte, dass er es bald herausfinden würde. Dass sie ihm nur etwas zeigen wollten. Der erste Teil ihres Plans war gelungen, nun folgte der zweite Teil. Das große Finale, das dafür sorgen sollte, dass Malik sie auf keinen Fall der Polizei auslieferte.

Sie brachten ihn zu diesem Truppenübungsplatz, wo sie selbst schon ein paar Mal trainiert hatten. Völlig menschenleer und verlassen.

Malik folgte ihnen, er versuchte nicht, wegzurennen oder zu schreien. Sie liefen durch das steife Gras. Christian und Thomas hatten das Loch früher am Tag gegraben. Es sollte verdeutlichen, wie ernst es ihnen war. Dass sie verdammt nochmal keine Spielchen spielten. Wenn du singst, landest du unter der Erde.

Doch das Ganze war ein totaler Reinfall. Das wusste Christian, sobald sie das Loch erreichten. Er konnte es in Maliks Augen sehen. Er hatte vergessen, wie stur Malik war, dass er sich nichts gefallen ließ.

»Hatte er keine Angst?«, fragt Danny.

Christian schaut auf, seine Augen sind gerötet vom Zigarettenrauch. Aber er macht keine Anstalten, sie zu reiben, sondern bleibt brav auf seinen Händen sitzen.

»Malik machte sich vor Angst in die Hose«, sagt Christian. »Das Ganze hat ihm eine Scheißangst eingejagt, aber er wollte ums Verrecken nicht nachgeben. Er sagte, er würde reden, mit wem er wolle, und wenn wir ein Problem damit hätten, sollten wir ihn doch in das Loch werfen. Ihn abknallen und das Ganze hier und jetzt hinter uns bringen. Oder uns verpissen.«

Danny nickt. Er versteht das. Er weiß nicht, woher Malik seine Sturheit hatte, vielleicht von seinem Vater. Das hatten sie nicht berücksichtigt. Und so wurden Christian und Thomas zunehmend verzweifelter. Sie hatten nicht länger die Oberhand, sie hatten gar nichts mehr.

»Und dann hast du ihn erschossen?«, fragt Danny.

»Nein, verdammt. Nein. Aber wir wussten, dass wir etwas tun mussten. Sonst hätten wir ihn ja gleich direkt zu Ivertssen schicken können.«

Christian ging zurück zum Wagen und holte seine Dienstpistole. Er gab einen Schuss ins Gras ab. Dann zwangen sie ihn, sich hinzuknien, und Christian steckte Malik die Pistole in den Mund. »Willst du immer noch mit den Bullen reden?«, brüllte Thomas. Malik weinte, und damit hätte die Sache erledigt sein müssen. Doch dann griff Malik nach der Waffe, was eine wirklich schlechte Idee ist und nur in Filmen funktioniert.

»Sie ging los?«, fragt Danny.

»Es sah nicht besonders dramatisch aus. Es war nicht spektakulär, die Waffe ging eben los … aber Malik war tot. Er war tot, verdammt nochmal. Ich hab ihn geschüttelt. Es kommt doch ständig vor, dass jemand einen Treffer überlebt, aber …«

»Und dann habt ihr ihn in das Loch geworfen.«

Christian spuckt die Zigarette aus.

»Was zum Teufel hätten wir sonst tun sollen?«

»Ihr habt seine Zähne und Finger nicht entfernt?«

»Bist du verrückt? Thomas hat geflennt, und ich musste mich übergeben. Malik war mein Freund. Er war ein kleiner Nerd, aber er war mein Freund.«

Danny blickt auf die Waffe. Hinter Kimme und Korn sieht er Christians Brust.

»Bevor du das Loch zugeschüttet hast, hast du seine Schlüssel genommen. Dann hast du seine Wohnung durchsucht, seinen Pass und seinen Computer mitgenommen, sodass es aussah, als wäre er abgehauen.«

Christian nickt. »Es tut mir so verdammt leid«, sagt er.

»Steh auf«, sagt Danny.

Christian richtet sich langsam auf und massiert seine tauben Hände.

»Wenn du eine plötzliche Bewegung machst, wird es keinen Kampf geben. Ich werde dich einfach abknallen. Glaubst du mir?«

»Ja.«

»Und dir ist klar, dass ich nicht zögern oder in Panik geraten werde.«

»Du bist ein eiskalter Mistkerl.«

»Ja, genau das bin ich. Geh.«

»Und wohin?«

»In den Keller.«

»Willst du mich da unten erschießen?«

»Nein.«

»Das würdest du so oder so sagen, selbst wenn du mich erschießen willst.«

»Du kennst mich einfach zu gut. Wo sind deine Handschellen?«

»An meinem Gürtel. In der Küche.«

Sie gehen los. Übertrieben langsam. Als würden sie ein seltsames Spiel spielen, bei dem es darum geht, sich möglichst synchron zu bewegen. Sie gehen die kleine Treppe hinauf, in die Küche, und Christian löst die Handschellen von seinem Gürtel. Jetzt fällt ihm zweifellos das Pfefferspray ein, das ebenfalls am Gürtel befestigt ist. Und dann wird ihm bewusst, dass sein Gehirn überallhin verspritzt würde, bevor er es schafft, eine kleine Reizgaswolke in Dannys Richtung zu sprühen.

Sie gehen den Flur entlang zur Kellertreppe. »Licht«, sagt Danny, und Christian legt den Schalter um. Sie gehen die Treppe hinunter. Danny hält die ganze Zeit über eineinhalb Meter Abstand. Sie erreichen den schwach beleuchteten, feuchten Raum.

Christian dreht sich halb um. »Und was jetzt?«, fragt er.

»Ich werde dir Handschellen anlegen und dann die Polizei rufen. Du kannst selbst entscheiden, was du denen erzählst. Aber sie werden deine Pistole analysieren und herausfinden, dass aus ihr die Patrone in Maliks Kopf stammt.«

Christian nickt.

»Warum hast du die Pistole nicht weggeworfen?«, fragt Danny.

»Es gibt ein Riesentheater, wenn ein Polizist seine Waffe verliert. Das ist wirklich ernst. Und wenn das ausgerechnet dann passiert, wenn einer deiner Freunde verschwindet … ich dachte, ich warte ein, zwei Jahre ab und verliere sie dann während einer Übung in einem See.«

»Woran kann ich dich fesseln?«

»Wie wär's mit dem Boiler?«

»Okay.«

»Können wir darüber reden?«

»Du kannst mit der Polizei darüber reden. Oder ich kann dich erschießen.«

Sie gehen über den schmutzigen Zementboden zum Boiler. Er ist alt und verrußt.

»Da ist ein Rohr an der Seite«, sagt Christian.

Er kniet sich hin. Er weiß, dass dies seine einzige Überlebenschance ist.

»Weißt du, was das Schlimmste ist«, sagt Christian und schaut zu Danny auf. »Etwas, das Malik gesagt hat, als wir versucht haben, ihm Angst zu machen.«

»Was hat er gesagt?«

»Er hat gesagt, dass er einen Freund bei der Polizei hat. Einen Freund, der nie und nimmer zulassen würde, dass ihm etwas passiert. Es war verdammt hart, das zu hören.«

Danny wirft die Handschellen Christian zu, der eine Fessel um sein Handgelenk schließt und dann den Arm nach hinten streckt, damit Danny die zweite an dem aus dem Boiler ragenden Rohr befestigen kann. Danny bewegt sich langsam im Rücken seines Freundes.

»Nicht zu fest«, sagt Christian.

»Ich werde sehen, was ich tun kann …«

Christian dreht den Kopf und schaut erneut zu Danny auf.

»Bleib steif!«, sagt Christian und versucht zu lächeln.

»Bleib steif!«, sagt Danny, hält die Pistole an Christians Hinterkopf und drückt ab. In dem kleinen Raum mit der niedrigen Decke ist der Knall sehr laut.

Danny ist überrascht, wie wenig er empfindet. Ja, er ist enttäuscht. Er kennt dieses Gefühl. Es ist nicht so gekommen, wie er es sich vorgestellt hat. In Freiheit, Partys mit Freunden. Wie in alten Zeiten. Danny tritt über die Leiche seines Freundes hinweg, um zur Treppe zu gelangen.

DANNY SITZT IN DER KÜCHE. Am Küchentisch. Die schöne neue Küche. Er raucht eine Zigarette und schnippt die Asche in eine Untertasse. Dann holt er die Visitenkarte von Ivertssen heraus und ruft an.

Es ist ein kurzes Gespräch.

Danny sagt Ivertssen, dass er ihn abholen kann. Er muss allein kommen. Kommt er nicht allein, wird Danny jeden töten, der im Garten auftaucht. Ivertssen ist einverstanden.

Danny raucht seine Zigarette zu Ende. Geht hinaus und setzt sich auf die Stufen vor dem Haus, zündet sich eine weitere Zigarette an. Die Pistole liegt neben ihm. Die Straßen im Vorort erwachen langsam. Die Geräusche von Menschen auf dem Weg zur Arbeit. Kinder im benachbarten Garten. Er wartet und raucht, bis ein Auto vor der Hecke hält, dann drückt er die Zigarette aus und greift nach der Pistole.

Ivertssen öffnet das Gartentor. Er ist allein. Er geht vorsichtig über die zerbrochenen Platten. Er wirkt älter, seit Danny ihn zuletzt gesehen hat. Vielleicht ist das Sonnenlicht weniger nachsichtig als das Licht in Ivertssens Büro. Vielleicht ist es das leichte Hinken, das Danny vorher nicht bemerkt hat.

Ivertssen hält ihm eine Plastiktüte hin. Eine von der Sorte, in der Beweismittel aufbewahrt werden, Danny kennt sie aus mehreren Gerichtsverfahren. Er wirft die Waffe hinein, und Ivertssen schließt die Tüte.

Sie gehen zusammen zu Ivertssens Auto. Der alte braune Volvo, den Danny bestens kennt. Sie steigen ein. Der Wagen riecht stark nach Zigarren. Das Polster ist völlig durchgesessen. Es fühlt sich an, als säße man in einer Schüssel.

Sie fahren bis ans Ende der Straße und geraten in den morgendlichen Berufsverkehr.

»Seit ich aus dem Knast rausgekommen bin, war ich eine Marionette mit Ihrer Hand in meinem Arsch«, sagt Danny.

»Sehr eloquent.«

»Sie hatten einen Verdacht, konnten aber nichts unternehmen, also haben Sie mich rausgeholt, damit ich ein bisschen Chaos stifte und mitten ins Wespennest steche.«

»Das war der Plan.«

»Ich lasse mich nur ungern manipulieren.«

Ivertssen zündet eine Zigarre an. Das Wageninnere füllt sich mit saurem, bläulichem Rauch.

»Totschlag«, sagt Ivertssen. »Ich könnte auf Totschlag runtergehen. Ihr habt um die Waffe gekämpft. Er hat deinen Freund erschossen. Und wir legen die letzten Jahre deiner alten Strafe drauf.«

»Das glaub ich nicht.«

»Die Leute wollen, dass dieser Fall keine hohen Wellen schlägt.«

»Und was wollen Sie?«

»Ich habe Bauchspeicheldrüsenkrebs. Ich will mich in meinen letzten Monaten nicht mit einem Gerichtsverfahren herumschlagen.«

»Ich traue Ihnen nicht.«

»Das musst du auch nicht.«

Danny schaut auf die Stadt hinaus.

»Ich hab von diesen selbstfahrenden Autos gehört. Glauben Sie, dass es die gibt, wenn ich wieder rauskomme?«

»Vielleicht. Aber eins ist sicher, ich werde längst weg sein.«

»Hoffentlich.«

»Meinst du die Autos oder …?«

»Beides.«